弓立歩
Illustration
仁藤あかね
This Reincarnation, I'm Taking It Easy
Hiding My True Talent as
an Underachieving Adventurer
転生後はのんびりと
能力は人並みのふりしてまったり冒険者しようと思います

This Reincarnation, I'm Taking It Easy Hiding My True Talent as an Underachieving Adventurer

CONTENTS

This Reincarnation, I'm Taking It Easy Hiding My True Talent as an Underachieving Adventurer

CHARACTERS

アラシェル

全ての世界の転生を司る女神。アスカをアルトレインという世界に転生させる。

エレン

アルバの町の宿〝鳥の巣〟の娘。アスカを『おねえちゃん』と呼んで慕う11歳。

アスカ

前世では病弱だったが、今世は新米冒険者としてまったり生きる13歳。

ジャネット

19歳。〝鳥の巣〟に宿泊するC級冒険者の剣士。頼れる姉御肌。

フィアル

21歳。C級冒険者の弓使い。第一線を退いて今はレストランの店長。

1　始まり

「アスカ、お土産持ってきたわよ。今日は兄貴って来た？」

「お姉ちゃん、来てくれたんだ！　お兄ちゃんは最近忙しいみたいで、最後は四日前かな？」

私の名前は前原明日香《まえはらあすか》。十六歳の高校二年生なんだけど、ただいま入院中。といっても、昨日今日の話ではなくて、もう何年も前から入退院を繰り返してるんだけどね。

今は年の離れたお姉ちゃんがお見舞いに来てくれたところだ。就職してまだ二年なのに毎日来るなんて、無理してないといいけど。

「それで調子はどうなの？」

「うう～ん。そんなに悪くはないかな？」

このやり取りも何度目だろう。心配してくれる家族に負担をかけたくなくて、苦しくても笑顔で大丈夫と言う。それを分かっているお姉ちゃんたちも「そう」と短く返してくれる。

小さい頃からそうだった。体の弱い私はよく入院してみんなに迷惑をかけていた。そんな私にも調子のいい時があり、そういう時は元気いっぱいに学校へ行ったものだ。

それだけ外に出られることを、あの頃の私は楽しみにしてたんだろうな。おかげさまでその頃に仲良くなった小夜子《さよこ》ちゃんはいまだにお見舞いに来てくれている。

「久しぶりに小夜子ちゃんに会いたいなぁ」

「ああ、小夜子ちゃんならこの前も来たわよ。誰かさんが寝ていたからすぐに帰ったけどね」

「小夜子ちゃん来てたの？　そっかぁ、残念」

私がいじけるようにそうつぶやくと、お姉ちゃんは棚を探し始めた。

「小夜子ちゃん、渡したいものがあったみたいで預かってるの。確かこの辺に……あったわ」

「これって賞状!?　すごい！　小夜子ちゃん、弓道で入賞したんだ！」

お姉ちゃんが棚から出して渡してくれた賞状には小夜子ちゃんの名前が書いてあった。体調が良い時には弓道場にお邪魔して応援してたけど、まさか賞を取るだなんて！

「これはお祝いしないといけないわね」

「お祝いか。何がいいかなぁ、お外には出られないし……」

私がしばらく悩んでいると、お姉ちゃんが「似顔絵を描けば？」とアドバイスをくれた。

「小夜子ちゃん、喜ぶかなぁ。暇つぶしに何年も描いてるけど、別に私のは賞とか取ってないし」

「何を言っているのよ、明日香らしくない。こういうのは気持ちよ」

「気持ちか……そうだよね。頑張って描いてみるよ！」

こうして私は小夜子ちゃんのために、数日かけてお祝いの似顔絵を描いた。

「明日香、似顔絵を描いてくれたんだって？」

「う、うん。変だったら言ってね？」

「変だなんて。明日香から貰えるものなら何でも嬉しいよ！」

「ほ、本当？　良かったぁ〜。喜んでもらえるかずっと気掛かりだったんだ」

　本当に描いてる時は色々悩んだ。射をしている顔か賞状を貰う時の顔か、シーンも悩んだ。今日はそんな苦労が報われて、小夜子ちゃんに喜んでもらえた本当にいい日になった。

「ねぇ、明日香。お祝いしてもらったけどさ。やっぱり、記念に二人でどこかへ行きたくない？」

「急にどうしたの、小夜子ちゃん？　それは私も行きたいけど……」

　私の病状がそれを許さない。一時期は体調も回復したものの、ここ一年は元の高校にはほとんど通えていなかった。今は院内学級に通って二年生になれたものの、卒業は難しいだろう。

「ごめん、無理言っちゃったね」

「誘ってくれるだけで嬉しいよ」

　これは私の本心だ。小夜子ちゃんに誘ってもらえるのは嬉しいけど、私には時間が残っていない。

「普通でいいから元気に暮らしたかったな」

「明日香……本当にそれでいいの？　旅行とか行ってみたくない？　夢はでっかく世界旅行とか！」

「ふふっ、小夜子ちゃんったら。でも、最初は普通でいいよ。みんなと同じように町に出て、色々食べ歩いて、たまには運動もして。旅行はその後かな？　もちろん小夜子ちゃんと二人でね」

「本当に欲がないいんだからこの子は。うりうり」

「やめて、寝ぐせみたいになっちゃう！」


そんな楽しい日々も終わり、とうとう〝その日〟が訪れてしまった。

「お父さん、お母さん、お兄ちゃん、お姉ちゃん、今までありがとう」

ベッドの上で横たわる私はもう動くこともできない。こんな私につきっきりでいてくれた家族に最期の挨拶をする。

小夜子ちゃんにもお別れの挨拶したかったな。一緒に旅行に行けなくてごめん、私も行きたかったよって。

みんなの顔はもう見えないけど、笑顔で見送ってほしいと願いながら私はその生涯を閉じた。


「ようこそ前原明日香さん……」

強い光によって目が覚めた私は目を開ける。すると目の前には銀色の髪に黄金の瞳を持ち、神々しい衣装に身を包んだ絶世の美女が立っていた。

「こ、ここは？　私は死んだんじゃ……」

うろ覚えだけど自分が死んだということだけはしっかり覚えている。それなら一体ここはどこなのだろう？

「ここは転生の間です。そしてあなたは上位転生者に選ばれました」

「えっと、上位転生者って何でしょうか？」

きっと偉い人だと思いながら丁寧に聞き返す。転生ってあの転生？

「そうですね。まずは下を見てもらえますか？」

目の前の女性に言われた通りに私は下を眺める。すると長い列を作っている光の玉が見えた。その最前列にはテーブルのようなものがあり、一瞬で光の玉が消えていく。それでも光の玉は続いており、列が途切れることはない。

「あちらが通常の転生の間です。死者は一様にあそこで前世の功罪を明らかにされ、順次転生が行われるのです。そして、こちらの転生の間にはあの中から功罪において問題のない者かつ、前世で悔いを残した魂がランダムに選ばれてくるのです」

「じゃあ、私は特別に選ばれたってことでしょうか？」

「そうです。あなたの魂は選別されこちらに来ました。上位転生者として選ばれた者は、その悔いをなくすべく前世の魂を持ったまま転生することができます」

「本当ですか？　じゃあ、もう一度日本人として生まれることができるんですか？」

家族や小夜子ちゃんと離れ離れになってしまった私だけど、みんなの将来も気になる。今から転生すればまた会えるのだろうか？

「残念ですが、同じ世界への転生はできません。我々神には……そういえば名乗っていませんでしたね。私は女神アラシェル。すべての世界の転生を司る女神です」

「ど、どうもよろしくお願いします」

私はアラシェルと名乗った女性に頭を下げる。やっぱり女神様だったんだ！

「我々、神の時間の概念は人とは違います。例えばあなたたちで言う十九世紀の人間の死と二十一世紀の人間の死は同じような時間感覚です。もしあなたを再び同じ世界に転生させると、二十世紀に生まれることもあり得るのです。このような転生によるタイムパラドックスが生まれるのは好ましくありません。そこで別の世界へ転生する規則になっています。その代わり、いかなる世界にも転生が可能です」

そっか、神様も万能じゃないんだね。すべての世界の死者の管理とか大変なんだろうなぁ。下手に未来の人間を過去に送って歴史を変えられちゃったら困るしね。

家族や小夜子ちゃんにもう一度会えないのは残念だけど、一度は死んだ身だし贅沢言っちゃだめだよね。それなら。

「あのっ！　私、前から剣と魔法の世界に憧れていたんですけど、そんな世界ってありますか？」

体が不自由になって以来、家族に手間をかけさせたくなくて、私はほとんど外出しなくなった。そんな私の楽しみは本を読むことと絵を描くことだった。せっかく転生できるんだったら、本の中でも大好きだったファンタジー世界に行けるよう、私は女神様に伝えた。

「ええ、可能ですよ。ですが、そのような世界自体数多くありますので、どのような世界がお好みでしょう？　戦乱渦巻く世界でしょうか？　科学と魔法が入り交じる世界？　魔王たちが群雄割拠し、人類との存亡を懸けて戦う世界でしょうか？」

「……」

何だろう。この女神様って案外、好戦的な性格なのだろうか？　すごく身の危険を感じるワードばかりなんだけど……。

「あ、あのっ！　私は魔法が使えるだけで嬉しいので、後は人並みで十分です。それにできるだけ穏やかに暮らしたいので、そういった脅威とは無縁の方向で……」

「そうですか。最近の転生者は皆さん、アイテムボックスと強靭な肉体をとか、魔王を倒す勇者にとか結構言われますが？」

「すみません、そういう危険なのはちょっと。冒険者には憧れますけど、町とその周辺を行き来するぐらいでも構いません」

「では、そうですね……。アルトレインという世界に送りましょう。この世界にも魔王はいますが、三百年に一度ぐらいの周期で現れるだけですし、魔王自体も好戦的とは限らない穏やかな世界です。冒険者ランクもCランクになれば世界中を回れるぐらい安全ですよ」

「本当ですか？　それならそこでお願いします」

「では、今から送りますね」

「え、もうですか？　その……どんな感じになるのでしょうか？」

「そうですね。親御さんはいた方がいいですか？」

「……いいえ。きっと、前世の記憶が邪魔をすると思いますのでいらないです」

私はそんなに器用じゃない。記憶があれば一緒に過ごすうちに、前の両親と比べてしまうだろう。

「分かりました。では、新たに向かう世界の血筋から問題のない体を作りましょう。年齢はあまり幼すぎても行動に制限がかかりますから、十三歳から始められるようにしておきますね。それと、簡単な装備も付けておきます。後はあなたの生まれてからの設定を書いておきますので、目が覚めたら頭に入れてください」

「はい。どうもお世話になりました」

私は一礼をして女神様に感謝を伝える。

「いいえ、あなたの未来に幸多からんことを」

女神様がそう言うと私に向かって光が放たれ、私の意識は途切れていく。

さよならみんな、女神様……。

「そうそう、少しだけ魔力を多く設定しているので、目立ちたくなければ隠蔽《いんぺい》を使ってください」

……ありがとうございます女神様。だけど、フラグとかじゃないですよね？　私はまったりした生活が送りたいのですが。

そんな思いとともに、私は新天地アルトレインに降り立つことになった。

2　アルトレインと異世界の町

「ん、女神様……」

チュンチュンという小鳥のさえずりの音に気づき、私は目を覚ます。目を見開いた私の前に広がっていたのは、青い空と大きな雲。

「ここがアルトレイン……」

周りを見回してみると、そこは森の入り口のようだった。反対側には草原があり、その先には町がうっすら見える。今はどうやら朝のようで、人通りもなく自分の状態を確認するには最適だ。

「ありがとうございます、女神様」

細かい時間の調整は難しいと言われていたのに、目覚める時間まで気を使ってくれるなんて……。

女神様に感謝の祈りを捧げつつ早速、今の状態を確認する。

「帽子はなし、髪は銀色で三つ編み付きのツインテール。伸ばしたら結構長そう。背中まであるかも？　服はワンピースにローブを着込んでいて、手には杖を持ち、簡単だけど胸当てに、足にはブーツを履いている。後は胸に水色の宝石（？）が付いたネックレス、とこんなところだね」

簡単だけど自分の姿を確認した後はもう一度、女神様とのやり取りを思い出す。

そうだ！　女神様から設定の話を聞いていたんだった。そこでポケットを調べていると、一枚の紙きれが出てきた。

『冒険者志望アスカへ

これが私からの最後のメッセージになるでしょう。あなたはセエルという北の村に流れ着いた女性の娘という設定です。母親は薬師でしたが流行り病に倒れ、元々村人との交流も少ないあなたは、それを機に冒険者を目指しアルバの町へ向かいます。魔力は親譲りで、魔法の才はすべて持っていますが、普通は二から三属性が多いようです。使わなければスキルとして現れませんが、使った後に隠したい場合は隠蔽を行ってください。最後に〝ステータス！〟と言えば現状が確認できますので役立ててください。それではあなたの行く先に幸多からんことを……。　女神アラシェルより』

「女神様……」

自分のためにこんなに色々なものを……そう思いアラシェル様に届くよう祈りを捧げる。そして手紙をしまおうとすると、裏にも文章があることに気づいた。

『追伸　ローブには軽い魔除けと魔法耐性、ネックレスは母親の形見という設定で、付いている魔石には癒しを高める効果があります。杖には輝石が埋め込まれていますが、これにより魔法が効率良く使えますので戦闘に便利ですよ』

チート……チートなのかな？　実際使ってみないと分からないけど、とりあえずはステータスだ。

「ステータス！」

名前：アスカ
年齢：13歳
職業：なし
ＨＰ：４０／４０
ＭＰ：１２００／１２００
腕力：５
体力：１２
速さ：２０
器用さ：２４
魔力：２８０
運：５０
スキル：魔力操作、（隠蔽）

「なんだろうこのちぐはぐさ」

魔力の２８０は飛びぬけているし、腕力の５は逆にあまりにも低い。さすがにこれが普通ってことはないよね？　試しに持っている杖を振ってみる。うん、重い。この数値も間違ってないし、私が人より非力なのは確定のようだ。

「ずっと入院生活だったし魔力は十分高いんだから、これぐらいはしょうがないよね」

ひょっとして女神様、冒険者になりたいし魔法も使いたいって言ったから、魔力とＭＰはＣランクの冒険者と同じぐらいにしてくれたんだろうか？

「でも、スキルもよく分からないなぁ。この隠蔽のかっこは他の人には見えないってことかな？」

とりあえず、あまりにもバランスの取れていない魔力とＭＰの項目が悪目立ちしないように隠蔽してしまおう。使い方は叫ぶといいのかな？

「隠蔽！」

隠す気が本当にあるのかと思うけど叫んでみる。すると頭の中で声がした。

『どのステータスをごまかしますか？』

表現、表現！

まあいいや。とりあえず低すぎる力に合わせて冒険者になれなくても困るし、魔力を７０に、ＭＰは２００でいいかな。

ＭＰ：２００／２００（１２００／１２００）
魔力：７０（２８０）

『完全隠蔽を行いますか？』

「完全隠蔽？」

『完全隠蔽を行うと実際の能力自体も隠蔽した数値まで落ちます。隠蔽後の数値が本来の数値と開きがある場合に調整せずとも良くなる半面、緊急時に困ります』

「そっか～、便利だけどどうだろう？　すぐに戻せるの？」

『キーワードをあらかじめ設定しておくことで瞬時に戻すことが可能です。その際はＭＰに関しても隠蔽して、消耗していなかった分だけ回復します。しかし、急激に能力が上がるため手加減等を忘れなきよう』

「本当!?　じゃあ、キーワードは……リベレーションで！」

英語で解放って意味だったかな？　自信はないけど言いやすいし、この言葉にしておこう。

『設定完了しました』

これで旅の準備は整った。後は旅立ちを待つのみ。

「ふと思ったけど私って文無しなんじゃ……」

もう一度辺りを見回す。すると、これまで寄りかかっていた木の根元に革のバッグと手帳があった。

「手帳？　タイトルは『ダリア　薬効と研究成果と可能性』か。手書きだけど誰のだろう？」

開いてみたけど難しい言葉ばかりで、よく分からなかった。とりあえず文字が読めることに安堵して、次はバッグを確認する。

中には食料とお金の入った小袋が入っていたので内訳を確認する。金貨五枚、銀貨二十枚、銅貨四十枚。これは銅貨だけど大きいな、大銅貨（？）五枚が入っていた。

「他には……メモ？」

『普通の宿は一泊夕食付き大銅貨二枚。屋台のものは高くても銅貨四枚まで。通常の食事は銅貨七～十枚です。ただし、都市部は高いですよ。各貨幣は十枚で繰り上がります。この資金は村を出る時に家を売ったお金です』

つまり銅貨十枚↓大銅貨　大銅貨十枚↓銀貨　銀貨十枚↓金貨　金貨十枚↓？？？という感じかな？

うっすらと見えている町――おそらくアルバもここからだと大きい町に見えるし、物価が高いんだろうか？　それなら慎重に使わないと。でもそのへんは生活していけば分かるよね。

そう思い私は遠目に見えるアルバへと歩き始めたのだった。


「はぁはぁ……ぜいぜい……」

あれからアルバを目指した私だったが、難題にぶち当たってしまった。腕力5もそうだけど体力12ってもしかして、この世界でも軟弱なんじゃないだろうかと。転生する色々な小説やアニメを見たことあったけど、みんな体力値高かったんだなぁ。

「もう少しぐらいおねだりしても……良かったかも」

もはや杖は歩くための道具だ。武器なんかじゃ決してない。最初は近いと思ったアルバも結構距離あるんじゃないかな？　これはちょっと辛い……。

「そうだ！　魔法！」

休憩がてらに魔法の練習でもしよう。どうせまだ朝なんだし日暮れまでに着けば大丈夫、大丈夫。魔法は使わなければ覚えないって書いてあったし、多い人でも三属性ぐらいまでだよね。だったらまずは二属性にしておこう。

「何がいいかな～。水はあると便利だけど、便利すぎてこういう世界じゃ変に目を付けられて絡まれそうだし、肉がどこでも焼ける火かな？　火起こしなんてできないし。後は光？　う～ん、聖女とかないと思うけどやだな。……色々できそうだし風かな？」

悩んだ末に火と風の魔法を使うことにして、残りの属性は使わないと決めた。一回使うと何かの拍子に使ってしまうかもしれないし、いくら隠蔽があってもうっかり言ってしまいそうだし。

「そうと決まれば……火よ！」

言葉に合わせて頭の中で念じると、目の前に手のひらに載るぐらいの大きさの火の玉ができた。

「で、できた～!!」

初めて使った魔法に感動するあまり涙が出そうになる。

「こ、これが魔法。よ～し、風よ！」

手のひらを突き出すとそこから風が生まれる。またまた感動して涙が出そうだ。

それからＭＰの限りに魔法を使った。ボール大から顔ぐらいの火の玉。刃のような風。様々なことを試す。

「ん～、楽しかった～。初めてにしては筋がいいんじゃないかな？　火の玉もただ投げるだけじゃなくカーブとか自由に動かせたし、風も色んな形にできたし。ひょっとして魔力操作のスキルのおかげかな？　ちょっと見てみよう。ステータス！」

スキル：魔力操作、火魔法ＬＶ２、風魔法ＬＶ２、（隠蔽）
魔力操作……魔法を使う時、効率的かつ細やかな操作ができる。
魔法ＬＶ２……生活レベルではなく魔物と戦える初級レベル。

「やっぱり！　魔力操作スキルって便利なスキルだ。でも、見せても大丈夫なのかな？　とりあえず、火と風が戦えるＬＶなのは助かるけど。まあ、何とかなるでしょ。今はＭＰの残りも２５しかないし、町に入らないとね」

思いも新たに私はアルバの町へと歩き始めた。でも先は長い……。

「ううっ。よ、ようやく見えた……」

あれから二時間は歩いただろう、ようやくアルバの町の門が見えた。アルバは立派な都市のようで、西洋都市と同じように外壁で守られている。門の前には人々が列を作って出入りしている姿が見える。順番に並んでいるところを見ると平和なのだろう。私もその列に並んで順番を待った。

……十分ほど経って、ようやく次が私の番だ。

「おい、次の順番のもの」

「はい！」

「お前、身分証はあるか？」

兵士の人に尋ねられたけど身分証はバッグに入ってなかった。きっと、各町で発行しているんだろう。

「持ってません」

「では、大銅貨二枚分の金《かね》を出して、この水晶に手を置け」

言われた通りにお金を門番に渡し、水晶に手を置く。きっとこれがあまたのお話に出てきた罪人か否かを確認する水晶なんだろう。水晶は何も反応を見せずそのままだ。

「犯罪歴はないようだな、入れ。それとこれが身分証だ。毎月在留所に行き、同額で再発行してもらえ。ただし冒険者になれば無料だ」

「ありがとうございます」

貰った身分証を首にかけ、ようやく私はアルバの門をくぐり町の中へ入る。

「初めての町へ来た――――」

あまりの嬉しさについ両手を上げて叫んでしまった……。みんなの目が冷たい。こんなことをする田舎者は珍しいのだろう。私に村で生活した記憶はないから、町どころか異世界初の居住区ですけどね。

「そんなことより早速、冒険者登録をしに行かないと」

この世界は平和と言われてたし、絡まれることもないよね。

そう思いながら冒険者ギルドの場所を案内板で確認して向かう。町の入り口に案内板が置かれているなんて気が利いてるなぁ。

「こんにちは～」

冒険者ギルドの扉を開ける。入る時に看板を見たけど、剣と杖が交差しているいかにもな意匠だった。

ちなみに女神様に確認するのを忘れていたけど、ちゃんと言葉は話せるし文字も書ける。さっきも、貰った身分証に名前を書くように言われて書いたからね。これは全転生者特典なのかな？

「ようこそ冒険者ギルドへ。本日は登録ですか？」

ギルドに入って建物内を見ていると優しそうなお姉さんから声をかけられた。昼近い時間だからかカウンターには誰も並んでおらず、そのまま声をかけられたところに向かう。

「はい、今日この町に来たばかりです」

「やっぱり。普段見かけないし、小さい子はあまりいないからすぐに分かるの」

そう言われて自分を見る。確かに十三歳という年齢のせいか身長も低い。百四十センチあるかどうかだろうか？　気になってお姉さんに尋ねてみる。

「やっぱり私って小さい方ですか？」

「そうね。女性でも冒険者なら大体百六十センチぐらいはあるわ。冒険者登録ならこの紙に名前と、分かればスキルとかも書いてね。ちなみに登録料は銀貨一枚よ」

私はお姉さんから貰った登録書につらつらと必要事項を書いていく。スキル欄はとりあえず火魔法と風魔法でいいかな？　レベルもなしにしておく。

「書けました。あとこれ、登録料です」

「はい、確かに。あら、きれいな字ね。なるほど……魔法が使えるのね。それじゃあ、この水晶に触れてみて。これであなたのステータスが見られて適性を知ることができるわ。もちろん、適性通りに戦い方を決めなくても構わないわよ」

「はい！」

ステータスは知ってるけど知らないふりをして元気良く答える。水晶に手を触れると私と受付のお姉さんの両方の前に画面が現れた。朝見たステータス画面と同じものだろう。

「ふむふむ。魔力は多めだけれど他は……腕力と体力は平均よりかなり低いわね」

やっぱり、私の腕力と体力は低いらしい。分かっていたけど面と向かって言われると悲しい。

「だけど、魔法は二属性使えるのね。あら？　ほとんどＭＰが残っていないわね」

「あっ、ギルドに登録できるか不安で朝から練習していたんです」

あながち間違いでもないのでそう答えておく。

「そうなの？　でも、こんなに消費したら魔物と遭った時に大変だから気を付けるようにね。それと属性魔法は二つともＬＶ２のようね。書き足しておくから。あら……」

受付のお姉さんからＭＰの消耗について注意を受けた。まさかここでお説教を貰うとは。でも、心配してくれてのことだしちょっと嬉しい。

だけど、お姉さんは急に黙り込んでしまった。どうしたんだろう？

「ねえ、アスカちゃんは冒険者としてどうしたいとかある？」

「えっと……体力とかないので、しばらくは採取とか簡単な依頼をしていきたいです」

「そうよね。じゃあこれは登録書には書かないでおくわね。登録書は各ギルドで保管するのだけれど、初回登録の能力はみんな低いからといって、あまり良い管理をしていないの。説明だけはすぐ紙に書いて渡すから人にはしゃべらないように」

そう言ってお姉さんは他の項目も埋めていき、最後に水晶に触れると横でガシャンと音がした。

「はい、これがあなたの冒険者カードよ。表には名前とランク、裏には各ステータスやスキル、カードに入っている所持金が表示されるわ。依頼の報酬などを貯めておけるのよ。冒険者ギルドや商人ギルドの提携店で使えるから、生活に困っていないならこっちに貯めるのもありよ。裏の情報は端の丸いところを押すと切り替わるのよ。人にはあまり見せないようにね」

「はい。ありがとうございます」

お姉さんから受け取ったカードを見る。表には上から冒険者証、アスカ、Ｆランクと書かれている。裏にはステータスが表示されていて、言われた通りに丸いところを押すとスキルに切り替わり、さらに押すと各貨幣の所持枚数が表示される。今は全部〇《ゼロ》だけどね。もう一度押すと、ステータス画面に戻った。

「そのボタンは本人しか押せないし、基本的には本人にしか見えないようになっているわ。本人が見せる意思を示せば他人も見られるけれどね。ギルドで預かる時にも魔道具を通して見えるけれど、ギルドマスターか本人の許可なしでは見られないから安心してね」

「ありがとうございます」

「それとこれがさっき言っていた紙よ。読んだら返してくれるか、すぐに捨ててね。もちろん捨てる時は燃やすのよ」

そう言うとお姉さんが一枚のメモを渡してくれた。

「えっと……」

『あなたには魔力操作のスキルがあります。魔力操作は魔法使いが欲しいスキルの一つで、威力の強弱から範囲の指定まであらゆる操作が行いやすくなるレアスキルです。魔法使いで魔力の低い高ランク冒険者は全員持っているとも言われています。ただし、保持者が少ないため、親しい人や信頼できる人以外には教えないように』

「分かった？」

「は、はい」

魔力操作ってやっぱり良いスキルだったんだ。書かなくて良かった～。

「それじゃあ、紙はどうする？」

「あっ、処分をお願いします」

「かしこまりました。それじゃあ、次はギルド全般の説明ね」

それからお姉さんにギルドのことを教えてもらった。

「まずランクだけど、F、E、D、C、B、A、Sの七段階で、多いのがDとCランクね。Fランクも多いけれど、登録しているだけの人も多いし、採取と町の中だけの依頼しか受けられないから、冒険者とは見られないわ。失効は依頼最終日から一年後だから、頻繁に依頼を受けない場合は気を付けてね」

「失効するとどうなるんですか？」

「もう一度、冒険者登録費用がかかるわね。後は失効してもカードの返却は要らないけれど、カードの残高に対して管理手数料が発生するわ。だから、やめる時も注意よ」

「分かりました」

せっかく頑張って稼いでも、手数料で残高が減っていくのは辛いもんね。

「じゃあ、説明を続けるわね。討伐依頼はEランクから。ただし、出遭った魔物はランクに関係なく討伐可能よ。依頼によっては条件付きなものもあるけれど。後は冒険者同士の争いごとは基本、外でね。もちろん、不法行為やギルドの評判を落とす真似は個別で処罰対象になるわよ。今、アスカちゃんに関係あるEランクへの昇格は、規定数の依頼達成と本人への意思確認だけね」

「そんな簡単にランクが上がるんですか？」

依頼の難易度も上がっていくはずなのに、思ったより昇格って簡単なんだな。

「ええ。採取のみの人のランクが上がっても、討伐依頼を受けてくれないわよね。そこで、討伐依頼を受けない人はランクが上がらない設定にするの。だから、その区別のためにFランクからEランクへはすぐよ。Dランク以降は昇格試験があるから簡単じゃないけれど」

「Dランクなんてまだまだ先ですよ。でも、覚えておきますね」

まずは異世界の空気をいっぱい吸いたいし、町のことも分からないからずっと先になりそうだ。

「とまあ大体こんな感じね。後はこっちの冒険者冊子にも書かれているから読んでおいて。それとF、Eランクの冒険者にだけはマジックバッグといって、小さい袋に二メートル立方ぐらい物が入る魔道具を大銅貨三枚で貸し出しているわ。お金はかかるけれど、力のないあなたには良いと思うから利用してみてね。入り口のところで借りられるから」

「ありがとうございます。本当に力がないので助かります」

私はお姉さんにお礼を言い冊子を受け取ると、今日のところは宿も決まっていないので、依頼は受けないことも伝えた。

「まだ宿が決まっていないの？　じゃあ、ギルドを出て左に行くと〝鳥の巣〟という宿があるからそこへ行くといいわ。安いけれど安全で評判もなかなかよ」

「ありがとうございました」

私はお姉さんにお辞儀をしてギルドを出ると宿へ向かう。初めての宿はどんなところかな？

「いらっしゃいませ～」

宿の入り口を開けると元気な挨拶で迎えられた。受付の女の子のようだけど同い年ぐらいかな？

「こんにちは。宿泊したいんだけど部屋は空いてる？」

「大丈夫ですよ。一人部屋ですか？」

「うん、お風呂もある？」

「うちはないですけど、お湯とタオルのセットが銅貨二枚でありますよ。泊まりは夕食付きで大銅貨二枚です」

「じゃあ、とりあえず十日泊まるね。お湯は必要な時に言うから」

そう言って私は銀貨を二枚渡す。

「ありがとうございます。部屋は二階の223号室です！　カギは……これですね」

223というプレートの付いたカギを渡される。見たところこの宿は三階建てだけど、一階部分は食堂だからそんなに多くの人は泊まれそうにないな。

「お客さんは旅の方ですか？」

「うん、今日この町に来て冒険者になったの。名前はアスカ。歳はちょっと上か同じぐらいだと思うし、よろしくね！」

「わたしはエレン、十一歳です。よろしくお願いします」

「あっ、やっぱり私の方が年上だね。私は十三歳なの」

「えっ!?　あ、ごめんなさい。同い年ぐらいかと……」

「冒険者ギルドで受付の人にも言われたんだけど、私って結構小さいみたい。今までは村で暮らしてたからこんなものかなって思ってたんだけど違うみたいだね」

女性の方が成長は早いっていうけど、まさか十一歳と同じ身長とは……。

「これから伸びますよ。アスカさん」

「ありがとう。そういえば夕食の時間って決まってるの？」

「六の音の時から大丈夫ですよ。冬の間は五の音の時からです」

「六の音？」

六の音って何だろう。その後の五の音も分からないけど。

「ああ、村の出身でしたね。八時から二時間ごとに二十時まで鐘が七回鳴ります。なので、今の季節は六の音、つまり十八時からですね。二十時以降は鐘が鳴りませんけど、中央広場に行けば時間が分かるようになってますよ。多分、他の町もおんなじだと思います」

「ありがとうエレンちゃん。田舎暮らしでよく分からなかったの。少ないけどこれ」

私は袋から銅貨を二枚渡す。異世界一日目の情報としてかなり重要なことを教えてもらったから大盤振る舞いしたかったけど、今は駆け出しだからこのくらいで。

「ありがとうアスカさん。でもいいんですか？　まだ、冒険者になりたてなのに……」

「当面は村の家を売ったお金があるから大丈夫。心配してくれてありがとう」

「いいえ、じゃあごゆっくり～」

新しく冒険者の格好をした人が来たので彼女はそちらに向かっていく。私もゆっくりしたかったのでそのまま２２３号室へ。

「まあ、こんな感じかな」

部屋は五畳ぐらいでベッドと机、それに窓がある。荷物を置いて寝るだけなら十分だろう。それにシーツはよく洗われておりきれいだ。冒険者相手だからもう少し汚いところを想像していたけど、いい宿を紹介してもらえたようだ。

「……名前も知らないギルドのお姉さんに感謝を」

今更ながらあそこまで丁寧に説明してくれたお姉さんの名前を聞いていないことに気が付いた。明日、依頼を受ける時にいたら聞いてみよう。そう思って荷物の整理をする。

「これはまだまだ使いそうにないし、奥にでもしまっておこう」

朝見つけた手帳を机の奥にしまい、ベッドに腰かけてギルドで貰った冒険者冊子を開く。

「なになに……」

最初は冒険者の心得とランク。これは聞いたからパス。次にEランクへの昇格条件。

「あっ、こっちは依頼達成の規定数が載ってる。『依頼五件の達成と討伐依頼を受けることの意思確認』。これがお姉さんの言っていた条件かぁ。次の項目は討伐証明……うう、見るのが怖いなぁ」

『討伐証明について。討伐証明部位の持ち帰りは基本的に不要。魔物を倒すと自動的にカードへ記録される。ただし、牙など有用な部分はできるだけ持ち帰ることが望ましい』

「えっ!?　自動で記録されるなんて便利な世の中だなぁ。でも、結局素材は取らないといけないんだね。次のページは魔物の紹介と薬草の紹介だ。これはきちんと覚えないと」

『スライム……通常攻撃は効きにくいので核の魔石を狙うか魔法を使う。熱に弱いものが多い。核の買い取り価格は状態によるが最低大銅貨二枚（前衛により壊されることが多いためやや高額）』

「なるほど、核の魔石が弱点だけど、壊すと売るものが減るんだね。何だか討伐って大変そう」

他にもゴブリンとその亜種、オークやオーガなどが簡単な絵とともに紹介されていた。ちなみにオークやオーガに遭ったら初心者は這ってでも逃げましょうと注意が書かれていた。

「ここからは薬草の紹介だね。そういえば私も薬師の娘って設定だけどスキルはなかったよね？」

そう思いながら読み進めていく。

『リラ草……ポーションの材料。採取されたランクによって初級ポーションから上級ポーションにまで使われる。

ルーン草……主にＭＰ回復用ポーションとして使用。やや希少。

ムーン草……夜にうっすらと発光することから命名。麻痺や毒などの治療薬に。

ベル草……その形状から命名。多くの薬の効果を高める希少な薬草』

「載ってるのだけだと、結構種類は少なそうだね。絵も付いてる。これがそうなんだね～、よく見てたけど知らなかった……あれ？」

ん、よく見てた？　何を言ってるんだ私。そう思ったけど自分の記憶にない記憶が呼び起こされる。ぼんやりとして顔は見えないけど、おそらく母親と小さい私が薬草を採っている。私は教えてもらった草だけ採っているけど、説明はあんまり聞いてないみたいだ。

「ひょっとしてこの記憶が、薬師の娘に生まれた設定の記憶かな？」

この謎の記憶はひとまず置いといて冊子を読み進める。

「あっ、魔法についても載ってる！　風の魔法はと……」

私は自分の属性である風属性の項目を見ていく。

『エアカッターは風の刃を一つ作り出して攻撃する初級魔法。魔力が高い者は三つの刃を同時に作り出す、ウィンドカッターも頭に入れておくと良い』

「へ～、作り出す数が違うだけで別魔法になることもあるんだ」

他にも初級魔法が属性別に載っており、魔法のイメージを具体的につかむこともできた。

そして、最後のページには帰り際にお姉さんが教えてくれたマジックバッグの貸し出しについて書かれている。

「なになに……F、Eランクの冒険者には安価での貸し出しもしている。昇格を目指すなら利用を薦める、か」

下にもさらに何か書かれていたけど、とりあえず疲れたので今日はここまで。まだ夕方までは時間があるからちょっと寝てしまおう。

まったり過ごすために転生したんだし、これからこれから。

あれから三時間ほど寝た私は、夕食を取るため食堂へ向かった。あいにく食堂は混雑していたので、エレンちゃんとは話せなかった。

夕食はパンとスープと野菜。そして、冒険者の人が持ち帰ったお土産のオーク肉がちょっと出た。

「初日からお肉が食べられるなんて、冒険者の人ありがとう」

私は冒険者と女神様に感謝して夕食をいただいた。ただ、贅沢を言わせてもらえれば、パンはもう少し柔らかいのが良かったな。普通に食べられなくてスープに浸してようやく噛めたぐらいだ。

その後は部屋に戻ってもう少しゆっくりするつもりだったけど、成長期だからか子どもだからか眠くなったので、そのままベッドインしてしまった。

そういえばこのワンピースとローブ以外の服を持ってないし、冒険する時以外のお洋服も買いたいな。

そう思いながら私は転生初日を終えた。


「ふわぁ～、おはようございます」

誰もいないけど一応挨拶をして起きる。昨日は早めに寝たおかげか結構早い時間のようだ。簡単に身なりを整えて食堂に下りてみる。

「おはようアスカさん。昨日はよく眠れた？」

「おはようエレンちゃん。気持ちよく寝れたよ。シーツもきれいだったしね」

「ありがとう、シーツ替えはわたしのお仕事なんだ。二日に一回替えるから明日、もし出かける時は声掛けお願いします。寝てるなら札をかけるとかでもいいですよ」

「分かった。朝食って食べられる？」

「うちは銅貨三枚です。もう食べますか？」

「できたらお願い。はい」

私はエレンちゃんに銅貨三枚を渡すと、テーブルで待つ。

しばらくすると朝食が運ばれてきた。パンとスープとちょっとのお野菜。全体的に昨日の夜のメニューの余りかな？　量も少なめで、あんまり食べない私にはちょうどいいかも。

ただ、このパン……きっと昨日と同じやつだよね？

「いただきま～す」

余り物だと思ったのでスープも昨日と同じ味かなと思ったけど、ちょっと薄めかな？　朝から濃い味は苦手だから助かる。ただ、やっぱりパンは昨日の夜と一緒で硬かった。何ていうか、他の料理と違ってここだけが未開の地だ。

私が食事をしていると、まだ早い時間だからかエレンちゃんも暇なようで声をかけてきた。

「アスカさん、今日はもう出かけるの？」

「うん、とりあえず依頼を受けようかなって。服も買いたいけど、この時間だと開いてないよね？」

「そうだね～、大体の店は十時からかな？　だから、二の音の時刻からだね」

「その○○の音ってどうやったら分かるの？」

ふと疑問に思った。お寝坊さんはどうしたらいいのだろう？

「鐘の回数だね。二の音の時は二回。六の音の時は六回鳴るから。後は昨日も言ったけど中央広場に行けば正確な時間が分かる時計があるよ」

「へえ～、エレンちゃんってものしりだね！」

「町の人はみんな知ってるよ。でも、言われてみればたまに来る村の人とかはみんな驚くね」

「そうなんだ。エレンちゃんみたいなしっかりした子のいる宿を紹介してくれたギルドのお姉さんには感謝しなくちゃ。いい宿を紹介してもらえて良かったよ」

「今後ともよろしくお願いします」

二人で笑い合った後、食事を終えた私はいったん部屋に戻り、装備を整えてから部屋を出る。

「一応その前にMPがちゃんと回復しているか見ておこう。ステータス！」

名前：アスカ
年齢：13歳
職業：Fランク冒険者／なし
HP：40／40
MP：200／200（1200／1200）
腕力：5
体力：12
速さ：20
器用さ：24
魔力：70（280）
運：50

スキル：魔力操作、火魔法ＬＶ２、風魔法ＬＶ２、薬学ＬＶ２、（隠蔽）

良かった、ちゃんと回復してる。ん？　何かスキルが増えてる。

薬学ＬＶ２……基本的な薬草の見分けがつく。また、通常は初級程度のポーションの作製が可能。


「これは昨日の謎記憶を思い出したからかな？　薬草の種類が分かるだけでＬＶ２なんだ」

一応、十三歳まで何年か採取をしてる設定だからだろうか？　ありがたく頂戴しておこう。念のために冒険者カードのスキル欄も確認してみる。あれ？　こっちには表示されないな。更新とか必要なんだろうか？　ギルドで依頼を受ける時に聞いてみよう。

「そうと決まればギルドへ向けて出発」

行ってきま〜すとエレンちゃんに声をかけて一路、冒険者ギルドへ。ギルドに近いというのもこの宿のいいところだ。裏路地も通らなくていいし、町自体の治安もいい。

私は幸先のいい二日目のスタートを切った。

3　アスカの初依頼

　来客を知らせるためのベルが付いた冒険者ギルドのドアを開けて、依頼票の並んでいる奥へと向かう。途中、カウンターをのぞくと昨日のお姉さんがいた。依頼を決めたら後で相談に行こう。

「え〜と……採取、採取」

　依頼を順に見ていくと、メジャーな薬草であるリラ草の採取依頼が見つかった。横にはルーン草やその他の採取依頼もある。これって一緒に受けられるんだろうか？

　今日はお試しに受けるので、リラ草の依頼票だけを取ってカウンターへ向かう。ちょうど昨日のお姉さんのところが空《す》いていたので、そこに並んで順番を待った。

「おはよう、アスカさん。今日は早速依頼を受けに来たのね？」

「はい、えっと……」

「ああ、昨日は名前も言わずにごめんなさい。私はホルンよ」

「ホルンさんですね。こちらこそ色々親切にしてもらったのに名前も聞かないで……」

「じゃあ、お互い様ね。それで依頼は決まったの？」

「はい。最初なのでリラ草の採取を。ちなみに薬草の採取依頼はまとめて受けられますか？」

「大丈夫よ。でも、それぞれ期限が違うことも多いから、まとめて受けてうっかり期限切れにならないように。あと、採取の依頼は誰でもできるものが多いけれど、ポーションがない時に魔物に襲われると命に関わることもあるから注意してね」

なるほど。確かに採取は薬草を群生地から採ってくるだけだけど、群生場所はそれぞれ別だからまとめてってわけにはいかないよね。そして、魔物に注意かぁ。まだ遭ったことはないけど、怖いんだろうな……。

「分かりました。でも、初めてなのでどこで何が採れるか分からないんです。あと、採ったのが何の薬草かも。一応昨日貰った冊子は見ましたけど……」

「Eランクまでなら最悪、こっちで鑑定する時にその場で依頼を受けたことにできるわ。……Dランク以降はさすがに自分で見分けて、先に依頼票を取ってきてね」

「いいんですか？」

「薬草の採取は常時依頼していることが多いから特別なの。戦わない人がそれで来てくれなくなっても困るしね」

ホルンさんはこそっと、孤児院の子たちもそうしないと働けないからと教えてくれた。やっぱりこの世界にも孤児院とかあるんだな。スラムも小さいけどちらっと見かけたし、あんまり危険なところには近づかないようにしないと。

「それと依頼には本数がおおまかに書いてあるけれど、採ってきてもらった薬草の買取価格はランク付けの関係で毎回変わってしまうから気を付けてね」

「結構違いますか？」

「ランクはCからSまでだけど、Bランクなら中級ポーションの材料にもなるし、Aランクからは上級ポーションの材料に使えるから全く違うわね。といっても最終的に作られるポーションの品質は薬師の腕次第なのだけど」

　ホルンさんが言うにはリラ草はCランクなら束で銅貨五枚だけど、Aランクは一本大銅貨一枚になるらしい。これは採取時に気を付けないと。

「そういえば昨日は冊子、ありがとうございました。村でも薬草を採っていたんですけど、種類とか詳しくなかったので助かりました」

「あら、アスカさんは道具屋か何かの娘だったの？」

「母が薬師だったんですけど、よく説明も聞かずに採っていたので……」

「そう……もう一度、昨日の水晶に触ってもらえる？」

「はい」

　言われた通りに私は水晶に触れる。

「やっぱり。あなた、薬学のスキルがついているわね。きっと、薬草だとは知っていたけど種類や効果が分からないからスキルとして出なかったのね。調合はできる？」

「簡単なのだったら多分……。したことはないですけど」

「なら、薬草をここで売ってもらってもいいけれど、お金が貯まってきたら自分でポーションを作って商人ギルドや商店に売ることもできるわよ」

「ここではなくてですか？」

「冒険者ギルドだと個人製作の物品取引はあまりできないから、効果が高いものでも買取価格は安くなるわ。そうなったら、商人ギルドに行くといいわよ。また、その気になったら案内してあげる」

「それなら、また今度お願いします。あっ、スキルって身に付くとこのカードに出たりしますか？」

「カードの記載は受付で更新しないと変わらないわ。今日みたいにパッとつくこともあるから依頼を達成した後に見る癖をつけるといいわよ。早速預かるわね」

私はカードを渡すとホルンさんがカードを読み取り機に通す。

「はい。これでカードの情報が更新されたわよ」

受け取ったカードを首に下げて私は裏のボタンに触れる。するとスキルのところには確かに朝にはなかった『薬学ＬＶ２』が表示されている。

と、ここで疑問が浮かぶ。ひょっとして〝ステータス！〟で能力を見ることができるのって私だけなのだろうか？

「ホルンさん。じゃあ、スキルとかステータスの変化はここに来ないと見られませんか？」

「基本的にはそうね。ただ、〝鑑定〟というスキルを持っている人は視《み》ることができるわ。私は〝物品鑑定〟だけだけど、〝鑑定〟スキルは人も物も視ることができるの。でも、視線を向けて集中しないと視られないから相手にもすぐに分かるし、声もかけずにされたら怒っていいわよ。個人情報は冒険者にとって大事ですからね。アスカちゃんは小さいし、登録したてだからいきなり見せてもらったけれど、今後は私も確認を取って視るから」

「分かりました。ありがとうございます」

やっぱり〝ステータス！〟は私だけのものみたい。女神様は気の利いたサービスのつもりなんだろうけど、何気ないチートをつけてくれたようだ。

「他に質問とかはない？」

そう言われたのでせっかくだからランクごとの能力の目安があるか聞いてみる。私の元々の280という魔力が世間一般ではどのくらいのレベルなのか知っておきたいし。

「じゃあ、大体このランクの人だったら魔力はこのぐらいって分かりますか？　私、魔法使いしか適性がないと思うので……」

さすがにこのステータスの偏り方で他の職業は難しいだろう。

「そうねぇ。Dランクなら100から150までね。それ以上のランクになると単純なステータスより、経験によるところも多いから微妙ね」

「じゃあ、その倍の300ぐらいだと、どのくらいですか？　参考でいいので」

「300だと……魔法使い系ならBランクの上の方からAランクぐらいかしら？　と言っても魔力が2000ぐらいで複数属性使えるAランクの人もいるし、一概には言えないけれど」

なるほど。じゃあ、私の280という魔力は結構高いのか。隠蔽していて良かった。

「あ、でも気を付けてね。最初に測った時に100あった人でも最終的に120で止まる人もいるし、みんながみんな伸びるわけじゃないから」

「分かりました。ありがとうございました」

早熟型とかこの世界にもあるんだな。逆にそういう人ほど大変そうだ。苦戦するようになってから戦い方を考えなくちゃいけないだろうし。他には聞くこともないから、そろそろ行かないと。

「それじゃあ、行ってきますね。ホルンさん」

「ええ。マジックバッグ借りるなら忘れないようにね」

「あっ!?」

私は昨日言われた通り、マジックバッグをレンタルする。レンタル料は大銅貨三枚だ。これで二メートル立方分の物が入るんだからお安いと思う。特に私みたいに力のない人間には。

「それじゃあ、行ってきま～す」

手を振ってギルドを出て、いざ初めての冒険へ。

でも依頼を受けたはいいけど、どこに行けばいいんだろう?

改めてもう一度依頼票を見ると、『リラ草十本以上／採取候補地アルバ西草原』と書いてあった。

「なるほど。採取依頼は採れる場所も書いてあるんだ。他にもあるとは思うけど、とりあえずは行ってみよう」

町へ入る時に通った門の前まで行き、改めて案内図を見る。

「へ～、この町は東西に門があるんだ。じゃあ、明日は東側に行こうかな?」

「お嬢ちゃん、東側はあまり行かない方がいいぜ」

声をかけられて振り返ると昨日の門番さんがいた。

「あ、こんにちは。東って危ないんですか?」

「危ないっていっても町の周辺はまだ安全な方だな。特に西側は魔物の目撃情報も少ない。だが、東側はちょっと多いんだ。それに王都への街道に加えて、森もあるから盗賊がたまに出るんだよ。どっちにしろ森まで行かなきゃ問題ないけどな」

「門番さん、西側に立ってるのに東側のことにも詳しいんですね」

「ああ、町に来たばっかりだったな。この町の門番は週交代で東と西が変わるんだよ。だから、どっちのことも詳しいんだ」

「そうなんですね。ありがとうございます」

「ここに来たってことは採取か何かの依頼だろ？　森まで行かないように注意しろよ」

「はい、気を付けます。じゃあこれ」

私は冒険者カードを見せて門を出ていく。いざ、依頼開始だ。

「そうは言ってもどこにあるんだろう？　とりあえず昨日目覚めた辺りまでは遠いし、ちょっと奥まで行けばいいのかな？」

森までは安全って言われたし大丈夫だろう。そう思って三十分ほど歩き続ける。

「やっぱり街道って歩きやすい。でも、そろそろ薬草を探さないと。覚えはないけど記憶だとどうだったかな」

う～んと首をひねって薬草のありかを思い出す。昨日冊子で絵を確認したから、どの薬草がどれかは分かっているので、後は記憶から引っ張り出すだけ。

リラ草……確か、主に草原に生える薬草でポーションの材料になる。小さいつぼみから白い花を付ける。花は有毒でつぼみを付けるまでに採取した方がいい……ってことだったかな。

「え～と、これかな？　念のため冊子で確認して……」

私は見つけた薬草を視界に入れたまま冊子を取り出し確認する。うん、間違いない！　一本目確認だ。

でも、摘むのってどうやったらいいんだろ。勢い良くやるのがいいのかな？　それともゆっくり？　初めてだから両方試してみよう。後で受付のお姉さんに鑑定してもらえばいいし。でも、袋に入れたら見分けつかなくなっちゃうな。

そうだ！　片方は根元をちょっとだけ折ることにしよう。そうと決まれば一本目ＧＥＴだ！

「後は同じように探さないと……」

他の人とかぶらないようにちょっと離れたところまで来たから、周りに人はいない。森からはちょっと距離があるけど、そこそこ近くまで来たので普通はあんまりここまで来ないみたいだ。

「よしよし二十四本目～。順調順調」

あれから一時間半ほど辺りを見回して、依頼は達成している。ここまで来たら他の薬草も探していこう。

「でも、この辺だと見つからなさそうだし……もうちょっと奥に行こう」

再び三十分ほど奥へと向かう。しかし、体力のない私はちょっと疲れたので休憩を取ることにした。

「本当に体力ないなぁ。少しずつつけなきゃね」

そう思いながら、町で買っていたパンと水で昼ごはんにする。ひもじいけどまだまだ稼ぎのない私にとっては我慢すべきところだ。

景色を見ながら食べていると、ふいに見た草が目に入る。

「あれってルーン草？」

食事もそこそこに冊子を取り出し確認する。森というより林といった感じのところの入り口近くに生えているそれは、紛れもなくルーン草だ。ちょっと触ると、とても柔らかい薬草のようだ。

「こういう草を一気に引き抜くのはやっぱりまずいよね。そーっと、そーっと」

ルーン草を慎重に採ってマジックバッグにしまう。よく見るとさらにちょっと奥でまとまって生えているようだ。でも、数が少ないから注意して採らないと。

「他の人に見つからないように、入り口近くはちゃんと採って奥の方は間引く感じで……」

追加で合計十三本のルーン草を採ることができた。だけど、林はちょっと薄暗いし不気味な感じもするのでこれ以上は奥に入らないでおこう。

「思いもよらない収入になったかな？　じゃあ、本題にかかろう」

林から出た私は当初の予定通り、さらにリラ草を集めていく。この辺はさっきのところよりも多く生えているようで、一時間で二十八本も採ることができた。

「この調子でいくと結構取れ高も良さそうだし、ちょっと他の薬草も探そうかな？」

私が目を向けたのはムーン草だ。記憶によれば群生地は森の入り口から森の中ほどまでで、夜間に光るため見つけやすいけど、夜は魔物も出やすいので採るなら実は日中なのだ。

「でもここから森ってまだ二時間ぐらいあるよね……」

昨日の森からはまだ離れているし、この体力のなさからいくと、帰りは夜になりそうだ。

そう思いながら辺りを見回すと、ちょっと奥に背の高い木が生えた林が見えた。

ひょっとしたらこの辺りなら生えているかも……。新たな目標に向かって私は歩き出した。

「ここら辺から木の背が高くなってくるみたい。木の根元付近に生えるはずだからちょっとずつ調べながら行こう」

私は木の根元をつぶさに調べながら進んでいく。途中キノコが生えていたのでそれも適当に失敬する。毒キノコ？　へ～きへ～き！　何といってもこの世界には鑑定スキル持ちの人がいるから。

私は意気揚々とキノコも採取する。

「ムーン草や～い」

一人きりだと何かしゃべっていないと落ち着かない私は、そんな謎の言葉を言いながら先に進んでいた。進むといっても一株ずつ見ていくので、それほど先へは進んでいない。まだまだ入り口も見えるし……。

そうして林を進んでいると、少し先の草むらが揺れて音を立てた。

「ん？　動物か何かかな？　ウサギとかだったら触ってみたいな～」

なんて、のちの私が聞いたら激怒するようなことをつぶやきながら近づく。

しかし、近づくにつれて小動物が発する音ではないと気が付いた。他の冒険者だろうか？　恐る恐る木の陰からのぞいてみる。

《グルゥウゥッ》

《ギャギャッ》

そこには大きな犬、いやオオカミの魔物とゴブリンが対峙していた。オオカミは群れからはぐれたらしく一匹だけど、ゴブリンの方は剣を持った奴が一匹と、弓矢を持った奴が二匹いた。剣を持ったゴブリンが斜めから近づき、それを後ろにいるゴブリンたちが弓でもってフォローしている。

三対一でも陣形を組んで行動しているんだ……。オオカミはすでに手傷を負っているようで、後ろ脚をやや引きずっている。

逃げるのを諦めたのかオオカミが剣を持ったゴブリンに噛みつこうとする。

《キャンッ》

小さい鳴き声とともに襲いかかろうとしたオオカミは、後方のゴブリンの矢によって射られた。

この調子だと私が隠れていることがばれたらこっちにも向かってくるだろう。杖をつかんで気づかれないように後退する。

その時、ポキリと、小さいけれどはっきりとした音が辺りに響く。どうやら小枝を踏んづけたらしい。ここにきて木の根元にいたことがあだになった。

ゴブリンたちが何事かとこちらに目を向ける。やばい、逃げなきゃ！　でも、相手は三匹。追いつかれたりしたら……。

こんな時に前世で読んだ小説やら何やらの話が目まぐるしく頭を駆け巡る。

「こんなところで死にたくない……リベレーション！」

　私の体に隠されていた力が解放される。ゴブリンたちは私に気づいたけど、一気に距離を詰めてはこない。でも、一人しかいないのが分かったのだろう。汚い顔をゆがませ、笑みを浮かべるとこちらに寄ってきた。

「よ、寄らないで！　ウィンドカッター！」

　私はおびえながらも三つの刃を作り出す風の魔法を放つ。しかし、集中できていなかったため、目標から外れて風の刃は大空へと舞い上がる。それを見たゴブリンたちは今だとばかりに一気に襲いかかってきた。

「こ、来ないで！」

　私は恐怖のあまり続けて魔法を唱えることもできずに、近寄るなと手を動かす。しかし、そんなことをしてもどうにかなるはずもなく、ゴブリンたちは近づいてくる。

《ギャウ？》

　その時、鋭い音とともに弓を持った一匹のゴブリンの体が真っ二つに裂けた。急な背後からの攻撃に、残ったゴブリンたちが周りを警戒する。

　私も訳が分からなかったが、空中で風を切るような音がするのに気が付いた。空を見上げるとさっき放ったウィンドカッターが空で舞っている。魔力操作のおかげか外れた魔法はまだ効果が続いているようだ。

「そうと分かれば……」

まだ事態をよく分かっていないゴブリンたちに、私は上空で舞う風の刃を振り下ろす。
《ギャギャアァァッ》
一瞬にして体を切られ、何が起こったか分からないゴブリンたちもすぐに痛みを感じ始めたらしく、地に伏せる。そして、致命傷を負った彼らはすぐに息絶えた。

「はっ、はっ、はっ……」

それから少しして。

さっきから私は肩で息をしている。もうゴブリンたちは倒したけど頭が警戒を解いてくれない。次はどこからか来るのかと周囲に意識を向ける。

二分後、ようやく動悸が収まってきた私は、警戒を解きその場にへたり込んだ。

「助かった～、うえ?」

あまりの緊張に泣けてきたみたいだ。涙をぬぐいながらも冷静になろうと深呼吸をする。

「すぅ～、はぁ～」

何度か深呼吸をして、落ち着いてきたところでこの後はどうしようかと考える。

……そうだ冊子！ これまで私を助けてくれた冊子の存在に思い当たりページをめくる。何てったって初の討伐だ。依頼は受けてないけど……。きっと討伐証明とか必要だよね。

「え～と、討伐証明、討伐証明……」

昨日見た項目を読んでいく。そして、『魔物』のところに行きついた。

「なになに……討伐証明部位の持ち帰りは基本的に不要。……ただし、牙など有用な部分はできるだけ持ち帰ることが望ましい……」

そうだった。昨日、倒すだけでいいなんて便利な世の中だとさんざん思ったんだった。じゃあ、汚い耳とか切らなくていいんだね。

後は死体の処理については……できれば埋めること。臭いで他の魔物が寄ってくることがある。

う～ん、穴を掘る道具とかないけどどうしよう？　風魔法とかで掘れないかな……。

「物は試し！　ウィンドカッター！」

何度か魔法を発動させ、さっきより小さくてたくさんの刃を生み出し地面に当てる。それから風を上空に向かって起こし土をどけていく。

「うん、何とかできそう。じゃあ、順番に入れていこう。そうだ！　この弓とかって売れたりするのかな？」

ゴブリンを埋める前に所持品を見てみる。剣は錆びてるしボロボロだから無理だろうけど、弓と矢筒は比較的新しそうだ。二匹目の弓は私の魔法で真っ二つだったけど。

「とりあえず矢筒一つに矢はまとめて、後は弓を背負う感じで……」

弓を肩にかけ、矢筒を背にローブを着て杖を持つ女。

「今の格好は絶対鏡で見れないな。それとオオカミはどうしよう？」

ゴブリンたちが仕留めたオオカミだけど、私は森暮らしの経験もなければ猟師でもない。オオカミなんて捌《さば》けないし、皮を剝ぐなんて夢のまた夢だ。

「やり方なんて分かんないし仕方ないよね。とりあえず牙だけでも持って帰ろう」

オオカミ（名称不明）の牙は矢じりなんかにも使うらしく有用だと書いてあった。ちょっと怖いけど大きく出っ張った二本の牙を風魔法で切り落とし革のバッグに入れる。

「さすがに薬草と交ぜちゃまずいよね。自分の方に入れとこう」

そして、ゴブリン三体とオオカミを埋めた後、さっさと帰ろうと踵を返す。すると、入り口へ向かう手前にちょっと明るいところがあった。恐る恐るそこへ近づいてみると。

「ひょっとしてこれ、ムーン草？　ラッキー♪」

目的のものが見つかってさっきまでの恐怖はどこへやら、私は反省もなく摘んでいくのであった。

「ん～、これ以上は採りすぎちゃうな。しばらく置いてまた来よう」

二十本ほどムーン草を採り、薄暗い林を出た。外に出ると太陽が少し傾いているのが目に入る。

「今って、何時ぐらいだろ？　そろそろ今日は戻ろう。そうだ！　風魔法で加速とかできないかな。体力もつけたいけどできるだけ早くここを離れたいし……」

さっきまでのことを思い出して、身震いしながら私は加速するイメージで風魔法を使う。

「わ、わわわっ。はやっ、速い！」

すぐに魔法を止めたけど、少しの間ものすごいスピードで景色が流れていった。そして後ろを振り返ってみると、さっきのところから結構離れていた。

「誰も見てないよね～」

こんな超常現象めいたことを見られていないかと周りを見回すが、人はいないようだ。でも、こんなに強い魔法だっけ？
「ん～、能力でも上がったかな？　ステータス！」

名前：アスカ
年齢：13歳
職業：Fランク冒険者／なし
HP：40／40
MP：1100／1200
腕力：6
体力：13
速さ：20
器用さ：25
魔力：285
運：50
スキル：魔力操作、火魔法LV2、風魔法LV2、薬学LV2、（隠蔽）

わずかにだけどいくつかの数値が上がってる。っていうか能力解放したままだった……。そりゃ強い魔法になるよね。このまま町に戻ったら危ないところだった。隠蔽隠蔽。

私はステータスを昨日と同じように隠蔽する。ただし、上昇した分はそのままだ。なので今の私の魔力は７５。前の７０から戦ってちょっと成長しましたって感じだね。

「これで戻る準備もできたし、今度こそ帰ろう」

寄り道はせず、街道を道なりにアルバの町へと帰っていく。さすがは開けた街道だけあって、何事もなく帰路に就くことができた。

「お、お嬢ちゃん今帰りか？」

門に着くと出がけに色々教えてくれた門番の人に話しかけられた。

「はい。初めてでしたけど、色々教えてもらえて助かりました」

「そうかそうか、そりゃ良かった。で、その弓は？」

「これですか、あはは……」

何とも言い難く言葉を濁して返事をする。門番さんも察してくれたのかそれ以上は聞かないでいてくれた。

この持っている弓だけど、あれから町までの間に試し撃ちでもと思ったものの、なんと、弦を引くこともできなかった。何とも貧弱な体だ。もうちょっと筋肉つけないとね。

「それじゃ、身分証の確認だ。一応な」

「はい」

出る時と同じように冒険者カードを見せる。水晶については毎回ではないらしい。見なれない人や旅人だと確認するけど、通常冒険者は町ごとにギルドに寄るからすぐに確認できるとのこと。この辺もゆるいなと思ったけど、それだけ平和なんだろう。

「ようやく帰ってきた……。ちょっとお腹も空いたし何か食べよう」

そう思って、屋台広場の方へ向かう。屋台はにぎわっており色々な店が並んでいる。私は体力をつけるためという名目で肉の串を売っているところに並んだ。

「一本ください」

「はいよ、お嬢ちゃん。銅貨三枚だ」

私はお金を渡して串を受け取る。何の肉かなと看板を見るとボアの肉と書いてあった。味付けは塩のみだったけど、肉質は柔らかく癖もなくて美味しかった。

「おじさん美味しかったです、また来ますね！」

「おう！」

おじさんと別れてギルドへ向かう。今日のうちに渡さないと薬草の鮮度とか落ちそうだし。

ギルドに着きドアを開ける。その時に鳴るベルの音が無事に帰ってきたんだなと思わせた。

中に入るとホルンさんがこちらに気づいて手招きしている。昨日も思ったけどホルンさんは仕事が速いのかいつも列にならないなぁ。

「こんにちは、ホルンさん」

「早かったわね、アスカちゃん。ギルドに来るのは明日になると思ったんだけど」

「でも、依頼は十本だけですよね？」

「アスカちゃんも分かっていると思うけれど、十本程度じゃ一食分にもならないからね。大体の人は五十本とか百本単位で持ってくるのよ。マジックバッグのレンタル料もかかるから」

「そうなんですね。多めに採っといて良かったです」

「じゃあ、中身を出していってもらえる？」

「はい。あ、でもこれどうやって出すんですか？　一種類ずつ出せるかな……」

ホルンさんは怒らないと思うけど、毎回バラバラに出していったら、私も相手も大変だよね。

「大丈夫よ。リラ草って思いながら出せばリラ草だけ取り出せるわ。何か分からないものの時は中を見たいと思ってのぞき込めば見られるわよ」

「本当ですか？　じゃあ、リラ草！」

適当に手を突っ込んだ私は何かをつかむと袋から出す。出てきたのは確かにリラ草だ。

「本当だすごい！」

「でしょう？　だから、マジックバッグって高いのよ。これと同じものだと金貨十枚ってところね」

このマジックバッグが金貨十枚……。でも、力のない私にとっては十分魅力的だ。Dランクになったら借りるお金も高くなるし、ひとまずは宿に泊まるお金を貯めつつこれを買おう。

「取り出し方は分かったみたいね。じゃあ、どんどん出していって」

「はい！」

ホルンさんに言われた通り、私はリラ草を出していく。ホルンさんは後ろでかごをいくつか用意して、出したリラ草を順番に入れていっている。とはいってもほとんど左のかごに入っているので、ランク分けしているんだろう。多いということはきっとCランクだろうな。

根元のところを見ると、左側はどうやらゆっくり摘んだものが多いみたいだ。逆に勢い良くぶちっと摘んだ方が真ん中とか右に入っていってる。リラ草は勢い良く摘んだ方が良さそうと冊子を取り出し書いておく。

「これでリラ草は全部です」

「それじゃあいったん分けた分を言うわね。Cランクが三十七本、Bランクが十二本、Aランクが三本ね。Aランクが三本なんてやるわね。さすが薬師の娘さんだわ。じゃあ、他に見つけたものも出してみて」

「はい。じゃあまずはルーン草ですね……」

私はまず全部で十三本あるルーン草を出す。

「め、珍しいものも見つけたわね」

ホルンさんが若干引いている感じだったけど、やや希少と書いてあるぐらいの薬草だし大丈夫だろう。

「次はムーン草です」

続けてムーン草を出す。いちいち数えていなかったけど合計で十九本採れていた。

結果はルーン草がCランク八本、Bランク四本、Aランク一本。ムーン草はCランク十本、Bランク五本、Aランク四本だった。ルーン草とムーン草は大事に摘んだので、そっちの採り方が正解だったのだろう。私は冊子のそれぞれの項目へ書き込んでいく。

「初めてでよく見つけたわね。って、何を書いているの？」

「はい。良い採り方を知りたいと考えながら採ったので、ホルンさんが鑑定してくれて助かりました。リラ草は採り方によって根元に印をつけておいたんですけど、勢い良く採った方がいいみたいです」

これからは単純に採るんじゃなくて、〝考えて〟採っていこう。

「それにしても色々なところに目がいって素晴らしいわ」

そう言いながらホルンさんは目線を外してどこかを見ていた。虫でもいたんだろうか？

「おっと、ムーン草とルーン草の依頼もこれで受けたことにできるから、依頼票を持ってくるわね」

続いてホルンさんは依頼ボードのところに行って紙を二枚取ってきてくれた。戻る前に冒険者の人に声をかけていたんだけど何だろう？　いつも仲良くしてる人だったのかな？

「はい、これが依頼票ね。ルーン草は三本から、ムーン草は基本五本から依頼を受けられるから覚えておいてね」

「分かりました。次からは先に持ってきますね」

「ええ、でもさすがね。最初はみんな間違えて雑草を持ってくるんだけど全部本物だったわ」

「見慣れてるからだと思います」

「それでもすごいわよ。じゃあ、今回の依頼の報酬を渡すわね。まとめてでいい？」

「はい。そうだ！　せっかくなんで冒険者カードに入れてもらえませんか？」

クレジットカードはおろか、キャッシュカードも使ったことのない私には夢の労働の対価だ。近いうちに使っちゃうとは思うけど、ここはぜひカードに入金してほしい。

「いいわよ。じゃあ今回の報酬はと……金貨一枚と銀貨一枚に大銅貨二枚と銅貨五枚ね」

「そんなに！　いいんですか？」

「もちろんよ。ムーン草は毒消しや麻痺治しのポーションの材料だけれど、Ａランクのものを使うと万能薬もできちゃうから高いのよ。ルーン草もＡランクだったら上級のＭＰ回復用ポーションになるし、できたものは魔法使いによく売れるのよ」

よく売れるといってもルーン草のＡランクは一本だけだし、それを使ったポーションなんてもっと高いんだろうな。

私はお金を入れてもらうためにカードを渡す。

「じゃあ、入れるわね。それとカードはギルド提携の宿や店では使えるけれど、露店じゃ使えないから注意してね」

「はい、覚えておきます」

その辺りは電子マネーなんかと一緒なんだ。感心しながらも私はカードを返してもらった。

「他に採取したものとかはない？」

「後は……キノコがあります！」

言うタイミングがなくて中に入ったままになっていたけど、聞いてもらえてラッキーだ。私は笑顔でマジックバッグに手をかけた。

「キ……ノコ」

ホルンさんは何だか微妙な顔をしているけど、それには気づかないふりをして私は出されたかごに向かってどさどさっとキノコを出していった。結果、かごには色とりどりのキノコが積み上げられた。

「……もしかして、『どうせ鑑定できるからちょっと危険そうなのでもいいかな？』とか思ってないわよね？」

ううう、ホルンさんが怒ってる。だけどその通りなので笑みを浮かべて誤魔化してみる。

「いい？　触るだけでも危険なものがあるから、あまりこういうことはしちゃだめよ」

「分かりました……」

「分かればよろしい。今回は引き受けるけれど、残念ながらキノコの鑑定は手間がかかりすぎるから買取はなしね。鑑定スキルがあってもなくても、それなりには見分けられないとだめよ。代わりにこれをあげるわ」

「……これは？」

「『食用キノコのすゝめ』よ。一時期冒険者だけでなく、町の人の間でもベストセラーになったの。残念ながらすぐに下火になったけどね」

「どうしてですか？」

キノコって美味しいし、町の近くにある林ぐらいだったら入っても安全そうなのに。

「下手に町の人が林や森に入って怪我をしたことがあったし、誤って毒キノコを食べた人が病院に運ばれたこともあったの。おかげでギルドにはいらないからと言われて貰った本が山積みなの。冒険者なら知っておいて損はないから、採取ができる人には渡しているのよ」

「本当ですか？　ありがとうございます」

「あと、本を読むだけじゃなくて、ちゃんと売れそうなキノコは教えておくわね。この茶色のものがマールキノコ。一般的で味もいいわ。奥のこれはクロクラよ。黒いのが特徴で少しだけど体力の回復と怪我の治療にも使えるわ。そして、この白いのがコークスキノコよ。真っ白いのが特徴で、ＨＰもＭＰも回復する上に美味しいの。見つけたら食べるも良し、売るも良しよ」

ホルンさんに紹介されたキノコを見つめる。貰った冊子を出してちゃんと特徴を書いておかなきゃ。私が冊子に書き込んでいると、ホルンさんの視線が今までと違うところに向いた。

「そういえばアスカちゃん、背中のものは何？」

依頼を達成できて一安心した私に、ホルンさんの追及が来た。その視線の先は私の格好に似合わぬ背中の物体だ。今までも後ろに視線が行っていると思っていたのは、気のせいじゃなかったか。

「弓と矢筒です」

ここは偽りなく、真っ正面から答える。

「それは見れば分かるけれど、昨日は持ってなかったわよね？」

スルーしてくれるかと思ったけど、だめだったか。まあ、魔物を倒したことも言わないといけないし。そういえばオオカミの牙も取っていたんだった。

「その……採取の時に実は魔物に遭いまして、ゴブリンが持っていたんです」

「大丈夫だったの？　怪我はない？」

ホルンさんが慌てて確認しようとしてくれたけど、運良く怪我もなく魔法で倒したことを伝える。ついでに顚末も話しておいた。

「怪我がなくて良かったわ。ゴブリンを倒したって聞いたけれど、その時いたウルフの素材は何か持っていないの？」

「ありますよ。牙です」

「あら、ウルフは牙だけなのね」

「はい。私は魔物の皮を剝いだりできませんし、バッグの中が汚れないか心配で……」

「そうだったの。なら心配ないわよ。中で交ざったりはしないから。ウルフの肉はあまり価値がないけれど、毛皮は売れるから余裕があるなら持って帰ってね。言ってくれればギルドで解体を受け持つから。もちろんお代はいただきますけどね。じゃあ、これも鑑定するわね。他には何かない？」

「これで全部です」

「それじゃあ、買取はウルフの牙だけになるけれど、これは形もいいから大銅貨五枚ね。二個あるから合計銀貨一枚。これもカードに入れていいかしら？」

「お願いします」

それにしてもオオカミ……この世界じゃウルフか、ウルフは毛皮も使えるんだね。次に倒したらちょっと怖いけど丸ごとバッグに入れて持ち帰ろう。

そう心に誓うもまだまだ先のことだと思う。そんなに普段から戦いたくないし。

私は色々教えてくれたホルンさん改めてお礼を言う。

「本当に今日は色々とお世話になりました」

「これが仕事ですからね。でも、さっきのムーン草……ひょっとして森まで行ったの？」

「そこまでは行ってないです」

私が入っていったのは林だと思うし。

「そう……最初から無茶しないようにね。それとその弓はどうするの？」

「それなんですけど、これって売れたりします？」

「売るねぇ……ちょっと見てもいいかしら？」

「どうぞ」

私は弓と矢を渡す。ホルンさんは弓を眺めたり引いたりしている。実際どうなんだろう？　ゴブリンが持ってるくらいだから売り物にもならないのだろうか。

「う～ん、思っていたよりしっかりした弓ね。Dランクぐらいまでなら使えそうだわ。矢じりもフォレストウルフの牙ね。結構しっかりしているけれど本当に売るの？」

そう言われても今の私には引けないのだから仕方ない。恥ずかしいけど勇気を振り絞って話す。

「弓が引けないのでいいです……」

「うん？　ごめんなさいもう一回言ってくれる？」

恥ずかしさのあまり声が小さくなっていたようで、ホルンさんには聞こえなかったみたいだ。意を決しもう一度。

「弓が引けないんです！」

今度は思いのほか大きい声になってしまった。やっぱり緊張してしまうと声も大きくなるんだな。急に大きい声を出したせいかギルド内が一瞬で静かになってしまう。あれ？　結構みんなに聞かれた感じ？　そう意識すると恥ずかしくなってうつむいてしまう。

「……そっ、そう、それなら仕方ないわね。今度、武器屋の人に見てもらうから数日後に結果を伝えるわね」

別段大きい弓でもないしホルンさんも予想外のセリフに慌てふためいている。すると後ろから声がした。振り返れば冒険者らしい男の人が笑っている。

「ワハハ。さすがのホルンさんも慌ててるな。でも、お嬢ちゃんももう少し筋肉をつけんとな」

そう言った後にその人はまたワハハと笑う。まあ冒険者として私の腕力は壊滅的だし、さすがに言い返す言葉もない。

「ごめんなさい。冒険者にとってステータスを他人に知られることはいけないことなのに……」

ホルンさんがしょげてしまっている。

「いいんですよ。弓が引けないのは事実ですし、きっとすぐに引けるようになりますって……多分」

それにしても冒険者の人って、さっきの会話から相手の腕力とかがある程度分かるんだ。これも経験ってことかな？　私の場合は見た目の可能性もあるけど。

「次はちゃんと気を付けるわ。本当にごめんなさいね」

その時、二階の方から一人の男性が下りてきた。

「どうしたんだやけに騒がしいな」

「ギルドマスター……」

「何だホルンのところか、どうした？」

ホルンさんは申し訳なさそうにギルドマスターに説明する。

「そりゃお嬢ちゃんも大変だったな。まあ、ホルンは冒険者として外に出ていくこともないし仕方ねえな。次から気を付ければいい」

「ギルドマスターさんは特に驚かないんですね」

私が弓を引けないのも当然という感じだ。

「ああ、月一で初心者向けの実践講座をやってるからな。十歳ぐらいのガキだと持たせただけでも重いやら何やら言ってきやがるんだ。そういえばお前は来なかったのか？」

「アスカちゃんは昨日登録したばかりなんです」

「へえ、今は暇だからこの際だ。色々説明してやろうか？」

「いいんですか？」

「ああ、ベテランは言わなくても稼いでくれるが、ひよっこは言っても芽の出る奴は少なくてな。

お前は見所がありそうだ」

「じゃあ、お願いします！」

「よし、二階へついてきな。ホルンも来るだろ？」

「ええ、ですがちょっと用事を済ましてから行きます。すぐ済みますので」

そして私はギルドマスターに案内されるがまま二階の一室へと入っていった。

「んで、どこが分からないとかあるか？」

部屋に入って席に着くとふいにギルドマスターから質問された。

「あっ、えっと……」

「その前に名前をまだ言ってなかったな。俺はジュール。このアルバの町の冒険者ギルドマスターをしている。冒険者ランクは一応Aランクだ」

一応なんて言っているけど、ホルンさんの説明でいけば上から二番目のランクだ。きっと強いんだろう。こんな人にレクチャーしてもらえるなんて、この町は本当にいい町だ。

「私はアスカです。昨日、ここのギルドで登録した冒険者です」

「あ～、まずは相談もあれだが、スキルを教えてくれるか？　分からんとどうにもならんしな。もちろん、言える範囲でいいぞ」

そう言われて一瞬ためらったが、偽ったり隠したりしてもホルンさんに知られているし、隠蔽以外のスキルについては教えた。

「なるほどな。魔力操作と薬学持ちか、新人冒険者が最も欲しいスキルだな。まだまだ伸びしろがあるだろうし、無理しないでいけよ」

「はい。まずは実力をつけていずれは世界を回りたいと思っています。でも、しばらくは採取中心に活動したいです」

当面の目標は普通に暮らしていくことだけど、将来的には前世で小夜子ちゃんの言った通り、世界中を回ってみたい。入院生活が長かったせいで旅行には縁がなかったけど、このアルトレインでならきっと叶えられるはずだ。

「そりゃいいことだ。無理ばっかりして身を崩す奴らが多いからな、冒険者は」

それから森に入るようになったら気を付けることを聞こうとしたところでドアがノックされた。

「ホルンです。入ってもよろしいですか？」

「ああ、入ってくれ」

ホルンさんが用事を済ませたみたいで、私の横に座る。何となく三者面談みたいでむずがゆくなってしまった。

「何だホルンはそっち側か？」

「当たり前です。彼女はまだ新人ですよ」

「まあそうか。それでさっきは何を言おうとしていたんだ？」

「はい。あの弓はゴブリンが持っていたのを持ち帰ったんですけど、今後森に入った時の注意点って何かありますか？」

「へえ～、お前さんがゴブリンをね。まずはその話から聞こうか」

　私は受付でした話をジュールさんにもする。ウルフがゴブリンに襲われていて、それを見て逃げようとしたが、見つかったというくだりも含めて。もちろん、能力については触れなかったけど。

「なるほどな。確かにスキル的にも魔力的にもそこらの森に入るだけなら今でも問題ないだろう」

「ちょっとマスター……」

「ホルン、分かってる。だがな、まず森に入るというなら、基本は一人で入らないことだな」

「一人だとだめなんですか？」

「ああ、森ってやつはそこら中に木が生えてて暗い上に先が見通せない。おまけに毒草なんかも生えてるからな。どこから敵が来るかも分からない上に、体調を崩したら生きて帰れるわけがねぇ。だから森に入る時は大体の冒険者はパーティーを組むのさ」

「パーティーですか？」

「そうだ。今は自分のことで精いっぱいだから意識できないと思うが、辺りを警戒する時も自分と目線の違う奴がいるだけで全く違う結果になる。何より嬢ちゃんは腕力も体力もないんだろ？　近づかれたらどうやって逃げる？　今日の話でいえば嬢ちゃんが次のウルフになるんだ」

「でも、私この町に来たばかりで知り合いとかもいませんし……」

　ジュールさんの言う通りだけど、こんな田舎から出てきた少女を入れたい人がいるのかな？

「そういう奴のためにギルドにはパーティー募集用の掲示板もあるから、時期が来たら貼り出してもらうといい。ただ、一点だけ注意しろ」

「注意？」

「募集する時は必ず二週間……できればひと月はパーティーを組まず、一人でその町のギルドで依頼を受けることだ」

「それはどうしてでしょう？」

町に着いたらすぐにパーティーを組んだ方が良さそうなのに。

「こんなことはあまり言いたくないんだが、たまに新しいメンバーが欲しいパーティーが受付の奴と組んで、入りたいパーティーを探している冒険者に声をかけることがあるんだ。それもそいつが条件を書いた用紙を貼り出す前にな」

「別にお互い条件が合うんだったらいいんじゃないでしょうか？」

「そう簡単にはいかないんだ。そういう奴らはよりいい条件のために活動する利己的な集団だ。得てして犯罪やそれまがいなことをやらかしたり、パーティーが危険に陥った時に仲間を見捨てる奴が多い傾向にある。だからパーティーを組みたいなら、その町の冒険者や受付がどんな人物か見極めた上で募集をかける。そうすれば面倒な奴と関わる可能性が減らせるんだ」

「何だか怖い話ですね……」

私のイメージだとパーティーというのは気の合う仲間たちが背中を預け合う感じだけど、実際は違うみたいだ。命がかかっていると言われればそれまでだけど、現実を突き付けられた感じだな。

「マスターはこう言っているけど、そういう人ばかりではないのよ。ただ、あなたの年齢で人を見極めるってなかなかできることじゃないから、今後も安全に活動できるように言っているの」

「まあ、そうなんだがな。信頼で結ばれているパーティーもあれば、打算で繋がっているパーティーもあるってことだ」

「分かりました。まだまだ先のことになると思いますけど、パーティーを組む時は注意しますね」

「後は……ホルンから冊子は貰ったか？」

「はい、とっても役に立ちます。作ってくれた人には感謝です！」

ゴブリンたちを倒した時もあの冊子がなかったら、もっとパニックになっていたかもしれないし。

「そ、そうか。そいつは良かったな」

「実はあの冊子、ジュールさんがギルドマスターになってから作ったのよ。だから、他の町では置いてないの」

とホルンさんが小声でこそっと言ってくれた。

「そ、そうだったんですか。ありがとうございます。倒した魔物の処置とかも載っていて助かりました！」

「それはどうも」

恥ずかしそうにジュールさんが応えてくれる。でも、実際あの冊子がなかったら薬学のスキルもしばらくは取れなかっただろうし本当に感謝しかない。

「ん、そういや倒した魔物はどうしたんだ？」

「ちゃんと埋めました。こう魔法で」

私は風の魔法で穴を作って埋めたことを話した。

「それはいい心がけだ。初心者の内からそういう基礎的なことはやっておかないといつまでも身につかないし、こういうことの積み重ねをするかしないかでパーティーを危険にさらすか遠ざけるか分かれてくるからな」

「そうですね。でもアスカちゃん。いくら魔法が得意だといっても、一人の時にむやみに魔法で解決しないようにね。自分を守れるのは自分だけなんだから、いざという時に使えるだけのＭＰは確保しておきなさい」

「はい、今日も倒した後は動揺しっぱなしで……」

「でも、それを自覚できるのはいいことよ。そこで自分は強いと思い上がったらいつか大怪我をするから」

「何だか見てきたみたいですね」

「私はこう見えて受付業務が長いから。帰ってきた冒険者の精算業務もしてきたけれど、帰ってこなかった人の依頼を受け付けたのも私だから」

「悲しいですね……」

「ええ、それでも出ていく時はみんなちゃんと帰ってくるって言っていくわ。あなたは口だけにならないようにね」

「はい、きっと帰ってきます」

「よろしい」

ホルンさんの態度がまるでお母さんのようで思わず笑ってしまう。つられてホルンさんも笑った。

「他には何かないか？」

「今は特にないです」

「じゃあ、講習はここまでだな。また何かあれば来るといい。前途有望な新人はいつでも歓迎だ」

「ベテランになってから来たらダメなんですか？」

「あいつらはチクチクと色々言ってくるからな。かわいげがない」

ジュールさんの言葉に苦笑いを返しながら席を立ち、階段を下りていく。

「それじゃあ、今日はありがとうございました」

「ああ、これからもよろしくな」

一緒に下りてきたジュールさんにお礼を言った後でホルンさんにもお礼を言い、私は鳥の巣へと帰った。

明日は依頼どうしようかな？　思いがけず結構稼げたし、服でも買いに行こうかな？

そんなことを思いながら私の冒険初日は幕を下ろしたのだった。


宿に帰った私はエレンちゃんに夕食の時間を伝えて早速、今回の報酬について考える。

宿の滞在費を考えても十分に稼げたと思うのだけどどうだろう？　冒険者の稼ぎについてもジュールさんに聞けば良かったな。

「そういえば……」

話を聞くのに夢中になってたけど結局、弓矢を持ち帰ってきてしまった。弓道をしたこともないし、そもそも引けないいんじゃどうしようもない。だけど今更売りに行くのもなぁ。

「……弓といえば小夜子ちゃんの射はきれいだったなぁ」

私は体調が落ち着いていた頃に弓道場へ応援しに行った時の小夜子ちゃんの射を思い出す。

「ちょっと持ってみようかな？」

せっかく手元に弓があるんだから、私は小夜子ちゃんの動きを真似てみることにした。

「ええと、確かこう……礼をして、足を払ってから矢を持ってと……それで矢をセットしたら弓を真上に上げて弦を引くんだけど……引けないもんね」

確か『このまま弦を引くと自然に手が離れる』って小夜子ちゃんは言ってたけど離れるも何もない。まず弓を引けるようになることが今の課題らしい。

「今は体力も腕力もないけど、弓が引けることがちゃんとステータス上がりましたって証明になるから置いとくのもいいかも」

全く使える気はしないけど、成長を確かめられるって意味では役に立ちそうだと思い直した私は、部屋の隅に弓矢を置こうとしてそこでふと思い出す。

「そういえばジュールさんが去り際に言ってたよね。武器の手入れは冒険者なら欠かすなって。杖の方はさすがに要らないだろうけど、こっちはやっとこうかな？」

と言っても武器の扱いなんて分からないので、とりあえず簡単に布で拭くだけにする。矢も少し汚れているのがあったので、それも拭いておく。これでひとまずはきれいになったかな？

「それよりも……明日はこの世界に来て初めてのショッピング！　何買おうかな～」

さすがに売っているものは前世とは違うだろうけど、逆にこういう世界ならではのもの、特に細工物などは外せないと思い、私は一人で浮かれながらベッドでごろごろしていた。

「アスカおねえちゃ～ん、ごはんだよ～」

そんなことをしていると、ドアの前でエレンちゃんから食事の準備ができたと言われたので、食堂へと向かう。

ちなみに、なぜエレンちゃんが私を〝おねえちゃん〟呼びしているかというと、帰ってきた時にうっかり呼んでしまったから。前世は末っ子だった私としては憧れの〝姉〟扱いだったので、これからも呼んでねと言ってあるのだ。

「うわぁ、今日もお客さんでいっぱいだ」

食堂は今日も混雑しており、エレンちゃんも忙しそうだ。一度ゆっくり話してみたいけど、そんな状況じゃないのが残念だ。

「は～い、本日の夕食だよ～」

忙しい中、エレンちゃんが食事を運んできてくれる。思わずその健気さに泣けてくる。

今日は冒険者の人が持ってきた食材はないので、これが普通の食事のようだ。それでもパンとスープと肉と野菜の小鉢があり、これが宿代に含まれているのだから私のような駆け出しには助かる。パンは硬くてボソッとするけど、他は美味しいし。

「ごちそうさまでした」

帰ってきた時にエレンちゃんから食器の後片付けについて聞いたら、食べ終わって席を立ってくれたら片付けるとのこと。

いちいち声をかけられたら困るぐらい忙しいんだね。そう思って私は食器の横にこそっと大銅貨を一枚置いておいた。これだけ働き者なんだから体を壊さないようにいいもの食べてと思って。

「ふぅ～、食事も済んだし後は一時間後に来るお湯待ちかな？」

お湯が届けられるまでの時間を使ってもう一度、冒険者冊子を読む。薬草の見分けは大丈夫だと思うけど、急に魔物が出てきたら読んでる時間がないからね。

読みふけっていると、時間が経つのは早いものでお湯が届いた。

「おねえちゃん、お湯とタオル持ってきたよ」

「ありがとうエレンちゃん。そこに置いといてくれる？」

「は～い。それじゃあ、終わったらまた呼ぶか返してね」

「うん。分かった」

エレンちゃんが出ていくと私はお湯を使って湯あみをする。

「はぁ～、今日の汚れが落ちていく……でも、こんなんじゃ全然汚れが落ちる気がしないよ～。はぁ、今度絶対にお風呂へ入りに行こう。やっぱりお風呂に入らないとさっぱりしないもんね」

これぱっかりは生まれ育った文化の差だ。毎日お風呂に入れないだけでストレスがかかる。今日みたいに魔物と戦った後に野営する時なんかは、他の冒険者はどうするんだろう？

「私だったら湯あみもできないなんて絶対に耐えられないなぁ～」

さて、湯あみを済ませた後は就寝だ。何てったって明日はショッピングなんだから！

そう思って私は桶とタオルを返すとすぐに眠った。

4　本日は○○なり

今日は待ちに待ったショッピング!!

のはずだったんだけど……。

朝起きてカーテンを開けると、道路一面に雨粒が降り注ぐ光景が。いやいや、これぐらいならきっとやむよ。

「雨……」

気を取り直して食堂に行き、エレンちゃんに朝食を頼む。今日は雨のせいか人も少ないようで、エレンちゃんも私の向かいに座ってのんびりしている。

「ねえエレンちゃん。今日は買い物に行きたかったんだけど……」

「あ～、それはおねえちゃん災難だね。雨の日は人通りも少なくなっちゃうから開けない店も多いよ」

「……嘘！　で、でもやんだら開くよね？」

「おねえちゃんの近くの町はそうなの？　何かイベントがないとあっさりみんな閉めるよ。うちだって仕入れがないから、今日は外に出ないし」

何ということでしょう。これがどこかの歌にあった、雨が降ったらお休みということなんだろうか。日本だと雨だろうが台風だろうが、果ては槍が降ろうがかいくぐって職場に行くだろうに。

しかし、こうなってしまっては仕方ない、日程をずらそう。明日、改めて買い物に行くことにした。郷に入っては郷に従えだ。私の冒険者稼業も今日はお休み。

「でも、そうなったらなったで暇だ～」

「おねえちゃんやることないの？　だったら一口乗ってみない？」

「へっ？」

ちょっと悪い笑みを浮かべたエレンちゃんがそう言ってきたので、私は話を聞くことにした。あ、いや、悪いっていうのは儲け話的な方だよ。

エレンちゃんに連れられて奥に行った私が聞かされたのは、この宿の手伝いの話だった。

聞けばこの宿はエレンちゃんと両親であるご主人と女将さんの三人で切り盛りしており、最近は人気も出てきたので、掃除・洗濯・料理に仕入れとてんてこ舞いなんだそうだ。

「でも、私でいいの？　それに今日は人も少なそうだけど……」

「うん、おねえちゃんは真面目そうだから大丈夫だろうし、人の少ない今日だったら教えながらできるでしょ？　慣れてきたら代わりにお休みしたいし！」

エレンちゃんはうちは宿だけあってお休みがないと嘆く。これまではこの世界のいいところばかり見てきたけど、確かにそうだよね。労働基準法なんて魔物がいる世界では存在しないよね。

そういうことならお姉さんに任せなさい！　どの道のんびり暮らすためには手に職があった方が

いいし、体力や腕力もつけないといけないしね。

「分かった、やるよ！　でも、このことを女将さんにお話ししないとね」

「やった～、お母さ～ん。いいって！」

なんと！　すでに話を通していたとは……そんなにお休み欲しかったんだねエレンちゃん。私も頑張るから。

そう決意を新たにしていると、奥から女将さんが出てきた。昨日もちらっと見たけどまだ若く見える。二十代だろうか？

「あら、本当に受けてくれるの。私はエレンの母のミーシャといいます。よろしくお願いします」

「こちらこそお願いします。アスカです！」

私はお辞儀をして挨拶を返す。エレンちゃんのお母さんはおっとりしながらも、凛とした雰囲気のある女性だった。

「じゃあ、まずはシーツの取り換えと洗濯からお願いしますね。これはエレンが上手ですから聞いてください。それが終わったら、お昼の準備がありますから一度食堂までお願いします」

「分かりました。じゃあ、エレンちゃん。案内お願いします」

「は～い。そういえば今日はおねえちゃんのところもシーツを取り替える日だったよね。先に行こうね。はい、かご持って」

エレンちゃんに大きなかごを持たされて私は二階へと上がる。エレンちゃんも持っているけど、二、三階部分が宿泊施設だと、初日に私が思っていたより多くの宿泊客がいるのかも。

とりあえず私は自分の部屋に入ってシーツを持ってくる。

「じゃあ次だね～。まずはこの札を見て」

エレンちゃんの指差した先のドアには一の札が下がっている。

「これが鐘の音の時間を表してて、一の札は八時以降、二の札は十時以降になったらノックの後に交換していいよってサインだよ」

「他の時間に交換はしないの？」

「うちではどっちかなの。何もかかってないと十時だね。今はまだ十時になってないから二の札のところはノックしちゃだめだよ」

「ありがとう、気を付けるね。じゃあ、ここは入っていいんだね？」

「そうだよ。じゃあ、お手本見せるからちょっと見てて～」

そういうとエレンちゃんはドアをノックする。ちょっと音が大きいかなと思ったけど、寝てる人もいるだろうからこれぐらいなのかな？

「なんだぁ～」

「シーツ交換の時間です！」

「もうそんな時間か、ありがとよ」

中にいた男性はそう言うとドアを開けてエレンちゃんを部屋に入れる。と、そこで私にも気が付いたようで視線をこちらに向けてきた。

「ん？　見かけない顔だな？」

「アスカさんっていうの。今日から時々手伝ってくれるんだ。まだまだ新人だけどよろしくね」

十一歳の子によろしくされる十三歳とは……。まあ、気を取り直して。

「おはようございます。少し前に冒険者になりました、アスカです。今日は宿の従業員ですけど出先で会ったらよろしくお願いします」

頭を下げて自己紹介をする。こういうのは第一印象が大事って言うし、ちゃんとしとかないとね。

「お、おお。礼儀正しい奴だなお前。俺はバルドー、Cランクの冒険者だ。まあ、何だ。何かあったら言えよ。しばらくはこの町にいるだろうからな」

「はい、私もしばらくはいると思うのでよろしくお願いします」

「じゃあ、ちゃっちゃと引き揚げますね～」

そういうとエレンちゃんはシーツを引っぺがす。気心が知れているのか、ちょっと荷物があった気がしたけどポイッと下に落としてシーツだけを回収した。

「じゃあ、またすぐ持ってきますね」

バルドーさんの部屋を出てドアを閉めると、エレンちゃんがこっちに向き直った。

「とまあこんな感じかな？　でも、バルドーさんは気さくな人だからいいけど、他の人には注意してね。ドアは向こうが開けるまで待つのと、後は連れ込まれないように！　それに部屋の中も見回しちゃダメ。気にする人もいるからね」

「へぇ～、エレンちゃんってしっかりしてるね！」

もう、立派な若女将のような風格がある。

「まあ、お母さんの受け売りだけどね。でもおねえちゃんは注意してよ！　美人さんなのに隙が多いんだから」

「隙が多いって、仮にも冒険者なのに……それに美人って？」

「ええっ!?　おねえちゃんのところはみんなそんなにきれいなの？」

そう言われると、この世界に転生してからまだ自分では鏡を見たことがない。きれいなんだろうか？　ちょっと今日にでも見てみよう。

「よく分かんないかも。でも、エレンちゃんの言うことだし聞いておくね」

「じゃあ、次に行こ～」

機嫌良く前を歩いていくエレンちゃんに続き、次々にシーツを回収する。二階は八部屋あり、私の部屋を含めて五部屋から回収。後は十時以降だったので、そのままエレンちゃんは三階に上がろうとするのだが……。

「エレンちゃん待って～、重くて上がれないよ～」

「えっ、うそでしょおねえちゃん。まだ四枚ぐらいしか、かごに入ってないんだけど……」

そう、すっかり忘れていたけど、私は腕力と体力がポンコツの冒険者なのだ。腕力一桁は伊達じゃない。

「ごめん。ちょっと腕も痛いの……」

「しょうがないなぁ。じゃあ、一回下りよっか」

エレンちゃんは仕方なく一階まで下りてくれて、その足で外へと向かう。

「この井戸のところで洗うから、ここにいったん置いとくの。飛ばないように石で重しをしておいてと」

言われて辺りを見るとちょっと大きめの石が見えた。きっとこれを載せるのだろう。

「よい……しょっと」

な、何とか持てた。というかそんなに大きくもない石にこんなに力がいるものだろうか？

「ねえエレンちゃん、この石って……」

「言っとくけど普通の石だよ。おねえちゃんって本当に冒険者？　何だか心配だなぁ」

十一歳の子どもにまたもや心配されるとは。だけど、残念ながらそれだけの姿を見せているわけだし、早く立派にならなくちゃ。

「じゃあ、もう一回上がりま～す」

再びエレンちゃんの号令がかかり、私たちは三階へと上がっていく。三階は二階よりも部屋数が少なく四部屋だ。

「エレンちゃん。三階はずいぶん部屋が少ないんだね？」

「あっ、この階はパーティー向けの部屋だからだよ。何人かで滞在してくれると助かるんだ～」

空いちゃうともったいないけどね、と付け足しながらエレンちゃんがドアをノックする。

「ああ、どうした？」

「シーツの交換です。入ってもいいですか？」

「いいぜ、ほら」

ドアが開くと中には男性の冒険者が三人いた。みんな屈強そうな体つきをしている。

「ほらさっさと取っていってくれ」

「は～い」

「すぐにやりますね」

エレンちゃんに続いて私もシーツを剝がし始めたところで声をかけられた。

「あんた宿にいたか？　初めて見るが」

「おねえちゃんはまだ駆け出し冒険者だから、こうやってたまにお手伝いしてくれるの。よろしくお願いしますね」

「お、お願いします」

エレンちゃんが急に答えたのでびっくりしたけど、私も慌てて返事をする。

「そうなのか。でも、ギルドでも見たことないな」

「町に来たのもついこの間です。よろしくお願いします」

「おう、まあ儲け話以外なら頼ってくれ」

「そうだな」

私に尋ねてきた人が冗談めかして言うと、周りの二人が笑い出した。儲け話を避けるところを見ると、どうやらこの人たちもいい人みたいだ。私も笑顔で答える。

「それじゃあ、替えはすぐ持ってきま～す」

「失礼します」

ドアを閉めて無事回収完了だ。大部屋は個人部屋とはまた空気が違うから難しいなぁ。

「ふぃ～、無事に回収完了。さあ残りもやっちゃおう。と言っても一部屋は空き部屋だし、もう一つの部屋の人は出ていったから、人がいるのはあと一部屋だけだけど」

次の部屋でも好意的に迎えられ、残り一部屋のシーツも回収して下りていく。

「ふぅふぅ、はぁはぁ」

「……おねえちゃん大丈夫？」

「だ、大丈夫。もうすぐ着くから」

「まあ、そうなんだけど。洗うのはこれからなんだよね……」

「ガンバリマス」

洗濯をするため外に頑張って出た私とエレンちゃんは、井戸の近くに来てシーツをまとめる。

「じゃあ、おねえちゃんはそっちを持ってあそこまで運んで」

そう言われて指差された先には、大きめのたらいが置いてあった。どうやらこれで洗うようだ。

エレンちゃんと一緒に端同士をつかんで持っていく。

「このたらいに半分とちょっと水を入れたら、こっちの洗剤を入れて洗うでしょ。そしたら最後は小さい桶に洗ったシーツを入れて洗い流す感じなの」

「洗濯ってそうやるんだね。洗剤とかは高いの？」

「どうなんだろう？　でも女の子なら気になるよね。今度聞いとくね」

そう言いながらエレンちゃんは水を井戸からくみ上げている。小さい子がやるには結構重労働だなあと思う。たらいに水が溜まったところで洗剤を投入。

「エレンちゃん、量を量らないで入れてるけど分量はどのくらいなの？」

「慣れてるから特に量ってないよ」

これは一人だと困るな。洗剤が高かったらなおさらだ。何か量れるものも町で買っておこう。

「じゃあ、見といてね。実際にやって見せるから」

エレンちゃんが裏口の横から波打った板を出してくる。それからシーツを何重かに折り重ねたものを水に浸けて、その板でこすっていく。

しばらくすると布地にちょっとだけ白みが増した。ん～、洗濯機しか見たことなかったけど、ない時代はこうやってたのか……。

「こんな感じだよ」

「分かった、ちょっとやってみるね」

見よう見まねで私もやってみる。でも、たらいの中に手を入れるととても冷たかった。さすが井戸水、冷たさが手に染みる。だけど、負けずに頑張れ私。

そうだ！　ちょっとだけなら温度上げてもいいよね。

魔法をこそっと使って、水の温度を上げる。そんなずるをしながらも頑張ってシーツを洗っていった。

「う～ん、思ってたよりきれいになってるかな？　それじゃあおねえちゃん、後はよろしくね！」

「ふえっ!?」

エレンちゃんの急な言葉にびっくりする。ええと、あと何枚だっけ？　十二枚もある……。

「ほら、私は残りの回収と新しいシーツをつけてこないといけないから」

「あっ……」

そうだ。部屋を出る時にも言っていたけど、替えのシーツはまだ持っていってなかった。私じゃシーツをつけられる自信はないし、しょうがない。

「じゃあ、ここは任せて」

「うん、頑張ってね。おねえちゃん」

エレンちゃんも行ってしまったし、おとなしく洗濯の続きをやろう。

……それにしてもなかなかの力仕事だ。しばらく作業を続けるも、あんまり手に力が入らなくなってきた。

何か手を使わずに洗う方法はないかな？　四枚洗ったところで力尽きそうな自分を励ましながら考えてみる。

そういえば洗濯機って回転して洗ってるんだっけ？

そう思って腕をたらいに突っ込んで回してみる。

「冷たっ！」

そろそろ逆回転させようと思って腕を止めた途端に水が撥《は》ねてきた。これはダメそうだ。逆回転しないとすぐにシーツは流れるままになってしまうけど、逆回転すると水がぶつかり合ってしぶきが上がる。

「良い案だと思ったのにな〜。水の動きがもうちょっとコントロールできれば良かったのに……」

ここで水魔法の解禁をしちゃおうかとも一瞬考えたのだけど。

「こんなのでいちいち解禁してたらあっという間に全属性だよ」

そう思ってもう一度考え直す。別に贅沢は言わないから、要するに回転と反転ができて、なおかつ水がこぼれなければいいんだ。こぼれないようにするには……。

「そうだ！」

私は思いついたことを試してみることにした。それは魔法による方法だ。さっきも火の魔法で水を温められたし、こぼれないようにするぐらいならきっとできるはず。

「風よ」

魔法はイメージで使うものだ。それに魔力操作のスキルを合わせればきっとできると信じて使ってみる。

見る間にたらいの中に水流ができてシーツが流れていく。それを何度も右へ左へと流れを変えていくと、当然たらいの水が撥ねそうになる。そこを風の魔法で押さえつけて、水も飛ばないようにしてやるのだ。

「おおっ！　これなら何もしなくてもいい！」

調子に乗った私は残り八枚のシーツも魔法で順番に洗っていくのだった。

「何……やってるのおねえちゃん……」

そろそろ洗濯も終わりかな～と思っていると、後ろのドアが開いてエレンちゃんが顔を見せた。どうやらシーツの交換を終えてきたみたいだ。

「何ってお洗濯だよ？」

「あの……おねえちゃん。手がシーツに触れてないよね」

エレンちゃんに言われてはっと気づく。魔法を使ってないふりどころか『私、魔法使えるしこういうこと得意なんです』と宣伝しているような姿だ。

「あはは、べ、別に魔法とか使ってないよ。そう！　風がね、いい風が吹いてるの」

「……そうだね。おねえちゃんの手のひらから物干し台のシーツに向かってね」

エレンちゃんの言う通り、洗ったシーツは物干し台にかけて端を洗濯バサミで留め、魔法でそよ風を送り続けていた。風があると乾きが違うからね！

その時に気づいたけど、裏口から井戸までと物干し台のところには屋根がついていた。まあ、雨の日は洗濯しませんってわけにはいかないよね。

それにしても、このエレンちゃんの表情。う～ん、これはごまかせないかな？

「黙っててね」

「もちろん。宿泊者の情報は簡単には売らないよ。でも、どうしてこんなこと始めたの？」

「え～とね、四枚目のシーツを洗ってる時に疲れてきたから、簡単にできないかと……」

「おねえちゃんって面白いね。そんな理由で魔法使う人は初めて見たよ。うちでもたまにお湯を沸かしてくれる冒険者の人はいるけど、そんな人でもびっくりするよ」

「そうかなぁ。きっと便利になると思うんだけど」

「みんながみんな使えるわけじゃないからね。そういう人は貴族の邸《やしき》とかで働いちゃうし」

「そうなの？」

「よく知らないけど貴族の人って気が短いんだって。お風呂に入りたいって言ったらすぐ入れるように火の魔法使ってるらしいよ」

ん～、何となくイメージは湧くなぁ。でも、そのために人を雇うって貴族はお金持ちなんだな。

私がそんなことを考えていると、エレンちゃんが乾燥中のシーツを手に取る。

「でも、きれいに洗えてるね。それに早いし、もうこれで全部やっちゃえば？」

「……やっておいてなんだけど、私って腕力がないし体力もつけたいからなるべく自分でやりたいの」

「それじゃあ、ちょっとずつだね！　魔力はまだ持ちそう？」

「多分大丈夫だと思うけど……」

「それじゃあ、はいこれ！　よろしくお願いしま～す」

「ええっ!?　シーツの交換が終わったら一緒にやってくれないの？」

「廊下のお掃除とかやることはまだまだいっぱいあるの！　それじゃあ、先に終わったら食堂で休んどいてね」

「……は～い」

力なく返事をした私は、回収されたシーツを新たに洗い始めるのであった。

「疲れた～」

　あれから追加された三枚のシーツを洗って今は食堂に戻っている。洗ったといっても魔法でだけど。そして終わったところで気づいたのだ。

「たらいとか水とかどうするんだろう？」

　中に戻ってみてもエレンちゃんがいないので、仕方なく女将さんに言って教えてもらう。それも済んでようやく椅子に座れた。

「お疲れ様、アスカちゃん。これどうぞ」

　女将さんが出してくれたのはジュースのようだ。そういえばこの世界に来てから飲んだことないなぁ。紫色のジュースを一口飲んでみる。

「ん～、おいし～」

　疲れた身体にグレープのような味が染みわたる。本当はもう少し冷たい方がいいけど。

「口に合って良かったわ。ごめんなさい、初日なのにあの子ったらろくに説明もせずに……」

「いいえ、いつもお母さんが頑張ってたことをよく理解できたし、大丈夫です」

「そうなの？　でも、心配でしょう。村にいるのよね？」

「いいえ、母は先日の流行り病で亡くなったので、家を売って出てきたんです」

「あら、悪いこと聞いたわね」

「いいえ、気にしないでください」

実際に顔を合わせたこともない人の死で悲しまれると、かえって申し訳なく感じてしまう。記憶はあるけど会ったことのない母親か……。

それからも女将さんとは色々な話をした。まだこの世界の知識がない私にとっては、それがありがたかった。買い物の仕方や露店で品物を選ぶ時の注意も受けたし、一人だと騙されちゃうところだった。

「本当に気を付けなさい。アスカちゃんはすぐ騙されちゃうわ」

「そんな風に見えます？」

自分じゃこういうのは分からないから、ちゃんと聞いておこう。

「そうね。何ていうか、冒険者って多かれ少なかれ我を通すところがあるから。もちろん依頼を受ける上でそれは必要でしょうけど、アスカちゃんはそういうところが全くないのよ」

確かにそうかもしれない。私が冒険者をやりたい理由は元々憧れてたからっていう漠然としたものだし、今後は気を付けよう。

「さあ、それよりもうすぐ昼の支度をしないとね。メニューを覚えておいてね」

そう言われてメニューを見せられる。そんな簡単に覚えられるかなって思ったけど、大きくは三つしかなかった。

「お昼は冒険者じゃなくて町の人相手だからAセット、Bセット、Cセットのみよ。Aが肉でBが野菜中心、Cが両方、後は大盛ができるのと飲み物と簡単な副菜が付くだけだから」

なるほど。裏を見ると他のメニューが載っている。なになに、エールとジュース二種とバラ切り肉炒めとポテトか。これぐらいだったらいけそうかな。

「じゃあ、ここで少しメニュー覚えておきます」

「よろしくね。私は奥に行っているから」

それから女将さんと別れてメニューを覚え始めた。

五分ほどメニューを眺めて覚えた私がこれからどうしようかと思っていると、二階からエレンちゃんが下りてきた。

「おねえちゃん、もう洗濯は終わり？」

「うん、女将さんにメニューのことを教えてもらって覚えたところ」

「はっや～い。さすがだね。それじゃあ、店が始まるまでに簡単に拭き掃除しよっか」

そう言うとエレンちゃんが奥から台拭きを二枚持ってくる。

「はい！　これでテーブルと椅子を軽く拭いていってね」

「分かりました！」

私は敬礼と返事をしてテーブルを拭き始める。台拭きは程良く湿っていて拭きやすく水も出ない。十ほどあるテーブルを順番に二人で拭いていく。テーブルは丸型、椅子は簡素で肘置きはない。まあ、前世の飲食店でもこんな感じだしね。

　順番にテーブルとイスを拭いていく。途中で台拭きにちょっとごみがたまるなぁと思い、外で払おうと玄関のドアノブに手をかける。

「だめ～！」

「えっ」

慌てて手を引っ込める。何かいけなかっただろうか？

「良かった〜。この時間に玄関のドアが開いたらお昼開始だとみんな思ってるから開けないでね。宿を出る冒険者の人だといいんだけど……」

「そういうことだったんだ。ごめんね」

「ううん、私も説明してなかったし。あと、十分ぐらいだね」

その後、テーブルを拭き終えた私たちは、奥に引っ込んで開店時間を待つ。ちなみに泊まりの冒険者がお昼を食べる時は、先に着席ぐらいならしてもいいらしい。

「お昼は別料金だけど泊まってもらってるからね。それと、お部屋に持っていくことはできるよ。ただしピークを過ぎてからになっちゃうから、ちょっと遅くなるけど」

「へえ〜、それは便利かも。時間さえ気にしなければ待ってればいいんだし」

「おねえちゃんが何だかダメ人間に思えてきたよ……」

ごろごろしたい日は誰にだってある！　そう強く主張したかったが、年下の女の子に悪影響を与えないように年長として黙っておいた。

「二人ともそろそろ開店の時間よ。お願いね〜」

「はい！」

「は〜い！　それじゃ、ドアを開けますか。一緒に行こ、おねえちゃん」

私はエレンちゃんに手をつながれて一緒にドアの前に行く。う〜、何だか緊張するなぁ。するとエレンちゃんが耳元でこう言うんだよと伝えてくる。

よし！　これもお仕事、頑張らなきゃ！

エレンちゃんと二人でドアを開けて、お客さんたちに開店を伝える。

「『鳥の巣』昼の部開始です！」

開けたドアから外を見る。雨はいつの間にか小降りになっており、小さな雨よけのある軒下にはすでに何人かのお客さんが待っていた。

「おう！　待ってたぜエレンちゃん」

「こちらへどうぞ～」

エレンちゃんが案内していくのを見て、私も見様見真似で案内する。

「こ、こちらへどうぞ……」

「あん、ああ」

案内の仕方が悪かったのか、少したどたどしい感じになったけど、何とか席に案内できた。

「ご、ご注文は？」

「ああ、いつもの……え～とBセットの大盛だ、ほいお代」

「ありがとうございます」

代金として大銅貨を一枚貰う。さっき、メニューを見たから料金計算も大丈夫だ。

セットはAとBが銅貨八枚、Cが十枚すなわち大銅貨一枚。これに大盛が銅貨二枚で、エールは銅貨三枚、ジュースは銅貨二枚と、大体支払いがきれいな数字になる単価付けのようだ。代金は先払い。ただし、追加分に関しては後払いになる。そこも間違えないようにしないと。

「では、少々お待ちください」

私はカウンターに戻って女将さんにメニューを伝える。それから、すぐに踵を返して別のお客さんのところへ。

「おねえちゃん。あっちとあそこのテーブルは聞いてあるから」

「エレンちゃん。私もあそこは聞いたよ」

「じゃあ、残りの二つとも聞いてきて」

「はい」

ぱたぱたと小走りに駆け寄って注文を聞いていく。二人目の人はAセットとジュース。三人目は二人連れでAセットの大盛とAセットのみと。ん、大銅貨二枚の支払いだ。おつりが必要だね。始まる前にこれでお金を受け取ってと袋は貰ったけど、見れば中身は空だった。

「エレンちゃ～ん！　おつりって私が出してもいい？」

「あっ！　持ってくね」

エレンちゃんがパタパタと寄ってくる。

「はい！　銅貨二枚だね！」

「ありがとな。ところでこの人は？　俺ら見たことないけど……」

「お手伝いに入ってくれてるアスカさんだよ！　たま～に入ってくれると思うからよろしくね！」

「よろしくお願いします」

エレンちゃんに紹介されて、すぐに挨拶をする。やっぱり、人前に出るのはまだ緊張するなぁ。

「あ、ああ。こっちこそな」

「それじゃあ、すぐ持ってくるからね～」

エレンちゃんと一緒にカウンターまで戻る。するとすぐに料理が運ばれてくる。

「早い！」

「いやいや、始まってすぐ来ることは分かってるし用意してるから。一からは作んないよ」

「ソーデスヨネ」

牛丼屋さんとかでもいちいち煮込みからなんてできないし、ある程度まではやっておきますよね。

料理はあんまりしなかったからなぁ。

「じゃあ、それぞれの注文のところに持っていってね。順番も間違えないように」

「了解です」

私は出された料理を最初に注文を受けたところに持っていく。

「お待たせしました。どうぞ」

「おう、嬢ちゃん見ない顔だな？」

「はい、最近町に来たんです」

「そうか。ここは住みやすいとこだが、嬢ちゃんは気を付けろよ」

「？？？　はい、ありがとうございます。では……」

次の配膳があるのですすっと下がっていく。お客さんはどんどんやってくるので注文を取り、料理を運ぶを繰り返す。ひと段落したところでちょっとカウンターの裏に避難して休憩する。

「エレンちゃん、今日って雨だから人が少ないって言わなかった？」

「そうだよ。いつもより少ないよ。今で二十人ぐらいだけど、多い時は三十人ぐらいいる時あるし」

「そんな時はどうしてるの？」

「お母さんと二人で入れ替わりながらやってるかな？」

何というパワフルな十一歳児。私なんかよりよっぽど強そう。

その後はピークも過ぎて空席も埋まらなくなっていく。

「このぐらいお客さんが引けたら十分ね。二人ともご苦労様！　さあ、食べていいわよ」

女将さんがカウンター前のテーブルに料理を二人分置いてくれる。

「ちょっと早いけどいいの？　やった～、お母さんありがとう！」

「ありがとうございます」

目の前に置かれたのは野菜中心のBセットで、見た目ロールキャベツのようなものとサラダとパンにスープ。その隣には、Aセットのカットステーキと温野菜とパン二種類が並んでいる。どちらもさっきまで運んでいたものだ。ただ、ロールキャベツと言っても巻いてあるわけじゃなくて、その辺の肉の切れ端を集めたものの上下にキャベツみたいな葉野菜を置いただけみたいだけど。

「おねえちゃんはどっちにする？」

「ちょっと悩んでるの。少食だからどうしようかなって」

「じゃあ、半分こしよ！　残ったら私が食べてあげる」

「本当？　じゃあそうしようかな」

とりあえず私は肉中心のAセット側に座ってパンのお皿に空きを作ると、そこに肉を入れる。

「はいどうぞ！」

「ありがとう！　じゃあ、私も！」

二人で仲良くごはんを食べる。

朝食や夕食ももちろん美味しいのだけど、昼食が一番美味しかった。聞けば朝はサービス、夜は冒険者向けで、昼は町の人向けという感じにターゲットを変えているんだって。

今日来た人もほとんどが町の人で、いつもこんな風ににぎわうのだとか。冒険者の人は宿泊と食事がセットなことが大半だし、急に食べなくなることもあるから夕食はそんなに豪華にならないそうだ。

お昼ごはんを食べ終えて片付けを手伝っていると十五時を越えてしまった。女将さんたちはこの時間からお昼ごはんになることが多いそうだ。

「大変なんですね。もう少し人手に余裕があった方がいいんじゃ……」

「そうなんだけどね。人を入れると値段にも関わってきてしまうの。何とかしたいんだけど……」

この宿自体は冒険者ギルドでも優良認定されているらしく、私みたいな他のところから来た冒険者にもよく薦められている。その代わり周りの宿より少し安く泊まれるようにすることと、ちょっと紹介料を払わないといけないらしい。

「でも、体壊しちゃいますよ？」

「分かっちゃいるんだが。これで今までやってこられたからさ」

ご主人のライギルさんが食べながら答えてくれる。でも、こんないい人たちが倒れてしまったらみんなが大変だ。

「お父さんたちがこうだからわたしも大変なの……」

「エレンちゃんも苦労してるんだね」

子ども同士でしみじみとする。

「そういえば、今回の手伝いの報酬について話してなかったわ。大体、あなたぐらいの子は半日ぐらいだと大銅貨二枚から三枚ってところね」

そっか。半日のお手伝いだけで一人分の宿泊費がかかっちゃうんだ。一人でも一日丸々いてもらったら確かにお金の面でも大変かも。でも、お昼の売り上げもあるんだから何とかならないかな？

おっと今は報酬だ。じゃあ、大銅貨二枚でいいかな。今日はあんまりできなかったし。

「それじゃあ、今日は初めてなので大銅貨二枚で」

「なあ……」

「そうね」

ご主人と女将さんが何か目配せしている。何だかいいなあと思ったけど何だろう？

「報酬の件だが、じゃあ今回は大銅貨二枚だ」

はい、とライギルさんから報酬の大銅貨二枚を受け取る。おお〜これが今世、初の労働対価だ！

昨日は依頼を受けて報酬も貰ったけど、やっぱりああいうのとはちょっと違う。現金で貰うしね。

「それと、今後手伝う時は最低大銅貨二枚と昼ごはん付きだ」

「えっ、は、はい」

　思わず返事をしてしまった。

「返事も貰えたことだし、今日は休んでいいわよ。急に動いて疲れたでしょう？」

「多分大丈夫だと思います」

　自信はないけど平気だと思う。いくら体力なしの私でも、このぐらいでどうにかならない……はず。

「じゃあ、おねえちゃん。またね～」

　エレンちゃんともいったん食堂でお別れして、私は部屋に戻る。一応、冒険者として日課のステータス確認をしよう。今決めた日課だけど。

「ステータス！」

名前：アスカ
年齢：13歳
職業：Fランク冒険者／なし
HP：50／50

ＭＰ：１２０／２１０（１１２０／１２１０）
腕力：７
体力：１４
速さ：２１
器用さ：２８
魔力：７５（２８５）
運：５０
スキル：魔力操作、火魔法ＬＶ２、風魔法ＬＶ２、薬学ＬＶ２、（隠蔽）

出てきたステータスとカードの能力を比べてみる。おおっ！　ちょっと上がってる。これって結構いい感じなのかな？　一日で上がるのはいいんだろうけど、上がり幅は小さいからなぁ。

「でも、上がったことは事実だし、この調子で頑張ろう」

しかし、結局初めてのお仕事で疲れていたようで、そのまま昼寝をしてしまい、起きたのは十九時頃だった。

一階に下りると、今日は冒険者の人も少ない。泊まっている人以外はあまり来ていないようだ。

「おねえちゃん、おはよ～」

「エレンちゃん、こんばんは。寝てたの分かる？」

「寝ぐせでね」

お客さんも少なかったので、エレンちゃんと少し話をしてから夕食を食べて部屋に戻った。

明日こそはショッピング！　と意気込む私だったが、ふとあることを思い出した。

「そうだ！　鏡……」

自分の顔がどんななのかまだ確認してなかったんだった。机の中を見ると手鏡があったので、それを手に取ってみる。

「ふえぇぇぇ！」

あの女神様、何てことを……。きれいでサラサラな銀髪をありがとうと思っていたけど、こんな目立つお顔まで……。ちょうど〝かわいい〟から〝美人〟になりかけな感じで、『将来はきっとはっきりとした美人になりますよ』と周りが言いそうな顔だ。

「これじゃあ、将来のんびりできないんじゃないかな～」

前世だったら絶対アイドルだ。それも『は～い』とか言わない。『はい、ここですね』と言うしっかり者でクールな感じだ。あっ、でも目元はちょっと下がっててかわいい感じもあるな。

でも、終了～。これ以上は何だか自分をほめそやす感じでムズムズするからね。

「お礼を言うべきなんだろうけど……」

まあ、なるようになれ。明日に備えて今日もまた私は早めに眠るのだった。

小鳥のさえずりとともに優雅に起きる私。……そんな風に思ったのは一瞬でした。

「痛い……全身が痛いよぅ」

いわゆる筋肉痛というやつだ。まさか、昨日一日動いただけでなってしまうなんて……。とりあえず気合を入れて食堂へ。

「おはようございます」

エレンちゃんと女将さんに挨拶する。

「「おはよう」」

挨拶を返してくれた二人だったが、私の変な動きに何やら不審そうな目を向けている。

「「もしかして……」」

「その先は言わないでください……」

冒険者としてではなく、人として情けない自分をこれ以上貶めさせないために、ご遠慮願う。

「大丈夫？　今日は買い物行くんでしょ」

「今日はやめときます……」

しょんぼりとして朝食を取る。結局その日は食事以外、一日中部屋で過ごしてしまった。

こんな日もある、そう思った一日だった。

それから三日が経った。私はというと機を逃したせいか、その間ずっと宿の手伝いをしている。

着替えとかは貸してもらってるけど、お風呂にも入りたいしそろそろ出かけたいな。

そんなことを考えながら、今日もいそいそとお昼ごはんを運ぶ。

「アスカちゃーん、次こっち注文！」

「はい、ただいま！」

「アスカちゃん、Ｃセットの大盛できたわ」

「はいは〜い」

四日目ともなるとちょっとは慣れてくる。ちなみに洗濯については六枚までは手洗い、以降は魔法で済ませている。筋肉痛になって動けなくなるよりはましだと思って妥協した。

「うまかったよ。じゃあな」

「は〜い、ありがとうございます、ってグレイブさん追加分！」

「おっと、ほいよ」

追加注文もさばけるようになり日々進歩している。そのうち、客足も引いていき今日も遅めの昼食の時間だ。

「ふぃ〜、疲れた〜」

「疲れたね〜、おねえちゃん」

この三日間でエレンちゃんのおねえちゃん呼びにも慣れた。初めての人に説明するのも面倒だし、私も妹ができたみたいで嬉しいし、倍お得だからもう実妹でいいよね。

「朝から働きづめでこの時間にようやく休んだって感じだよね」

「そうそう。やっぱりおねえちゃんはよく分かってるよ〜」

「あらあら、二人ともお疲れ様」

今日もご褒美の食事が運ばれてくる。

「ん～、美味しい！」

「本当に美味しそうに食べるわね」

「量は食べられないんですけどね」

「そうそう、本当におねえちゃんは少食だよね。向こうにいた時もそうだったの？」

向こうかぁ……。この場合だと前世の方だよね。

「う～ん、昔はあんまり体が強くなかったから、そこまで食べなくて良かったんだよね」

「そうなの？　じゃあ、エレンみたいに少しずつでも食べられるようにならないといけないわね」

ふふふ、こんなに心配してもらえてこの宿の子になったみたい……。っていけないいけない。私は冒険者だよ。

「どうしたんだ急に首なんか振って？」

「あっ、ライギルさん。いや、町に来てからあんまり冒険者っぽいことしてないなあって」

「今気づいたのおねえちゃん？」

「まあ、私たちからすればエレンと変わらないぐらいのあなたが、無理に冒険へ行かないのは安心するけれど」

「いえいえ、私には壮大な目標があるので明日から心機一転、頑張ります！」

「おねえちゃんって町に来たかったわけじゃないの？」

「うん。私の目標はまずはこうして普通の暮らしをすること！　そして、その後は世界中を見て回ることなんだ。昔は体が弱かったから絵を描くか本を読んでたんだけど、いつかそんな本の世界に実際に行ってみたかったの！」

「じゃ、じゃあ、すぐに出ていっちゃうの？」

「ううん、まだまだ体力もないし、さっきも言ったけどまずは普通の暮らしをしたいんだ。それに旅に出た時に、気に入ったところはゆっくり見たいからお金も貯めないとね」

「そうなんだ……」

「あらあら、しばらくは安心ね。この町の周りはそんなに危なくないから」

「そうだな。だが、アスカ。森の方へ入りすぎるなよ。森は冒険者でも怪我をする場所なんだ」

「はい、あんまり入らないようにします。この前も手前の林でゴブリンに遭いましたから」

「ええっ!?　おねえちゃん戦ったの？」

「あれ？　言ってなかったっけ。私の部屋にある弓って、その時見つけたものだよ」

さすがにゴブリンが使っていたとは言えない。

「本当に冒険者なのね。それじゃあ、くれぐれも依頼を受ける時は気を付けて頑張るのよ」

「はい！　明日は久しぶりにギルドへ行ってきます！」

ミーシャさんとも話をして明日の宿の仕事はお休み、明後日も明日帰ってきてから考えるということになった。

そして、その日の夜は気合も新たに眠りについたのだった。

5　二度目の依頼と変わった木

「ん～～」

大きく伸びをする。昨日は早めに寝たし準備もばっちりだ。ローブを着て、手間取りつつも胸当てを付けたら、杖を片手に今日こそ出発だ。

「おはようございま～す」

「おはようアスカちゃん」

「おね～ちゃん、おはよう」

ミーシャさんとエレンちゃんに挨拶をして朝食を取る。

「おねえちゃん今日はやる気だね！」

「もちろん！　久しぶりの冒険だし、外にも結局出てなかったし」

出された朝食を食べていざ出陣！　と思っていると、ミーシャさんから声をかけられた。

「はいこれ。パンと野菜ね。お昼にでも食べて。それとこの前冒険から帰ってきた時にお尻のところが汚れていたでしょう？　一緒にこのシートも持っていきなさい」

「ありがとうございます。きっと、成果を上げてきます」

みんなの応援を受けて私はギルドへ向かう。


「おはようございます！　依頼を受けに来ました」

ギルドの中に入ると、結構人がいた。今まで早朝の時間帯に来ることはなかったけど、こんなにいるんだ。

私は討伐依頼を探す他の冒険者をよそに、ボードから採取の依頼票を取った。……こっちもそれなりに人がいてなかなか取りづらいなぁ。

「あらおはよう。アスカちゃん久しぶりね」

「ホルンさん、お久しぶりです。採取の依頼です」

私はリラ草とルーン草の依頼を渡す。ムーン草の依頼を取らなかったのは、前に見つけた場所が林の中だったから。今日は林に入らないつもりだからね。

「この二つね。今日も林に入るの？」

「この前、魔物に出遭いましたから今日は行かないつもりです」

「そう、えらいわね。それじゃあ帰りを待っているわ」

「はい！」

ホルンさんに見送られてギルドを出る。もちろん、マジックバッグを借りることも忘れない。

「おはようございます」

「ああ、おはよう。外に出るのか？」

「はい！　これカードです」

私は冒険者カードを見せて西門を出る。さあ、今日の採取地に出発だ。

今回も町を出ると林の辺りまで歩いていく。だけど、今日の目的地はその場所から街道を外れて奥へ行ったところだ。あの辺は人通りも少なかったし、林の奥側は森につながってなかったから気になったんだよね。

「ふんふ～ん」

意気揚々と街道を進んでいく。朝方で行き交う人もまばらで、すれ違うのは商人さんが多いかな。

「お嬢ちゃんこんなとこまで一人かい？」

「大丈夫です。こう見えても冒険者ですから」

「そうなのか。小さいのに大したもんだ。何か珍しいものでも見つけたら頼むよ」

「その時はお願いします。おじさんも気を付けてね！」

商人のおじさんとちょっとだけ会話した後も引き続き街道を進んでいく。ここ数日、宿屋で働いたおかげかちょっと体力ついたかも？

「はぁ、ぜ～はぁ～」

そんなことないよね。あれから一時間とちょっと歩いたけど、林が見えたところでやっぱり休憩。

お昼には早いから少しお水を飲んで、草の上に小さいシートを敷いて座る。

こんな風に風を感じて草原に座ってるなんてまだ信じられない。女神様に感謝しないと。今度材料を買ってきて像でも作ろうかな？　手先はあんまり器用じゃないけど、魔法ならできるかもしれない。

そうして十分ぐらい休憩を取ると体も落ち着いてきた。

「よしっ！　そうと決まれば今日の分を採って早めに帰らないとね」

林の近くまで来た私は街道を九十度曲がり、林に近づかないように進んでいく。ちょっと背の高い草もあって邪魔なので、風の魔法で刈ろうとしたけど手を止めた。

「こういうところにこそ薬草って生えてないかな？」

新たな可能性を求めて辺りを見回してみる。しかし、背の高い草の周りにはなさそうだ。思い返せばこういうところで薬草を取った記憶もないな。

「それなら遠慮なく……エアカッター！」

進むところだけ草を刈ってあんまり目立たないようにする。貴重な薬草とかが奥にあると他の人に見つかっちゃうし。

進んだ先はちょっとした窪地になっており、この辺りは草も背が高くない。ここで薬草を探すことにして、真ん中まで行って荷物を下ろし周りを見てみる。

「わぁ！　結構ある」

ここから見えるだけでもルーン草がいくつか見えた。私は踏みつぶさないように近づき大事に採る。採り方は分かっているから、後はより正しく採るだけだ。できるだけ気を付けて……。

周辺にはリラ草も生えていたので一緒に採った。でも、ルーン草の方がちょっと多いかな？

一時間ほど周囲を回りながら薬草を採ると、お腹も空いてきたのでお昼にすることにした。

「うんうん、この調子なら思ったより早くマジックバッグも買えるかも」

私はミーシャさんに貰ったパンをかじりながら、懐のマジックバッグに目をやる。

「それもだけど食事もだよね……」

ミーシャさんに持たせてもらったパンは、相変わらずあんまり美味しくない。この町で食べる一般的なパンだというから、どこの町でも同じような味なんだろう。ふわふわのパンとは言わないから、私はもう少しグレードの高い味を食べたいのだ。お昼も他の料理が美味しいだけに気になってしまう。

「気を取り直して再度採取開始だ」

とはいうものの、周りに生えている薬草は結構採ったし、場所を変えないといけない。この周辺には土地勘もないし、あんまり遠くには行きたくないんだけどな。

そう思いふと林を見ると、ちょっとだけ大きな木があるのが見えた。

「へ～、林の裏側にはまた違う木もあるんだね。入ってすぐのところみたいだし……」

さて、今朝私は何と言ったでしょうか？　この時の私は食事を終え安心しきっていた。言い訳をしながら林に足を踏み入れる。

林の中は少し暗くなるけど、どうやら裏側は街道沿いよりも背の高い木が多いようで、さらに薄暗い。

「早まったかなぁ。でも、すぐそこだし……」

自分に言い聞かせるように進んでいく。ちらりと足元を見るとそこにはムーン草が。やっぱりこの林全体にちょっとずつ生えているみたいだ。ありがたく丁寧にいただいていく。

そうして少し進むと、一本だけ違う木の根元に辿り着いた。根元には真っ白のキノコ。これは前に教えてもらったコークスキノコだ。ＨＰもＭＰも回復する上に、美味しいらしい。

お土産にいいかも！　そう思って十個生えているうちの六つを採る。全部は採りすぎだからね。

「それにしても大きい木。何だか温かい気もする……」

木にちょっと寄りかかっていると後ろから音がした。

「なに!?」

《グルルルゥゥゥッ》

声を上げると奥の木の陰からウルフが二匹現れた！　なんてゲームみたいなこと言ってる場合じゃない！

「ウィンドカッター！」

先手必勝で放った三つの刃は避けられてしまう。ゴブリンたちも集団で一匹を狩っていたし、何か手を考えないとやられる。その間も何回か魔法を使うものの、簡単に避けられてしまった。

《ワゥゥッ》

二匹が近づいてくる。正面からじゃだめだ、何とかゴブリンみたいに不意を突かないと……。

「そうだ！　ウィンドカッター！」

私は再度風の刃を三つ生み出す。作り出した三つの刃を正面から二つ、下から勢い良く一つ放つ。

正面のはそれぞれを狙い、下からの刃は右の一匹に絞る。左の一匹は容易にかわすが右の一匹はぎりぎりで避ける。

さらに私は魔力操作を行って、正面からの刃を後ろから、上へと飛んだ刃を下へと急旋回させる。音で判断したのか後ろからの攻撃はかわされてしまったけど、上からの攻撃は対応できなかったらしい。そのまま胴を貫通して右の一匹は倒れた。

「やった！」

喜んでいると左のウルフが突っ込んできた。仲間がやられたせいか、顔つきもさっきより凶暴だ。

「きゃあぁぁ！」

私はパニックになり必死で杖を振り回す。

《キャン》

運良く杖が当たったようでウルフは一歩引いた。そのまま対峙した後、再び私は魔法を使った。最初の一撃をかわされたから次で……。

「って体当たり!?」

さっきの攻撃を見ていて学習したのか、ウルフはそのまま突っ込んでくる。これじゃ自分に当たるから風の刃が戻せない!!

「このぉ、ウィンド！」

近づいてきたウルフが跳びかかってきた瞬間に、私は圧縮した風を思いっきり放つ。空圧砲のように放たれたそれは腹部に命中し、ウルフは仰向けに倒れた。

「はぁはぁ、ま、まだ息はある……。ご、ごめんなさい、エアカッター！」

また、襲われては次も勝てるかは分からない。生きるか死ぬか、私はその感覚を改めて感じて、ウルフの息の根を止めた。

「はぁはぁはぁ……」

肩で息をする。動機が治まらない。前回のことを思い出し、深呼吸をして体を落ち着ける。

ようやく落ち着いてきたところで今の状況を確認した。ウルフたちは二匹とも倒したし、とりあえず血の臭いで他の魔物が引き寄せられないようさっさと回収しよう。

「バッグを開いて……」

かぱっと開いたマジックバッグに二匹とも入れる。もうマジックバッグにはほとんど空きスペースがないだろう。後はこの場所の処理をしないと……。

風の魔法で穴を開けて血の付いた土を入れて蓋をする。こうするだけでも臭いが漏れにくくなるだろう。処理を終えたところで改めて大きな木に集中して眺めてみる。

「さっき、あんなことがあったけどこうすると気分が落ち着くなぁ」

五分ぐらいそうしていると本当に落ち着いてきたし、元気も戻ってきた。そういえばこの木は枝も太めだし、アラシェル様の像を作るのにちょうどいいかも……。

「いったぁぁぁい！」

そんなことを考えていると頭に衝撃が走った。

続いて何かが落ちる音がしたので下を見てみると、木の枝が折れて落ちてきたみたいだった。ばちでも当たったのだろうか？　大体一メートルぐらいで、枝には多くの葉が付いたままになっており、太さも十センチくらいあるからすぐにでも使えそうだ。まさか、人の考えが分かる木とか……なんてね。

「せっかくだからこれはいただきます」

私はいい感じの枝が手に入ったことに感謝して、この木に手を合わせた。

「でも、これを入れて容量オーバーにならないよね？」

心配になった私は、ちょっと重たいけど我慢して持ち帰ることにした。

「これもまた冒険者の試練だよ～」

林を抜けて一路、町へと向かう。さすがに戦って疲れも出始めたので今日の冒険はここまでだ。

そして、街道まで出れば後は歩くだけなのだが……。

「重たい、休憩しよう」

二十分に一度は休憩を取る。町までは一時間半ほどの距離なのに、まだ半分ぐらい道程が残っている。太陽の位置からして今は十四時過ぎだろうし、夕方までには帰れるといいなぁ。

その後も進んでは休むを繰り返し、町の入り口に着いた時には十六時頃になっていた。

「今朝の冒険者じゃないか。おかえり」

「はい、今帰りました」

まるで警察官のように背筋を伸ばして敬礼すると、カードを見せる。

「よし、通っていいぞ……ところでその枝は？」

「拾ったんです。ちょっと作りたいものがあったので……」

「そ、そうか頑張れよ」

門番さんに見送られながら私は町に入り、ギルドを目指す。枝を抱えているせいか、ちらちら見られている気もするがしょうがない。

「失礼しま～す」

ギルドに着くと挨拶をして入る。中は結構空いてるな。冒険者にとってこの時間は中途半端な時間なのだろうか？

「おかえりなさい。空いているわ……よ？」

ホルンさんのところが空いていて、声もかけられたのですぐに向かう。だけど、やっぱり私の持っていた枝に気を取られたみたいでびっくりしている。

「ちょ、ちょっと待ってね」

じーっとホルンさんは枝を見たかと思うと、不意に口を開いた。

「そうそう、ちょっとギルドマスターが話をしたいって言っていたから来てもらえる？」

「いいですけど？」

そう言われて奥に入っていく。でも、何の用事だろう。思い当たることはないんだけど……。

「ん？　どうしたホルン。アスカまで連れて」

「それが……あの枝なんですけど」

「枝？　アスカ、お前何で枝なんて持ってんだ。木こりにでもなるのか？」

「あっ、いえ。目的があってちょっと使うんです。ちょうどいい大きさだったので」

「それなら別にいいが……ん、その葉っぱは？」

「きれいですよね～。少しの間、部屋にこれの小枝を飾ろうと思ってます」

宿の部屋は基本的には掃除がしやすいよう家具は最小限だ。でも、前から何か飾り物が欲しいと思っていた私にはちょうど良かった。

「いや、それシェルオークだろ？」

「しぇるおーく？」

「やっぱり知らなかったのね。世界中のどこにでもあるけれど、個体数の少ない木でその葉っぱはポーションや万能薬にもなるのよ。木自体にも魔除けの力があると信じられていて、大切な建造物を作る時に使用されるの」

「へぇ～、すごいんですね」

そんなこととはつゆ知らず、私は急に枝が頭の上に落ちてきたと話をすると、二人ともびっくりしていた。何でもこの木は意思があると信じられていて、強欲な貴族が伐採して利用しようとした時は、自らを枯らして使い物にならなくなったという逸話もあるのだとか。

「すごいも何もそのまま売ってもお金になるわよ。葉っぱも一枚でちゃんと値段がつくんだから」

そう聞くとすごい木の枝なんだと思う。でも、今回は枝を使うだけだし、葉っぱはどうしようかな？

「あの中にはシェルオークを知っていそうな人はいないから、そのままこっちに来たけれど注意しなさい。そもそもアスカちゃんはどうしてマジックバッグにシェルオークを入れなかったの？」

「そ、それは……」

朝にあれだけ街道の周辺で薬草探しますって言ったばっかりだしなぁ。でも、木の枝を取ってきたしどうせばれちゃうか、よし！

「その……新しい場所で採取をしてたら見慣れない木があるな～って思って、近かったからちょっと林に入ってみたんです」

「ふぅ～ん、今日は森や林には近づかないって言っていたのに？　冒険者自身で決めたことだし、別にいいけれど」

ホルンさんからちょっと非難めいた目で見られる。

「ごめんなさい……」

「ふふっ、本当にいいのよ。私たちには止める権利はないし。でも、まだまだ駆け出しなんだから焦らなくてもいいと思うの。特にあなたは他の人と違って薬学のスキルがあるんだから」

「そうですね。もう少し注意します」

ホルンさんにも言われ、私は改めて注意深く行動することを誓う。

「それはそうと、他には何か採ってきたのか？　依頼を受けてたんだろ」

「そういえばそうでした。じゃあ、出していきますね」

ホルンさんが受付からいくつかかごを持ってきてくれたので、アイテムごとに出していく。

最初はリラ草、続いてルーン草とムーン草、コークスキノコは今回宿へのお土産にするから三つだけ出しておこうかな。

「あら、コークスキノコまであるのね。本当に林へは〝少しだけ〟なんでしょうね？」

「い、一応……」

コークスキノコは木の根元に生えるから、森の奥に入ってないか疑われてるのかな。

「まあいいわ。すぐに鑑定するわね」

ホルンさんはさっきまでと違って、真剣な表情で鑑定をしてくれる。私はドキドキしながら結果を待った。

「……はい、終わったわ。まずは薬草からね。リラ草が十五本でAランク四本、Bランク十一本、ルーン草が二十三本でAランク五本、Bランク十二本、Cランク六本、ムーン草が八本でAランク二本、Bランク四本、Cランク二本ね。合計は……っと。金貨一枚、銀貨二枚、大銅貨七枚、銅貨七枚ね。リラ草はちょっとだけ相場が値下がりしているの、ごめんなさい。これ以上は下がらないと思うから」

「いいえ、大丈夫です」

「それとコークスキノコはどれもAランクだから味も期待できるわよ。合計で銀貨三枚ね」

「そんなにするんですか？」

美味しいとはいえただのキノコなのに……。

「コークスキノコはＨＰもＭＰも回復するから冒険者に人気だけれど、美味しいから食料としても値が張るのよ」

何だろうな。マツタケとかそういう扱いなんだろうか。

「これ以外にはもうない？」

「まだあるにはあるんですけど……」

私はホルンさんたちに、シェルオークのところでウルフと戦ったことを話した。

「……魔物と戦って勝ったのは良かったけれど、本当に気を付けなさい」

「はい」

「まあまあ、ホルン。それぐらい元気がある方が大成するぞ？」

「本人が大成したいと思っていないのに勧めないでください。じゃあ解体場所に案内するわね」

ここまでの素材はいったんギルドの奥に預けて、解体場所へ案内してもらう。場所はギルドの裏手から少し進んだところだ。

「離れていてごめんなさいね。大通りの近くだと臭いで色々言われるのよ」

確かに、ゲームじゃないんだからむやみに異臭を放つ魔物を持ち込んだら、解体時にクレームが来るよね。

私はホルンさんの説明に頷きながら案内された場所へ向かう。ちなみにジュールさんは書類仕事が残っているのでそのまま残った。

「ここよ。今回はウルフだからこの小さい台の上に置いてちょうだい」

「分かりました」

私はマジックバッグからウルフを二体取り出す。ううっ、見慣れないからちょっと気分が悪いな。

「あら、きれいな断面ね。これなら査定はいいわよ」

「本当ですか！　ってホルンさんは大丈夫なんですね……」

冒険者の私は気分が悪いのに受付のホルンさんは大丈夫みたいだ。

「ああ、魔物の死体だったら今回みたいに案内する時に見て慣れているわ。それに、臭いがきつい魔物でもないし。泊まりがけの冒険者だったら、行きに仕留めた獲物は傷んでいることも多いからひどいわよ」

笑って言うホルンさんだけど、私は耐えられるかなぁ。できるだけ早く持ってくるようにしよう。

「マジックバッグに入れてても腐っちゃうんですか？」

「外に出したままよりは温度の変化が小さいからましだけれど、それでもねぇ」

そこで奥から声をかけられる。

「ん、客か？　何だホルンじゃないか」

「クラウスさん、こんにちは。アスカちゃん、この人がアルバの解体場責任者のクラウスさんよ」

「こ、こんにちは……」

知らない人の登場に私もおずおずと挨拶を返す。

ホルンさんから紹介してもらった解体師のクラウスさんは、ガタイのいいおじさんだった。でも、右足が悪いのかちょっと動きづらそうだ。

「ほう？　新しい職員が来て案内してたのか」

「クラウスさん、こちらはれっきとしたお客さんですよ」

「よろしくお願いします」

「ん、何だお前さん。新しい受付じゃないのか？　あんまり細っこいからてっきり」

「クラウスさん、受付には制服があるでしょう。この子が倒したウルフをお願いしたくて」

「そうだったな……それで物はウルフだな？　見せてみろ」

「はい、ここに置いてあるやつです」

私はさっきホルンさんに言われて出したウルフを指差した。

「これぐらいならすぐに終わるな……見ていくか？」

「……えっと」

見たい気もするけれど、解体の光景に耐えられるかどうか分からないので困った顔をしていると、ホルンさんが助け船を出してくれた。

「クラウスさん、か弱い少女がそんなの見られるわけがないでしょう？」

「だが、冒険者なら解体できると便利だぞ？　わしが冒険者の時も大忙しだったわ」

「じゃ、じゃあ……」

「無理しなくていいのよアスカちゃん。向き不向きもあるし、もっと遠くに行くようになったらそういう人とパーティーを組めばいいのよ」

またもやホルンさんが助け舟を出してくれた。正直言って私には頑張っても無理そうだ。

「まあ、そうだな。わしの時も他に一人できる奴がいたが、腕が悪かったからそいつには触らせなかったしな。もし解体する気になったら、どの部分が重要かまずは解体師に聞いた方がいい。例えばこのウルフだが、毛皮の状態が大事だ。だから、こいつらのように身体が大きく傷のないものがいい。剣で切り刻んだやつはつぎはぎだらけで使うことになるから値もうんと安くなる」

「そうなんですね」

「うむ。できれば下腹部を一撃で仕留めるといい。無論、貫通させずにな」

「ありがとうございます。色々教えていただいて」

「う、うむ。分かればいいんだ。だが気を付けろ、素材をいい状態に保つよりも命が大事だからな。見誤るなよ」

「はい！」

解体時のことを考えて倒すかぁ。冒険者って魔物を倒すだけかと思ってたけど、色々考えないといけないんだな。私はクラウスさんに解体をお願いしてギルドに戻る。

「じゃあ、解体待ちの分については後日になるから、今度依頼を完了した時にでも一緒に渡すわね」

「分かりました」

「それじゃあカードを預かるわ」

道すがら頼んでいた通り、今回の報酬もカードに入れてもらう。こうしておけば無駄遣いせずに済むしね。

「あっ、ホルンさん。最近、銅貨が少なくなってきたんですけど、両替ってどこでできますか？」

「両替？　そういうのは個人だとないわね。露店だと必要だけど、商人ギルドや冒険者ギルド加盟の商店は基本、カードが使えるから」

「じゃあ、今日行く店ではできるだけ端数が出るように買おうかな……」

「あら、今日はお買い物に行くの？」

「そうなんです。この前、行こうとしたんですけど雨が降ってしまって……」

ホルンさんに宿の手伝いのことも話す。すると冒険者っぽくないとここでも言われてしまった。

「まあでも、その方が似合っているかもしれないわね」

割と楽しんでやっていた手前、言い返すこともできない。

「そういえば今回で依頼五件達成ね。昇格の処理とステータスの更新もやっておくわね」

「昇格ってまだ依頼二件しか受けてませんよ？」

「アスカちゃんが言っているのは二回ね。依頼自体はリラ草が二件、ルーン草二件、ムーン草も一件で合計六件達成よ」

「そうなんですね。じゃあ、昇格処理をお願いします」

ホルンさんが機械にカードを挿して、しばらくするとガシャンと音がしてカードが出てきた。

「はい、これで今からアスカちゃんはEランクよ。それとステータスは……確認してもいい？」

「はい！」

ずっとお世話になっているし、今更なので元気良く了承する。

名前：アスカ

年齢：13歳
職業：Eランク冒険者／なし
HP：55／55
MP：120／220
腕力：9
体力：16
速さ：22
器用さ：30
魔力：75
運：50
スキル：魔力操作、火魔法LV2、風魔法LV2、薬学LV2

「あら、ちゃんとステータスが伸びているわね。魔力も順調に伸びているから、このまま上がればもっと上に行けるわよ」

「あははは……」

私は気のない返事で返し、そろそろ買い物に行くことを告げる。

「それじゃあ、買い物楽しんできてね」

「はい！　行ってきま～す」

私はホルンさんに見送られギルドを出ると宿へと向かう。まずはこの枝を置いてこないとね。

ちなみに葉っぱも売れるとのことだったので、三つに分かれた枝のうち二つ分は売ってしまった。全部で二十五枚あったので銀貨二枚と大銅貨五枚になった。今後安定して採れるかは分からないけど、なかなかの値段だ。


「ただいま～」

「おねえちゃんおかえりなさ～い」

宿に帰るとエレンちゃんに迎えられる。木の枝を持ってる私をいぶかしんでいるようだけど気にしない気にしない。

「エレンちゃん、これお土産ね」

マジックバッグを返す時に自分のバッグへ移しておいたコークスキノコを渡す。

「いいの？　やったぁ！」

うんうん、喜んでくれると嬉しいよね。私はまだ喜んでいるエレンちゃんに小さい花瓶がないか聞くと、あるとのことだったので借りて水を入れ窓際に置く。

「とりあえず小枝はここに入れてと」

花瓶に枝先だけ折って入れる。

シェルオークは幹から枝までがやや薄い青色で、葉は緑と黄のラインが美しい不思議な植物だ。

この小枝だけでも、ジュールさんから聞いた逸話に真実味を感じてしまう。これでちょっとは飾りっ気が出たかな？

後は買い物に不要なものは置いていった方がいいよね。バッグの中身を確認してそれらを机に置いていく。

「準備完了！」

私は階段を下りエレンちゃんに挨拶してから出ていく。

「それじゃあ、買い物に行ってくるね」

「は～い」

私は初めて町へと繰り出した。

ちなみに冒険者ギルドは町の中央よりやや南にあって、解体場はそこから外郭へ向かったところにある。鳥の巣はどこかというと冒険者ギルドの南側だ。

そして商店は王都方面の東側に集中している。商人向けの宿や商会が東側に多いためだ。ただし、冒険者向けの店に関してはギルド周辺に多いので、店自体は地価の安い南西にも結構ある。

「だけど、今日買いたいのは服とかの日用品が中心だから東側に行かないとね」

順番にゆっくり店を見て回ろうと思ったけど、時間は十八時過ぎになっていてもう閉まりそうな店もある。ゆっくり見るのは今度にして、部屋着だけでも先に買ってしまおう。

そこで私は目に留まった一軒の洋服店に入った。お菓子の家とまではいかないけど、ファンシーなデザインの佇まいが気になったのだ。窓のところもかわいく飾り付けがされていて胸が躍る。

「いらっしゃいませ～」

「こんにちは。部屋着とちょっとした余所行《よそゆ》きの服が欲しいんですけど……」

「あらかわいいお嬢様ですね。どこかの貴族様でしょうか？」

「い、いえ冒険者ですけど……」

「まあ、それはもったいないです。では、こちらの服などいかがでしょう？」

案内されたのはドレスとかフレアスカートがいっぱいあるスペースだった。いやいやそんなの買っても使う予定ないし……。

「あの、本当に普段着でいいんです」

「……そうですか。いつでも案内しますからね。ではこちらです」

渋々案内するお姉さんに連れてこられたのは、探していた部屋着っぽいものが並んでいるところだ。ちょっと短めのスカートとハーフパンツのようなものもある。

動きやすそうだしとりあえずこの二つは買おう。上半身に着るのはまだ寒くないから七分ぐらいの袖の服と半袖の服を二着ずつ。ひとまずはこのぐらいでいいかな。……後は下着もいるよね。

「上はこれとこれ二着ずつ、下はこのスカートとこれでお願いします。そ、それと……」

「下着ですね。こちらですよ」

見えにくいよう奥に飾られたスペースへ案内してもらう。

「最近の流行で王都からちょっと派手めのものが入荷していますが。どうでしょう？」

「う、薄っ。そして、少ない……」

布地の薄さや面積の小ささから考えてどうしてこんなにというぐらい高い。私は普通のがいいな。

「この少しレースが入ったものをお願いします」

「こちらですね、分かりました。ちなみに洗剤などはお持ちですか？」

そういえば洗剤の値段聞いてなかったな。高いのだろうか？　でも、必要ではあるし……。

「いくらぐらいですか？」

「では、お試しでお付けいたします。気に入ったらお買い求めください。ひとビン銀貨二枚です」

「いいんですか、助かります！」

お試しで貰ったビンには両手に載るぐらいの削られた状態の固形石鹸が入ってるけど、これで銀貨二枚。思ってたより高いかも。

「はい、代わりといってはなんですが、どこで買ったか聞かれたら、うちでと言っていただければ」

それぐらいならお安い御用だ。別に聞かれたらでいいんだし。お店の名前はベルネスか……。さすがに宣伝するのにどこそこの角の店とは言えないからね。

「じゃあ、お会計お願いします」

「はい、合計で銀貨四枚と大銅貨六枚ですね」

「銀貨五枚でお願いします」

「……確かに。ありがとうございました。また来てくださいね」

「はい！」

お姉さんに見送られて店を出る。買ってから思ったけど、マジックバッグがないと大荷物だなぁ。

6　アスカと細工と運命の出会い

服を買った私は続いて小物を買いに行きたかったけど、時間もないので今日のところは細工用の刃物を扱う店に行く。

「いらっしゃい」

おじさんの低い声に迎えられ店に入る。

「こんにちは、木彫り用の刃物が欲しいんですけど……」

「何だ嬢ちゃん。そんななりで細工物かい？　買うのはいいが刃物の扱いには気を付けろよ。で、どういうやつが必要なんだ？」

「えっと、小さい像を彫りたいんですけど、これぐらいの……」

私は身振り手振りで大体こんな木で、これぐらいの大きさの像を作りたいですと説明する。

「ふむ、それならこれで形を整えて、時間はかかるが仕上げはこれだな。きれいにできるぜ」

私は紹介された道具を手に取る。ちょっとだけ重量を感じるけど、なかなかの品物に思えた。

「じゃあ、これでお願いします。あと、手入れの道具と床に敷くシートってないですか？」

「おう、いい心がけだな。それはこいつだな。まとめてちょっと安くしておいてやる」

「ありがとうございます！」

「じゃあ、こっちの二本が銀貨二枚と大銅貨五枚。手入れのセットとシートが銀貨一枚だが、合わせて銀貨三枚と大銅貨二枚だ」

「それじゃあ、銀貨四枚でお願いします」

「おう、釣りと商品だ。できたら見せてくれよ！」

「はい！」

私はおじさんにお礼を言って店を出る。他にも行きたい店はあったけど、これ以上いても店が閉まっていく一方なので、とりあえず今日の買い物はここまでにして宿に帰った。


「おねえちゃんおかえり〜、いいの買えた？」

「ただいま。あんまり時間なかったけど、それなりにね」

「そうなんだ。あっ、すぐにごはん食べる？」

「荷物を置いてきたら食べようかな。あと、食事の後に湯あみ用のお湯貰いたいんだけど……」

「あ〜、今日はちょっと時間かかるかも」

今日はお客さんが多い日らしい。湯あみ用のお湯はいつもたらいに入れた水を沸かすのだけど、忙しくてそこまで手が回らないそうだ。

「私がやろっか？」

「えっ？　おねえちゃんって火使ったことあったっけ？」

「違う違う。魔法でね」

「いいの？」

「大丈夫、大丈夫。ミーシャさんに言ってくるね」

私はエレンちゃんにそう言うと一度荷物を部屋に置いてから、厨房横で料理の手伝いをしているミーシャさんに話しかけた。

「ミーシャさん、今日のお湯なんですけど……」

「あら、アスカちゃんおかえり。ごめんなさい、ちょっと今日は混むからお湯は遅くなるわ」

「それなんですけど、私が魔法で沸かしましょうか？」

私は周りに聞こえないように耳元でささやくと、ミーシャさんは怪訝そうな顔をした。

「私たちは助かるけどいいの。疲れるでしょう？」

「お湯を沸かすぐらいなら全然大丈夫です！」

「あー、ならちょっとこれも沸かしてくれないか？」

奥にいたライギルさんから声がかかる。見ると大鍋に水が入っていた。今からスープ作りかな？

「は～い」

私は鍋に近づくと魔法で火の玉を作り出して鍋に沈める。するとたちまち水は沸騰した。

「おおっ！　やっぱり魔法はすごいな。ありがとうアスカ」

「いえいえ。それじゃあ、湯あみ用のお湯沸かしてきま～す」

私は外に行って、たらいを用意する。そして何度かに分けて井戸から水を汲み上げた後、厨房でしたのと同様に魔法で温める。最後に蓋をしてと……これでしばらくは持つかな。

「ミーシャさん、冷めてきたらまた言ってくださいね」

「ありがとうアスカちゃん。もうすぐ食事ができるから食べてね。それから、コークスキノコは貴重なものだけど本当に貰っていいの？」

「はい！　お世話になってますから。みんなに元気でいてほしいんです！」

「じゃあ、三人でいただくわね」

私はもうすぐ食事ができると聞いて席に座って待つ。ちょっと待つと今日の食事が出てきた。

「ん〜、いつもながら美味しい！　パン以外はだけど……」

パンに関しては何とかしたいところだけど、作り方なんて知らないしなぁ。材料をこねたら寝かせるんだっけ？　できないかもしれないけど、今度言うだけは言ってみよう。

そんなことを考えながら食事を終えた私は部屋に戻り、買った服の寸法を見る。身体に合わせてはもらったものの、試着室はなかったからね。これまで着ていた服も気に入っていたけど、替えがなかった。これで洗濯ができそうだ。

「ふんふ〜ん、さ〜て次は下着も確認しないと……」

下着の確認をするのにいったん、下を脱いで新しいのを穿いてみた。これも値段はちょっと高いかなと思ったけど、この品質ならいい感じだ。

「ちょっと、おねえちゃん寝ちゃってるの〜？」

そんなことをしていると、ドアの向こうからエレンちゃんの声が聞こえる。

「エレンちゃん？」

「さっきから呼んでるのに返事がなかったから……」

「ごめんごめん、着替えてて聞こえなかったみたい。今開けるから」

エレンちゃんを待たせても悪いと思って、そのままドアを開ける。

「……」

「どうしたの？」

「おねえちゃん、着替えてって、部屋では大胆なんだね……」

「へっ……ち、違うの。服と一緒に買った下着のサイズ見てただけ！」

「大きな声で言わなくていいから。これ！」

エレンちゃんが差し出したのはお湯だった。そういえば頼んでたんだった。

「ありがとう。持ってきてくれたってことは、もう仕事の方は落ち着いた？」

「うん。お父さんも早くにスープができて、他のことに取りかかれたから助かったって」

「それは良かった」

じゃあね、と言ってエレンちゃんはまた食堂の方へ戻っていった。私はというとサイズの確認も終わったので、貰ったお湯で体を拭いて、いよいよアラシェル様像の作成開始だ。

「最初は練習用に貰ったこの木を使って……」

おじさんが一緒に入れてくれた練習用の木を取り出しておおまかに削っていく。もちろん床が汚れてしまわないように一緒に買ったシートも敷いている。今まで外で敷いていたものよりも触り心

地もいいし、きちんと洗って今後外で使うのもいいなと思った。

でもこの作業音うるさいよね。そういえば音って振動か何かで伝わるって聞いたことがあるなぁ。振動、振動か……。私は風の魔法を使って音を消し去れないか試してみる。

「えいっ！」

残念ながら、音が小さくなる気配はない。う〜ん、簡単にはいかないなぁ。でも、これができないとこの先、昼間しか作業が進められない。私は思いを新たにもう一度音が消えるイメージを試す。

「諦めちゃダメ。もう一度試そう！」

再度挑戦すると、さっきより音が小さくなった。これぐらいの音ならちょっと暗くなる時間帯でも大丈夫だろう。

私はまた練習用の木を削っていく。まずは全体の感じをつかむように……。一番下の台になるところは後で考えるからそのままにして、先にポーズだよね。

「う〜ん、考えても簡単に思いつかないな。そうだ！　先に絵にしちゃおう」

私は一気に作るのをやめて絵を描くことにした。顔も時間が経っていくにつれておぼろげになるだろうし、今がチャンスだ。

まずは輪郭を描いてと。次にきれいな銀の髪。そして体のラインを描いていって最後にローブを描く。手には何も持っていなかったけど、何か寂しいかも。ここはちょっとだけ脚色しよう！　腕輪を描いて後は……足はやっぱり素足だよね。

「よし、描けた！」

こういう時に前世の経験が役に立った。本を読んでは気晴らしに絵を描いていたのがここで生きるなんて。

絵も完成したし、彫っていきたいんだけど、窓の外を見るともういい時間になってきている。

今日は寝てまた明日かな？　さっき明日は手伝うって言っちゃったし。

「アラシェル様、もう少し待っててくださいね」

私は祈りを捧げると明日に備えて眠りについた。


「んん……」

朝になって目が覚める。ちょうど一の音が鳴り響いていたから今は八時みたいだ。昨日買った服に着替えて一階に下りる。新しい服に袖を通すとワクワクするなぁ。

「おはようございますミーシャさん」

「おはようアスカちゃん」

「あれ、今日はエレンちゃんいませんね？」

「今日は休みよ。昨日は人の多い日だったでしょう？　あの子も疲れているし、たまにはと思って」

「そうなんですね」

うんうん、たまには休みがないとね。私はミーシャさんに出してもらった朝食を食べて、仕事の準備をする。

「そういえばアスカちゃん。そんな服持っていたの？」

「昨日買ったんです。あんまり見る時間はなかったですけど……」

服に気づいてもらえたのが嬉しくて、ちょっとだけ体をひねって答える。

「そうだったの。あなたくらいの頃は私もよく服屋に行っていたわ」

「どんな服を買っていたんですか？」

「それが、あまり外出することがなかったのと、お父さんが買ってきてくれたから、そこまで買わなかったの。今なら買えるけれど、見に行くことも仕事着以外をわざわざ着ることもないわね」

「それじゃ時間がある時にみんなで行きませんか？」

「そう？　じゃあ、休みができたら行きましょうか」

「約束ですよ」

「ええ、それじゃあ今日もよろしくね」

「はい！」

私は奥からかごを二つ持ってくる。一つを二階に置いて、もう一つは三階にそのまま持っていく。こうしておけば余計な手間が省けるのだ。

「シーツの交換で～す！」

各部屋を回って私はシーツを回収していく。たまにドタドタと音がする部屋があるけど何だろ？

「じゃあ、また持ってきますから」

シーツを回収した後はいったん外に運んでおき、先に新しいシーツを入れて持って上がる。そうしてシーツを先に替えて洗いに向かう。そうしないとその間にベッドが汚れちゃうからね。

「ふんふ～ん」

シーツを替えて終わったら洗う。洗い終わったらもう一度、回収できていない部屋のシーツを回収する。エレンちゃん曰く、つまらないとのことだけど、私にとっては新しいことなのでまだまだ楽しい作業だ。何より今は動けることが楽しい。

「終わりました～」

シーツを洗い終わって干し終わると食堂へ。

「お疲れ様、はい」

ミーシャさんがご褒美にジュースをくれる。

「ありがとうございます。ん～、美味しいです！　ジュースを飲むとまた元気が出ます」

この一杯があればこの後の仕事も頑張れるって感じだ。

「いつもありがとう。でも、うちの手伝い以外に何かやりたいことはないの？」

「実は今、木彫りの像を作ってみようと思っているんです」

「そうなの。じゃあ、お手伝いしていてもいいの？」

「はい！　部屋にこもってできることなので。でも一日中だと疲れちゃうから午後になったら始めます」

「じゃあ、それが出来上がるまで夕飯は呼びに行くようにするわ」

「いいんですか！　お願いします！」

昨日も集中して時間を忘れてちゃったからありがたいな。

そしてお昼時になり、今日も忙しくお昼の接客をする。

「Ａセットお待ちしました」

「アスカちゃん、こっちのＢセットは？」

「次の……次です！　もうちょっと待っててくださいね」

「じゃあまたな」

「ありがとうございました～」

目まぐるしくお客さんが入っては出ていく。今日は初めてエレンちゃんがお休みだったけど、私が来る前はいつもこうだったんだなと思うと、改めてすごい子なんだと思う。

「ふぅ～」

「今日もお疲れ様」

ミーシャさんが水を持ってきてくれる。さんざん動き回ったので助かる。

「いつもこんなに忙しかったんですね……」

「そういえばアスカちゃんは三人だけの営業って初めてだったわね」

「疲れましたぁ～」

「ふふっ、じゃあ今日はお野菜が多いＢセットね」

「お願いします」

私はミーシャさんが持ってきてくれたＢセットを食べ始める。

「そういえば、今日はエレンちゃんを見ないですね。たまのお休みなのに家にいないなんて……」

「あの子は休みになるといつも買い物に出かけるわ。服を買ったり変わった食材を買ってきたりね」

「そうなんですね。気づかなかったなぁ」

「外に出るのは自分だけ休みなのを気にしているからかもしれないわね。私も昔そうだったから」

「そんな、まだまだ小さいんだから別にいいのに……」

「あの子にも言っておくわ」

「そうしてください」

この後、途中からミーシャさんとライギルさんも加わって和やかなお昼となった。


「よ～し！　お腹も満腹になったしやるぞ～」

仕事を終えて部屋に帰ってきた私は、昨日の続きと言わんばかりに気合を入れて細工に臨む。

「まずはシートを敷いて準備をして……次に道具を確認！　魔法もＯＫ」

昨日描いた絵を見ながら木を大きく削っていく。アラシェル様は髪が多いので、頭の方は削りすぎないようにしないとね。たまに横にしては深く彫りすぎていないかチェックする。うんうん、このぐらいなら大丈夫そうだ。

おおまかに削っていくと、これぐらいかなというところまで来た。

「よし！　ここからは絵と見比べながら慎重にやっていかないと……」

まずは足のところからだ。ロープ部分に線を引いていき、それに沿って彫っていく。しわもできるだけ表現できるようにして、そこが終わったらちょっと難しそうな足だ。

「ここは削りすぎるとつぶれるし、慎重に……」

一本ずつ指の線を引いていく。途中、ちょっとだけ大きく彫ってしまったところがあったけど、初めてにしてはおおむねうまくいったと思う。

「親指のところだからあんまり目立たなくて良かった〜。でも、こうなったら逆の方もだよね」

片方の足が終わったので、もう片方の足に取り掛かる。ゆっくりと慎重に作業を進めていく……何とかできた。意図せず大きく彫ってしまうより、意図的に形を崩すように彫る方が大変なんだと、親指部分を彫る時に分かった。思いっきりいけないのってストレスだ。

「ふぅ〜、次は体から手にかけてだけど、手はどうしよう？」

手を前に出すとか動きを入れるのはまだ無理だと思う。多分折れちゃうな。昨日描いた絵には色々なポーズを載せてるんだけど今は我慢しよう。

「う〜ん。これしかないか……」

しばらく悩んで私が出した答えは、胸元で手を重ねるポーズだ。これなら体に密着しているから、腕が落ちたり割れたりはしないだろう。そうと決まれば作業再開しないと。

作る形が決まったので、再び木を少しずつ削っていく。ここまでと違って各部分に要する時間が増えてきている。それでも良いものにしたいので、手を重ねるところだけ別の紙に描き起こして、それを見ながら彫っていく。

「……ぷはぁ～～。ちょっと休もう」

さすがにずっと集中していたので、いったん休憩を取ることにした。こういう時に時間が分からないのはちょっと不便かも。疲れた身体を預けるようにベッドにダイブしてごろごろする。

「ん～、この時間を有効に使えないかな～」

横に置いてある袋の中を探って、何かないかなと取り出してみた。出てきたのは冒険者冊子と『食用キノコのすゝめ』。

「どっちを読むべきか……。アラシェル様の像が完成するまでは出歩かないし、市場でもキノコは売ってるって言ってたから、『食用キノコのすゝめ』かな？」

私は本を開き、読み進めていく。

まずはこのアルバの町周辺に生えていそうな林や森のキノコからだ。

ふ～ん、木の根元あたりの日陰に生えるキノコもあるんだ。コークスキノコは貴重だけどこの辺りでは取れ高は良くない。他の地方に冒険へ行った時にも探せるように覚えておかないと……。

『マファルキノコ……干すといい味がする。

ツルキノコ……細長いキノコ。そこそこ群生する。

キキノコ……黄色く毒性のあるものと酷似。粉末を万能薬に混ぜると更なる効果が期待できる』

「森や林に生えるのだけでも色々あるなぁ。絵もついてるから今度入ることがあったら探してみよう」

他にも色々紹介されていたけど、とりあえずは新しく三つのキノコを覚えて、前にホルンさんに教えてもらったキノコを確認しておいた。おかしなのを持ち帰らないようにちゃんと覚えなきゃね。

「さてと、そろそろ再開しよう」

私はベッドから飛び下りて作業を再開する。


まずは輪郭を意識しながら木の周囲を彫っていく。それからしばらく経って、ようやく腕のところができかけてきた。ここでもっと進めたいんだけど、なかなかその先のイメージが出てこない。

「おねえちゃん起きてる～？」

悩んでいると、声と共にドアを叩く音がした。この声はエレンちゃんかな？

「エレンちゃん？」

「そうだよ、ごはんできたよ」

「分かった。すぐ行くね！」

私は彫りかけの像を机の上に置いて、ひとまず食事をしに食堂へ。時間もピークを過ぎたのか、お客さんが少ない状態だった。

「あれ？　今日はお客さんちょっと少ないね」

「おねえちゃん何言ってるの？　もう夜の八時だよ」

「ええっ!?　そうなの？」

「お母さんたちが、きっと集中してるだろうから落ち着いてから呼びに行きなさいって」

「そうだったんだ。そういえばエレンちゃんはお休みどうだった？」

「楽しかった！　おねえちゃんのおかげだよ」

「そんなことないよ。エレンちゃんが日ごろから頑張ってるからだよ」

「だったら嬉しいな。はい、今日の夕飯だよ」

私はエレンちゃんが運んできてくれた夕飯を食べる。今日は肉メインだ。というか、鳥の巣の夕食には、スープも含めると肉が頻繁に出ているような気がする。そんなに簡単に手に入るのかな？

「ねえ、エレンちゃん。ずっとお肉出てるけど、この辺だと安いの？」

「割と安い方かなぁ。西側にもオークがたまに出るし、東側の王都からの道じゃよく出るって聞いたことあるよ。それにこの辺は草も豊富だから、牛さんもいっぱいいるよ。そっちは高いけどね～」

「そうなんだ。今度見に行こうかな？」

「一度は行った方がいいよ。見て良し食べて良しだよ」

「あはは……」

この辺りの感覚はちょっとまだ馴染めないなぁ。私にとって肉は加工されて並んでるもので、そういう考えにまでは至らなかったから。

食事も終えて今日もお湯を貰うことにした。これで、また明日から頑張れる。部屋に戻った私は今日出た削りカスをごみ箱にまとめて、道具も手入れする。

「それじゃあ、おやすみエレンちゃん」

「おねえちゃんもね」

片付けも済み、お湯を下げに来てくれたエレンちゃんにおやすみを言って私は眠った。

翌朝、目が覚めると今日も小鳥たちがさえずっている。ただし、本日は雨のようだ。

「でも、今日の私には関係ない！　どうせ像の続きを作るだけだから」

いつも通りに食堂へ下りて朝食を取る。

「おねえちゃんは今日もお手伝い？」

「そうだよ。しばらく部屋でやりたいことができたから」

「何してるの？　物音とかも聞こえないけど」

「実はね……特別な女神様を彫ってるの。内緒だよ」

「ええっ!?　特別ってまさかおねえちゃん、女神様に会ったことあるの？」

さすがにありますとは言えないので濁しておこう。

「夢で見ただけだけどね」

「な～んだ。何ていう女神様なの？」

「アラシェル様っていうの」

ちなみにこの国で女神といえば、慈愛の女神シェルレーネという神様になるらしい。多くの町に建設されている教会も、大抵この女神を信奉しているのだという。

「アラシェル様っていう女神様は聞いたことないなぁ」

「私のいた村の人も多分知らないと思う。あんまり有名じゃないの」

「そうなんだ。それなのに像まで作るなんて信心深いんだね」

「どうだろうね」

別に経典とかがあるわけじゃないから分からないな。

食事も終えた私たちはお馴染みのシーツ替えへと向かう。そこからはいつも通りといって差し支えない作業だ。変わったことといえば、シーツを手で八枚洗えるようになった。ちょっとずつだけど体力もついてきたんだろう。

「シーツの洗濯終わりました」

「ありがとうアスカちゃん。はいこれ」

お昼前の一杯の時間だ。私はミーシャさんに渡されたジュースをぐっと飲み干す。

最近は何だかこの時間に宿に泊まっている人と会うことが多くなった気がする。気のせいかもしれないけど。

何はともあれこれを飲んだらお昼時だ。気合入れないと。

「エレンちゃん、こっちも注文お願い」

「はいは～い。おねえちゃん代わりに料理運んで！」

「分かった」

いつも通りに仕事をする。ただ、今日は雨が降っているからお客さんは少なめだ。でも、こういう日は逆に冒険者が外に出なくなり、お昼を食べに来るから気が抜けない。

「おう、アスカ。Cセット大盛でな、それとエールも」

「いいんですかバルドーさん。まだ昼ですよ？」

「どうせ外になんぞ出やしないよ。ほれ」

勘定を受け取ってからカウンターに注文を伝える。やっぱり、雨の日はみんな出たがらないようだ。それからしばらくすると客足は落ち着いた。

「二人とも、もういいわよ」

ミーシャさんが今日はここまでと言わんばかりに料理を運んできてくれる。はぁ～いつ見ても美味しそうだ。私は運ばれてきた料理をいただき、部屋に戻る。

「さ～て、続き続き」

準備を終えた私は昨日の続きを始める。まずは困っていた上着の袖のデザインだ。これはゆったりだけど、腕は少し出すような形にしよう。そうと決まれば後は彫っていくだけ。

少しずつデザインに沿うように削りながら作業を進めていく。

「う～ん、これ以上は無理かな……」

作業を続けて、何とか腕全体を削りきる。ちょっと角ばってはいるものの、これ以上やると折れそうで怖い。次は胸へ移ろう。ここからは髪の毛も入ってくるから気を付けないと……。前髪はこめかみあたりから長くなっていて、胸の下までかかるぐらいかな。

そうやって集中すること早四時間。十八時を知らせる鐘の音とともに作業は終わったのだった。

「できたぁ～！　……一応だけど」

初めてということもあるけど、お世辞にもいい出来ではない。ところどころ角ばってるし、顔や手のところは直したい。だけど、これ以上は削りすぎになるかもしれないなぁ。明日、道具を売ってくれたおじさんに聞きに行こう。

「そうと決まればごはんごはん～」

さすがに長時間の作業で疲れ、お腹は鳴りっぱなしだ。早く栄養補給しないと。

「エレンちゃんこんばんは～」

「おねえちゃんもういいの？」

「うん、一応だけどね。それとミーシャさんには、明日出かけるって言ってもらえる？」

「分かった。伝えとくね」

そう言いつつ食事が運ばれてくるのを待つ。雨の日は本当に人が少ないなぁ。元々、夜は冒険者向けだけど、今日は宿泊客以外あまり町の人たちも見かけないし……。

「はい、お待ちどうさま～」

「ありがとう」

「感謝してくれるなら、後でいいからお湯沸かしてほしいなぁ」

「ん、いいよ。食べたら行くようにする」

食事を終えた私はエレンちゃんとの約束通り、奥へ行ってお湯を沸かす。普通の人はこんなことに魔法をいちいち使わないと言っていたエレンちゃんだったけど、便利だと分かると時々お願いされるようになった。まあ、私からすれば一瞬だし、魔法の練習にもなるから別にいいけどね。

「お湯も準備したし、部屋に戻ってお掃除しないと」

疲れたから部屋の掃除もまだだ。広げたままのシートから木くずをごみ箱に入れて道具もメンテする。後は残った塵も窓を開けて風の魔法で吹き飛ばす。このシートも水洗いできるのかな？

「そういえばシートもだけど、服の手洗いはしたことないから注意することがないか聞かないと」

明日の予定をメモに書き込んでいく。

まずは小物を見てから、出来上がったアラシェル様の像を見せに行って、最後に服屋さんでいいかな？　でも、お昼ごはんはどうしよう？　ここに戻って食べてもいいけど、せっかくだからどこか別の店に行ってみたいし……。

どこかで聞いてみよう。明日が楽しみだなぁ～。


「ふわぁ～」

目が覚めてぼ～っとしていると、一の音が聞こえてきた。生活リズムは狂わないようにしないとね。学校も仕事も特にない私にとって一度崩れた生活リズムを元に戻すのは大変だ。冒険者っていってもただの自営業で、納期も自分で依頼を受けない限りないからね。

「おはよ～エレンちゃん」

「おはよう、おねえちゃん。朝早いね、店はまだ開かないよ？」

「そうなんだけど、生活リズムを崩さないようにね。暇だから一度目のシーツ交換までは手伝うよ」

「いいの？」

「うん。部屋にこもっててもやることないしね」

エレンちゃんが持ってきてくれた朝食を食べ終わると、私は早速シーツを回収する。今日はちょっと少ないかな？

「さて、今日もやりますか」

集めてきたシーツをたらいに入れて洗っていく。いつもならある程度手で洗うんだけど、今日はなるべく早く終わらせて買い物に行きたいし、四枚ぐらい洗ったら後は魔法で洗っちゃおう。

水を張り洗剤を入れると、手洗いでいつものように四枚のシーツを洗う。

そしてここからは魔法の出番だ。残ったシーツを全部放り込み、風の魔法で正転と反転を行い洗濯、それが終わったら洗剤を流し、水気を絞って物干し台へ。これを繰り返していけばすぐに終わるのだ。

さらには右手で風の魔法を使って洗濯をして、左手は風と火の魔法を使って温風で乾かしていく。こうするのも慣れてきたけど、本当に早く終わる。

四十分ぐらいで洗濯を終えた私は食堂へ戻る。

「ミーシャさん。さっき、最初の分の洗濯が終わったので、エレンちゃんに伝えてください」

「ごめんなさいね。お休みなのに」

「時間が余ってましたし、いいんですよ。それじゃあ、準備してきます」

私は部屋に戻ると出かける用意をする。アラシェル様の像も忘れないようにバッグに入れてと。

「最初は小物屋さんからだね。それじゃあ行ってきま～す！」

「行ってらっしゃい、気を付けてね」

ミーシャさんに見送られた私は、ひとまず小物屋さんに向かうことにした。ただし、今から行くのは装飾品を売る店ではなく、れっきとした冒険者用の店だ。町のやや北に位置する通りにあるようで、胸を躍らせながら店に向かう。

「こんにちは～」

店構えは武骨なイメージだったけど、中に入ると色々な物が置いてある。ただ、冒険者が通りやすいように中央と壁際以外に物は置かれていないようだ。

「いらっしゃい。あら、かわいい子ね」

「バルドーさんから聞いてきたんですけど……」

「そうなの？　あの人が紹介なんて珍しいわね。探し物は何かしら？」

「今は特に遠出しないので、匂い袋と煙玉と小さめのポーションを」

「堅実なのね。数を言ってくれれば持ってきてあげるわ」

「匂い袋と煙玉をそれぞれ二つずつ。ポーションは四つでお願いします」

私が数を伝えると、店員のお姉さんはすぐに棚から商品を取ってきてくれた。

「じゃあ……合計銀貨一枚と言いたいところだけど、初めてのお客さんだし大銅貨八枚ね」

「ありがとうございます。それと、マジックバッグって売ってますか？　ギルドで貸し出してるのと同じやつなんですけど……」

「もちろんあるわよ。今だと金貨十枚と銀貨二枚ね。結構貴重なのよ、お金あるの？」

「私、力がないし一人だから欲しいんです。お金が貯まったらまた来ますね」

「その時を楽しみにしているわ、小さいお嬢さん」

私は最初の目的を果たして次の目的地へと向かう。

ちなみにさっき買った匂い袋とは、鼻のいい魔物に好きな匂いを投げつけて意識をそらす道具だ。逃げる時間を稼ぐのにいいらしい。

煙玉は臭いと煙で相手をかく乱するもので、少数の盗賊とかならこれで対処できるとのことだ。どちらもバルドーさんから店を教えてもらった時に薦められた。対人経験や魔物の討伐経験の少ない私には必要なものだ。

後は万が一、傷を負った時に備えてポーション。小さいけどちゃんと効くとのこと。

「バルドーさんに色々教わってて良かった〜。これも宿の手伝いのおかげだね」

バルドーさんとは食事の時やシーツ交換の時に少し話す機会があるので、その時に色々教えてもらっている。ここにきて冒険と何も関係ない宿の手伝いの効果が出ているのである。

そして私は次の目的地である細工屋へと向かった。


「こんにちは〜、おじさんいますか？」

「んん？　ああ、お嬢ちゃんか。もうできたのか？」

「いい出来じゃないですけど……」

「まあ一度よく見せてみな」

おじさんに言われた通りカウンターにアラシェル様の像を置く。

「ほう、あんまり見たことのない姿だな。モチーフがあるのか？」

「はい、私が信仰している女神様です」

「なるほどな。初めてにしてはいいが、この辺の線が強すぎてちょっと飾るには厳しいな……」

おじさんは私も気になっていた腕や崩れた足の親指のところを指差す。

「そうなんです。道具を使い慣れていないということもあると思うんですけど。はぁ～、魔法だったらもう少しうまくできるのになぁ」

「ん？　お嬢ちゃんは魔法が使えるのか？」

「はい。これでも冒険者なんですよ！」

「ふむ。ちなみに魔力はどんぐらいだ。いや、言いたくなけりゃ別にいいがな」

「え～っと、75ぐらいですね」

アラシェル様の像を作るためだから本当の値を言いたかったけど、何とか我慢する。

「だったら……いや、しかしな……」

おじさんがぶつぶつ一人で何か言い始めた。私の悩みを解決できる何かがあるのだろうか？

「何かいい道具があるんですか？」

「いやな。ないわけじゃあないんだが、魔道具なんだ」

「魔道具？　宿のライトみたいなものですか？」

鳥の巣の部屋の明かりは魔力を流しながらスイッチを押すと点灯する。初めは驚いたっけ。

「ああ、あれと一緒で魔法が込められた道具さ。使用者の魔力を使って動かすんだが、割と使いにくいのも多くてな……」

おじさんが渋っているところを見るに、その魔道具も使いにくい部類のものなのだろう。でも、今のままじゃ納得のいくものは作れない。

「一度見せてもらえませんか？　このまま頑張ってもいいんですけど、もっとうまくできるなら試してみたいんです」

「ちょっと待ってな」

私の真剣な思いが通じたのか、おじさんは一度奥に引っ込むと何かを探し始める。しばらくすると戻ってきて、その手には小さい道具が握られていた。

「私が細かい仕上げに使っているのと同じようなデザインのナイフですね」

「見た目はな。だがこれの用途はそんなんじゃない。削ることは削るんだが、魔法で削るんだ」

「魔法で削る。風魔法ですか？」

「ああ、道具自体に風の魔法がかかってる。使い手が風魔法を使えなくても使えるぞ。使い方はな、ある程度整った形にした木に対して、出来上がりのイメージを意識して使うんだ。すると刃を当てなくても削れていく」

「刃を当てなくてもですか？」

どういう理屈なんだろう？　風魔法だから、刃先が当たらなくても風の刃で削ってるのかな？

「そうだ。製作者によると使う時にイメージしやすいようにこの形にしてるだけで、あまり意味はないらしい。実際は使用者のイメージに従って削れるんだそうだ。ただ、イメージがぼやけていたり崩れたりすると、削っていた木はもちろんだが、周りも削ってしまうことがある。だから、あまり薦められない」

何だか難しそうな魔道具だなぁ。でも、アラシェル様のイメージは鮮明だ。だって、本人を見ているんだから。それに、魔道具なら魔力操作のスキルが役に立つかもしれない。

「多分大丈夫だと思います。それください！」

「いいのか？　うまく使えなくても物が物だけに返品はできないぞ？」

「構いません。きっと今よりいいものができると思います」

「そうか。だが、これはもう一つ問題があってな。魔道具は総じて高いんだ。売れないこいつでも金貨一枚する」

「そ、そんなにするんですか！」

「だが、大なり小なり魔道具は最低でもこれぐらいだな。この値段でも処分価格なんだぞ。使い捨てのものなら、もう少し安いのもあるだろうが……」

私はちょっと手持ちを見る。さすがに金貨となると考えてしまう。

だけどなぁ〜。ここでの生活も元はと言えばアラシェル様からいただいたものだし。今の手持ちのお金もほとんど用意してもらったのだ。作るといった以上は迷ってはいられない！

「決めました！　買います！」

「そ、そうか」

私の勢いにおじさんは少しびっくりしていたが、気を取り直すと商品を包んでくれる。

「ほらよ。それと今回も一緒に練習用の木を入れておいたから使ってくれ」

「ありがとうございます！」

私はお礼を言って店を後にする。ちょっと手痛い出費だけど、こればっかりは仕方がない。気を取り直して頑張らなきゃ。

そう思っていると鐘の音が聞こえた。鐘の回数は三回、十二時の鐘だ。

「もうお昼か～。じゃあ、お昼を食べにどこかの店に入ろうかな？」

そう言って私は辺りの飲食店を物色し始めた。

「やっぱり色々あるなぁ～。どこに入るか迷っちゃうよ」

初めての外食ということでそわそわしている私だが、実はこれが良くないことは分かっている。

さっきからどんどんお客さんが店に入ってるんだよね。

「このままだと食べる時間遅くなっちゃうよね。でも、どこに入ればいいか……」

そんな風に決めかねている時だった。背後から声がかけられる。

「ねえ君一人なの？　俺と一緒にどこか行こうぜ！」

どこにでもこういう人っているんだなぁ。といってもこういう風に声をかけられたのは初めてだ。

漫画とかで見たことはあるけれど。

「い、いえ。ちょっと悩んでるだけですので……」

「そんなこと言わずにさ～」

「……おい！」

男性の向こうから声がかけられたけど、男性はそれを無視してなおも私に話しかけてくる。

「ねえねえ～」

「本当にいいですから……」

「おい！　そこの男！」

「何だよ。俺は今忙し……ジャ、ジャネット！」

「ジャネットさん、だろう？　あたしの知り合いに何か用かいデルン。客引きでもなさそうだけど、人に借金してるあんたにそんな暇があるのかい？」

「ちっ、分かってるよ！　今度まとめて返す」

ジャネットというお姉さんの知り合いの男はばつが悪そうに去っていった。

良かった～、なかなか諦めてくれなさそうだったし。

「あの、ありがとうございました」

私は改めてお礼をと頭を下げる。

「よしてくれよ。いつも世話になってるからね」

お世話なんてした？　と思い、ジャネットさんの顔をもう一度見る。

あれ、どこかで……って鳥の巣に泊まってる人だ！　いつもは部屋着だったし冒険者姿を見たのは初めてだから分からなかった。

「や、宿に泊まってくれてる方ですよね？」

「そうそう、変なのに絡まれて災難だったねぇ。ところで一人でどうしてこっちに来たんだい？　仕入れ市場はあっちだよ」

ジャネットさんの指した先は大通りを一つ外れたところだ。そこには青果がずらりと並んでいる。

「あの、ジャネットさんは知らないかもしれませんけど、私一応冒険者なので……。今日は買い物のついでにお昼をと思って」

「……えっ。あ、いや。確かそういう話もエレンから聞いたような気がするね。じゃあ、一緒に食うか？　あたしも今から昼なんだよ」

「いいんですか！　実は私ってこの町だと鳥の巣でしか食べたことなくて困ってたんです」

「そういうことなら任せな。持ち合わせはあるかい？」

「はい！」

本当はお金を貯めたいところだけど、初めての外食だ。嫌な思い出にはしたくないと元気良く答える。さすがに初外食でこげこげ料理でしたっていうのは嫌だからね。

「それにしてもあんた、結構荷物持ってるね」

「そうですか？」

ジャネットさんに言われ自分の姿を見る。アラシェル様の像を入れた小袋にポーションとかを入れた小袋。そしてさっき細工屋のおじさんから買った商品を手に提げていた。確かに多いかも？

「重たいだろ、貸しな」

「大丈夫で……あっ！」

　私が言い終わる前にジャネットさんは持っていた袋をまとめて持ってしまった。私と違って背が高いから袋を持った姿も様になるなぁ。

　こうして私は手ぶらでジャネットさんの後をついていった。

「ここだよ」

　ジャネットさんに連れられて入ったのは大通りから外れて、南に下ったところの店だった。外装は店というより邸って感じかも。

「ここですか？　他の店とはちょっと違う店構えですね」

「おお、分かるかい！　ここの店主とは仲が良くてね。たまに来るんだよ。こういう店だとなかなかあたしみたいなのは歓迎されないんだけどね」

　そう言って笑うジャネットさん。そんな彼女の格好はというと、背中に長剣、腰にはナイフ、下はジーンズのような丈夫なズボンに上は半袖シャツ。鎧は胸と腕と足が金属で他はレザーだ。いわゆる冒険者です！　って感じの装備に、やや薄紫の髪を後ろでまとめている。

「それじゃあ入るよ」

「はい」

　ドアが開くとベルの音が鳴る。冒険者ギルドと一緒で、この店はベルの音が入店の合図なんだ。

「いらっしゃいませ。ご予約の方でしょうか？　……これはジャネット様、ようこそいらっしゃいました。二名様ですね」

「ああ、頼むよ」

「では、こちらに……」

きれいな格好をした男の人に連れられて入ったのは、入り口からすぐの階段を上ったところにあった個室だ。何だかすごい店だなあ。

私が室内を見回すとジャネットさんが面白そうにしている。

「こういうところは初めてだったのかい？　てっきり慣れてると思ってたんだけどねぇ」

「ど、どうしてですか？」

「だって町の奴らが、お前さんはどこかの商人か貴族の娘が労働体験に来てるって言ってるよ」

「そんなぁ～。私これでも冒険者なのに……」

「あっはっはっ。そもそも、冒険者って言いたいなら休みの日だからって装備を全部置いてくるんじゃなくて、それなりの格好をするもんさ。あの宿じゃありえないだろうけど、安宿だと物を盗まれたり、店主が勝手に部屋に入ったりするんだよ」

「ええっ!?　そんなのひどい！」

「そういうところが世間知らずのお嬢様なんだよ。これぐらいこの国どころか世界中の常識だよ」

「比較的安全な世界って聞いてたのに……」

ジャネットさんには聞こえないようにつぶやく。だけど、よくよく考えれば剣と魔法の世界だと、これでも安全な方かもしれない。アラシェル様も最初は結構物騒な世界を薦めてきたし……。

「そういえばあんた名前は？　あたしは宿じゃあんまりあんたを見ないからさ」

「あっ、ごめんなさい。アスカっていいます」

「アスカね。これからよろしくな！」

「はい！　こちらこそ」

ジャネットさんと握手をして自己紹介をする。さっきも変な男の人から助けてくれたし、とってもいい人だ。いい人といえばさっきの男の人と知り合いみたいだったけど……。

「そういえばジャネットさんはさっきの人と知り合いなんですか？」

「さっきの？　ああ、デルンのことか。あいつとは前に何人かでパーティーを組んでてね」

「パーティーですか？」

「ああ、あたしは見た通りの剣士。デルンは斥候で……要は探索や探知要員だね。後は剣士がもう一人と弓使いがいてね。ここや王都に近い町で依頼を受けてたんだけどさ、討伐依頼中の戦闘で片方の剣士が死んじまってね。さすがに前衛一人で後衛二人の面倒は見切れないし、新しい奴も見つからなくて解散したんだよ」

「……」

分かってはいたんだけど、やっぱり戦いって怖いんだな。私はまだ二回しか戦闘経験がないけど、現実に死んじゃうなんて……。

「そう悲しい顔をするなよ。冒険者ならよくあることなんだから。ただね、解散の報告で困ったことになったんだよ。あたしたちはそれぞれ別のパーティーや町に行くことになってたんだけど、デルンだけは決まらなくてね」

「どうしてですか？」

「あたしたちはその時、オーガの群れ十二体と出遭うルートにいた。さすがに多いし、あいつらは表皮が硬いからいったん引こうってなったんだ。けど、デルンが将来的な目標を考えたら戦うべきだって主張してね。あたしと弓使いは反対したんだけど、死んだ剣士の……リーダーだった奴がその一言で乗り気になって戦ったのさ。結果は何とか勝てたけどみんなぼろぼろ。デルンは素早い身のこなしで致命傷はなかったけど、それでも足を怪我してた。弓使いの奴も弓が折れて最後は短剣。あたしも片腕が使い物にならなくなった。……まあ、大枚はたいて治ったけどね。そして、リーダーは何とかしようとオーガが半数になったところで入り込みすぎて死んだ」

そこで、ジャネットさんは言葉をいったん区切る。あまり思い出したくないだろうに悪いことを聞いちゃったな。

「そんでもって、パーティーは一蓮托生だ。メンバー死亡なんてことがあったら、ギルドに必ず詳細な状況を報告しないといけない。そこでデルンには無謀にも戦いを挑んだっていう経歴が付いた。それも、前衛や後衛の魔法使いが不意を突かれたわけじゃない。敵の戦力がどれぐらいか見極めるための斥候の判断ミスだ」

やるせない表情でジャネットさんが語る。

斥候とはパーティーを危険から遠ざける役目を負う。そんな人がみんなを一番危険な状況に追いやった。もちろん、最終的にリーダーの人の判断があったとしても……。

「当然ギルドは怒った。あたしたちのパーティーは、割と仕事も早くて評判が良かったからね。そこでデルンには〝新たにパーティーを組む場合は当該の事件について話してから組むこと〟というペナルティが付いたのさ。もちろん、それを聞いて組もうなんて物好きはいなかったね。あたしだって話を聞けばお断りさ。そんで、半年ほど経ってこの町にあいつが現れたと思ったら、冒険者をやめて店を出すから金を貸してほしいって言われてね。目利きな方だったから貸したんだけどねぇ」

これじゃあ返ってこないかもねとジャネットさんは寂しそうにつぶやく。

きっと、ジャネットさんたちのパーティーはお互いを信頼していたんだろう。意見が違ってもリーダーの人の意見に従うぐらいには積み上げてきたものがあったんだなと思う。

「じゃあ、今はジャネットさんもどこかのパーティーに？」

「いいや、組んだり組まなかったりだね。良くないことだけどさぁ、どうしても元のパーティーと比べちゃってね」

私が言葉を探しているとふいに扉がノックされる。

「何だい？」

「料理をお持ちしました」

「入ってくれ」

ドアが開いて男の人が押してきたワゴンには料理が並んでいた。とっても美味しそうだ。メニューは肉に野菜にスープに……パンもある。

「どうだ！　すごいだろ。ここの料理はかなりのもんだよ。レディトにいた時も色々な店に行ったけど、ここのが美味しいね」

「ありがとうございます。後で店長が来るということでした。それではごゆっくり」

配膳を終え男の人が退室したところで、ジャネットさんに聞いてみる。

「レディトってどこですか？」

「あんた、レディトも知らないのか？　王都とこの町の中間にある都市さ。ここよりも大きいよ」

「へぇ～、いつか行ってみたいな～」

「そん時はあたしにも声をかけてくれよ。ちゃんと案内するからさ」

「はい！」

「じゃあ、せっかくの料理が冷めないうちに食べるとするか！」

私とジャネットさんは出された料理に手を伸ばす。ジャネットさんは豪快にナイフを使って肉を切り食べている。私はナイフとフォークで切り分けてから食べていく。

するとなぜかジャネットさんがこちらを見ていた。

「なあ、本当にどこかの大きな商家の娘とかじゃないんだよねぇ？」

「違いますよ～」

みんな何なんだろう。ただの病弱っ子に。

それにしても本当にここの料理は美味しい。肉も柔らかいし、野菜も新鮮だ。きっと今日の朝市で買ってきたものなんだろう。

「本当に美味しいですね」

「ああ、それにここはパンもひと工夫してあるんだよ」

ジャネットさんがパンをちぎって見せてくれる。

あれっ？　今までのパンと違って柔らかそうだ。

「わ、私も！」

パンの両端を持って力を入れると……割れた！　ちょっと力が必要だったけど、フランスパンぐらいだ。これなら私でもちぎれる！　感動しているとジャネットさんがまた面白そうにしている。

「そんなパン一つぐらいで……」

「でもでも、これまで食べてきたパンはもっと硬くて、正直あんまり美味しくなかったんです！」

「まぁね。ここのはどうやってるか知らないけど、柔らかくてあたしも気に入ってるんだ」

パンに感動していると、またドアがノックされた。今度は何の用だろう？

「入ってくれて構わないよ」

ジャネットさんが返事をするとドアを開けて男の人が入ってきた。一見すると痩せているけど、鍛えてる感じがある不思議な人だ。それに、すごく整った顔をしている。

「ジャネット、久し振りだね。君が客を連れてきたと聞いて、申し訳ないけど早めに入ってきたよ」

「そんなことだと思ったよ。新人の冒険者なんだから、あんま見るなよ？」

「おや？　宿に下宿している従業員だと聞いていたのですが……かわいい洋服も着てますし」

「これは大通りのベルネスで買ったんです。あと……宿のお手伝いしてる時もありますけど冒険者です」

でも結局あんまりギルドにも行かずに宿で働いてるから大きな声では言えないけど。

「それは失礼しました。よく見ると冒険者らしさもあるお嬢さんですね」

「よく見ないと分かんないのかよ。店長なのに見る目がなくなったらおしまいだぞ？」

「店長さんなんですか？」

「一応は。料理や接客もしますけどね」

ジャネットさんは店長さんと話しながら食べ、私は一生懸命に食べることに専念する。美味しいけど、話しているジャネットさんより食べるのが遅いのはどうしてなんだろう？

「ん？　どうしたんだい。不思議そうな顔して」

「いえ、私と違ってジャネットさんは話しながらなのに、食べるのが速いなぁって」

「ああ、依頼中に外で飯を食ってると時間がもったいないからねぇ」

「私もできた方がいいですか？」

「あんたは別にいいよ。そんな気がする」

「そうですか？」

ジャネットさんの言葉も気になるけど、とりあえず今は食事だ。

さっき柔らかさに驚いたパンを食べてみる。手でちぎれるだけあって、これまで食べたパンより柔らかくて断然美味しかった。

このパン広められないかなぁ。そんなことを思いながら食事を終えて、今は雑談タイムだ。

「さっき話してただろ。こいつが弓使いなんだよ。あれからしばらくして引退した後は、こうやって店を開いてるのさ」

「別に引退はしてませんよ。組む相手に困っているだけです。店もありますし」

「やっぱりランクが上がるとパーティーを組むのが大事なんですか？」

「まあ、一人ではできないことも分担できますから。ですが、信頼問題もありますし難しいですよ」

「確かに店長さんの言う通り、よく話してみないと分かりませんよね」

「ああ、そういうこともあるけど実力の方もさ。自分で強いなんて言う奴は五万といるが、戦場で役に立つのは僅かさ。危険な状況になればなるほど、背中を蹴る奴と預けられる奴に分かれるもんだよ」

「そんな……」

ジャネットさんの言葉に私はショックを受ける。

「まあ、アスカが蹴り飛ばしてくることはなさそうだから安心だけどね」

「当たり前です！　そんな危ないことしません」

「でも、実際にやる人間がいるから困るんですよ。冒険者は全員自分の事情で冒険者になりますから。目的が違う以上、信頼できるかはその時次第なのですよ」

少しうつむいて言う店長さんと寂しそうなジャネットさん。解散したのが悲しいんだろうな。

「私も〝自分の目的のためなら〟なんて風に思う日が来るんでしょうか？」

今はのんびりと薬草採取にいそしむ私には、まだまだ想像もつかない世界だ。

「ああ、アスカは多分ならないね。そういう考え方をするようにできてないから」

そう言って二人とも笑顔になる。褒められたんだろうか。とりあえず私も笑って返す。

「しかし、こんなかわいいお客さんを見つけてきてくれるとはなかなか気前がいいですね」

「たまたまだよ。デルンに絡まれてたのさ」

「あの男は全く……」

「もう少しまともになればいいんだけどねぇ」

デルンさんの話が出て気まずい雰囲気になった。何か話題を変えないと……そうだ！

「あ、あの、ところでお二人は冒険者ランクっていくつなんですか？　私はまだEランクになったばかりなんですけど」

「本当に新人ですね。私は一応、Cランクですよ。ジャネットも上がっていなければ同じです」

「そうなんですね。すごいなぁ。じゃあ、お二人ともバルドーさんと同じランクですね」

「ああ、そうだけど。あんたバルドーとも知り合いかい？」

「宿の手伝いでよく会いますよ。冒険者の知り合いだと後はジュールさんと、受付の人ですけどホルンさんです。お二人とも優しいですよね！」

「ジュールさんとホルンさんが優しい……」

私の言葉にジャネットさんはう～んと唸っている。もしかして新人だから優しかったのかな？

「まあ、あの二人が優しいかどうかは置いといて、いい知り合いばっかだね。……そうだねぇ。今度時間があったら一緒に依頼を受けてみないかい？」

「私とですか？　まだまだ駆け出しで迷惑かけちゃうと思いますけど……」

「心配しなくても簡単なのにしておくよ。一回はちゃんと魔物と戦って気合を入れとかないとね！」

乗り気になっているジャネットさんにもう経験ありますとは言えず、五日後にギルドで落ち合うことになった。

「何だか楽しそうですね。私もついていきますよ」

「おいおい、足を洗ったんじゃないのかい？」

「第一線から退いたとはいえ、新人が潰れるのは心配ですから。念のためですよ」

「勝手にしな」

どうやら、ジャネットさんと店長さんと私の三人パーティーになるようだ。あ、そういえば店長さんって弓使いだったよね。

「あの、店長さんにお願いがあるんですけど……」

「私に？　いいですよ。言ってみてください」

「実は私、弓を持っているんです。それで割といいものって言われたんですけど、実際に弓使いの方にどうなのか見てもらいたくて」

「分かりました。当日持ってきてください」

「はい！　よろしくお願いします」

ラッキー、これであの弓が実際どのくらい使えるのか分かる。最近何とか引けるようになったけど、矢をつがえるのはまだ怖いからやったことないし、この機会に聞いてみよう。

「どうしましたジャネット？　むすっとして」

「ん～、あたしが連れてきたのにあんたに懐いてるなと思ってね」

「そ、そんなことないですよ。ジャネットさんはかっこいいでしゅ」

言い終わる前にジャネットさんに頬をつんつんされてうまくしゃべれなかった。むぅ～。

「悪い、悪い。あまりにも柔らかそうだったんでね」

もっと話していたかったけど、店長さんも用事があるということで今日はここまでになった。

店を出たところでジャネットさんも別の用事があるらしくここでお別れだ。

「じゃあまた宿でね」

「はい！　ありがとうございました！」

私は店を出るまで持ってくれていた荷物をジャネットさんから受け取り、いざ次の目的地である洋服店ベルネスへと向かった。

「いらっしゃいませ～。あら、この前のお嬢さんね」

「こんにちは。前に来た時は名前を言いませんでしたね。アスカと言います。今日はゆっくり見たいと思って……」

「アスカちゃんね、来てくれてありがとう。それでこないだ買った服、町の人の評判はどうだった？」

「それが私、宿の手伝いとかであんまり外に出ないんです。すみません」

「そうなの？　じゃあ、あなたがうちの服着てるってこっちから言っとくわね。宿の名前は？」

「鳥の巣ですけど……」

「あら、あそこならお昼は町の人で賑わうわね。良かったわ」

お姉さんは一人で納得すると、奥に引っ込んで何か話してすぐに戻ってきた。

「ごめんなさい。今日はどんなお洋服を探しに来たの？」

「できれば普段町で出歩けるようなのを。冒険者なんですけど、町を歩く時は普通でいたいので」

「なるほど……銀色の髪だから赤や黒の服もいいけど、薄いこのオレンジのはどうかしら？」

お姉さんがせわしなく動いて色々な服を持ってきてくれる。

「う～ん。でも、身体に当ててるだけじゃ、いまいちぴんと来ないわね」

「ここは試着室とかはないんですか？」

「試着室？」

どうやらこの世界では普及していないらしい。私は簡単に説明する。

「う～ん。確かにあったら便利そうなんだけど、うちもあまり人がいないし、盗難も多い店は多いのよ。誰かが着たのは嫌だって言われそうなのもあるわね」

「そうなんですね。実際に着られればいいかなって思ったんですけど……」

「でも、貴重なアイデアだわ。あなたみたいないい子になら試しに着てもらっても構わないし、お得意様だけのサービスにでもしようかしら？　……確か奥の小さいスペースが物置になってたわね」

商売に使えるかもとお姉さんは思案したようだ。

「おっと、今はあなたの服だったわね」

結局、私は勧められるまま、薄いオレンジのワンピースに黒いスカートと黒くて長めの袖のシャツに赤い色の上着を買うことにした。他にも何点か欲しいものはあったけど、そのうち揃えていこうと思う。この世界の服って高いしね。

「そう言えばアスカちゃんは冒険者よね？」

「い、一応……」

閉じこもってばかりなので大手を振ってそうは言えなくなってきたけど。

「じゃあこういう服には興味ない？　仕入れてみたけどなかなか買い手も見つからなくて……」

そう言ってお姉さんはちょっと大きめの木箱を出してくる。蓋を開けると銀色のワンピースが出てきた。手に取ってみると、どうやら糸自体が銀色のようだ。

「銀色の糸ってすごいですね！」

「そうでしょ！　実はこれ魔道具に当たるものなの」

なんと、魔道具は服にも存在した！　これには私もびっくりだ。衣類にも魔法が込められるなんて！

「この銀色なんだけど、実際に銀でできているの。すごい人が糸に魔力を練りこんで織ったみたい。集中力の増加や清浄な力に覆われる効果があるって触れ込みなんだけど、うちじゃあ高くってね」

「ちなみにおいくらなんでしょうか？」

もうこの時点で危ない感じがする。清浄ということは水魔法か聖魔法だ。聖魔法ならきっと異世界お決まりのレア属性だろうし、バカ高いに決まってる。

「…………金貨二枚よ。仕入れる時はすごいっ！　って仕入れたけど、後でこんな金額のものを買う人はいないって気づいたの。金貨二枚もあれば普通の冒険者はもっといい防具を買うもの」

たっぷり時間をおいて金額を教えてくれるお姉さん。確かにこの金額じゃ買う人はいないよね。

前にバルドーさんに教えてもらったけど、そこそこいい剣がちょうどそのぐらいらしい。冒険者の目安と言われる値段らしくて、子どもでも知ってるとのことだ。

「どうして私に？」

「ほら、アスカちゃんなら重たいものとか持てなさそうだし、こういう補助的なもので軽い装備が似合うんじゃないかなって！」

「う～ん。確かにそうなんですけど、さすがにこのお値段は……」

さっきも高額商品を買ったばかりで、さらにというと考えてしまう。ただ、前半の集中力が増すという点についてはとても惹かれる。

「そうよね。分かってはいる、分かってはいるんだけど本当にどうしたものかしらこれ」

「効果はとっても魅力的なんですけど、私もさっき高いものを買ったばかりで……」

そう言ってやんわり断ろうとすると、その言葉にお姉さんが乗ってきた。

「へぇ～、アスカちゃんってしっかりしてそうなのに衝動買いでもしたの？」

私は細工のお店で別の魔道具を買ったことを伝えた。集中力が増すならこの服も欲しいけど、余裕がないのだと。

「なるほど～。確かに細かい作業をするなら少しでもいい環境が欲しいものね」

う～ん、とまたお姉さんは悩み出した。

「そうだわ！　じゃあこうしましょう！　金貨二枚のところを、特別に仕入れ値の金貨一枚と銀貨五枚に。それで今日の支払いは銀貨三枚だけで五か月均等に支払いを分けるか、その間にまとまったお金ができたらその時に支払うってことでどう？」

「ああ、分割ですね。でも、それだと余計に高くなっちゃうしなぁ」

今日の支払いが安くなるのは魅力的だけど、手数料っていうのをちゃんと私は知ってるんだから。

「分割？　余計に高く？　アスカちゃん、この方法ってあなたのいたところでは普通なの？　今さっき思いついたんだけど……」

あれ～？　私、ひょっとして分割の仕組みのヒントを出しちゃった？

やばい、思いついたからには簡単に手数料なしで説明するしかないよね。間違ってもリボ払いを思いつかせるわけにはいかない。こっちじゃ借金破産した人は奴隷落ちだって、この前ミーシャさんに教えてもらったばっかりだし。

「あの、支払いを何回かに分けるんですが最初だけ高くとかして、後々ちょうど良く割り切れるような金額になるようにしていくんです。ただ、逃げられないように身元を確認するとか、代わりに何かを預かるといいかもです」

「なるほどね～。これは今度の商会会議で掛け合いましょう」

「あんまり広めないでくださいね……」

「うんうん分かってるよ」

本当かなぁ。でも、商品が欲しいのは事実だし、私はこの服も買うことにしたのだった。

……今日はすごく買い物したなぁ。

ちなみにお会計はこの服の一度目の支払いが銀貨三枚で、他の服と合わせて銀貨六枚でした。いい服って高いよね。特にこの世界は全部手作業ってこともあるだろうけど。今度使い捨てみたいな感じの服がないかミーシャさんに聞いてみよう。そう決めて私は店を出た。

買い物を済ませた私はもう少しぶらつくことにした。

「せっかくの町なんだしもう少し見ていってもいいよね？」

それから北側の青果市場を見た後は、そこから西に進んで、道行く人や住宅地を見て回る。

「へぇ～北側はこんな感じなんだ。結構おうちが並んでるなぁ」

周りを見ると町の人ばかりで冒険者はほとんどいない。

「おや？　お嬢ちゃん久しぶりだね」

「屋台のおじさん！　お久しぶりです」

適当に歩いていると、初依頼の帰りに肉串を売っていたおじさんが私を見つけてくれた。

「どうだい調子は？」

「ん～どうなんでしょうか？　でも、今日はいっぱい買っちゃいました」

私は両手に持った荷物を見せる。正直、一度宿に帰れば良かったと思うぐらいには大荷物だ。

「そうみたいだなぁ。どうだいうちでも？」

「う～ん。でも、手も塞がっちゃってるし食べられないかなぁ」

ベルネスのお姉さんがくれた袋には服が入っているし、汚したくはない。染み抜きなんてなかなかできないしね。

「そうか。じゃあ、三本以上買ってくれたら包んでやるぜ！」

三本以上か……それならエレンちゃんたちへのお土産にもいいな。

「分かりました。じゃあ、八本ください」

「はいよ。大銅貨二枚ね」

「あれ？　この間は一本銅貨三枚でしたよね？」

「何だ、覚えてたのか？　お嬢ちゃんはかわいいしおまけだ。それにしても、前の時も思ったがいい服着てんなぁ」

「これですか？　ベルネスで買ったんです」

おおっ!?　ベルネスで買ったって言えた。私はちょっとした感動を覚えつつ、返事をした。

「……ああ、ルイゼの店か。あそこは質がいいけど俺らにはちょっと高いんだよなぁ」

「あっ、やっぱりそうですか。生地もいいとは思ってたんですが……。どこか安いとこありますか？」

「こう言っちゃなんだが、買えるんならベルネスがお嬢ちゃんにはいいと思うぞ」

「いえ、宿のお手伝いもしているので掃除で汚れてもいい服が欲しいんです。今そういうのがないので……」

「そういうことなら、町の南にあるドルドという店に行きな。質も値段も低いのが売ってるぜ。まあ、ちゃんと着れる程度のな」

そう言って笑うおじさんだけど、まるで着るのも難しいボロ布まであるみたいな言い方だ。

「それじゃあ、おじさん大銅貨二枚ね」

「おう、またよろしくな！」

おじさんから包んでもらった串を受け取り、私は宿に帰った。

「ただいま～」

「おかえり、おねえちゃん！　大荷物だね」

カウンター越しにエレンちゃんが元気な挨拶を返してくれる。こういう風に迎えてくれる人がいるのは嬉しいなぁ。

「そうなの。初めてゆっくり町を見て回れたからちょっとはしゃぎすぎたみたい」

「ふふっ、おねえちゃんでもそういうことあるんだね」

「あ、そうそう。この時間って宿は暇だよね？　ミーシャさんたちを呼んできてくれる？」

「いいよ？」

怪訝そうな顔をしながらもエレンちゃんは二人を呼びに行ってくれる。少しして何だ何だと言いながら二人とも来てくれた。

「これ、屋台のおじさんが多く買ったら包んでくれるって言ってたんでお土産です。い、一緒に食べませんか？」

私はちょっと恥ずかしかったけど言ってみた。だって、いくらエレンちゃんにおねえちゃんって言われてても、宿の子じゃないし馴れ馴れしくないかなって思ってたから。

「あら、西門のところの肉串屋さんのね。あっちにはなかなか行くことがないから久しぶりね～」

「すまんな、アスカ。気を遣わせてしまって」

「じゃあ、私はお水入れてくる～」

エレンちゃんが水を持ってきてくれる間に、私は下に荷物を置いてテーブルにお土産を広げた。

「そういえば大荷物ね。買い物は楽しかった？」

「はい。でも、買いすぎたしお金も使いすぎたかも……」

「そうだアスカ。ちなみに昼はどこで食べたんだ？　あんまり他の店には行くことがなくてな」

「ええと……店の名前は分からないんですけど、ジャネットさんに連れていってもらったんです。高かったですけど美味しかったですよ。パンも柔らかくて……あ」

「ふむ、ジャネットといえば通りを外れたあの店か。確かに高いがそれだけの価値はあると言っていたし、今度行ってみるか……。ちなみにいくらだった？」

「今日のメニューだと大銅貨四枚でした」

良かった良かった。後半のパンについての言葉は聞き逃してくれたようだ。ライギルさんは厨房を預かってるだけあって、料理のこととなると人が変わるんだよね。

「あら、本当に結構するのね。ますます行ってみたいわね、あなた」

「そうだな。アスカが言う柔らかいパンというのも気になるしな……」

やっぱりちゃんと聞こえてたんだ……。やんわりフォローしないと！

「や、柔らかいのは本当ですけど、美味しいかは個人の味覚なので」

「いいや、俺も以前からパンはどうにかならないかと思っていたんだ。このところは忙しくて忘れていたが、アスカがうちで食べた時にこれじゃいけないなと思ってな」

「ど、どんな顔してました？」

あんまり聞きたくないけど恐る恐る聞いてみる。

「これがパン？　みたいな顔をしていたな。のぞき込んだり全体を眺め回したりして、最後は諦めて食べていた」

「ご、ごめんなさい……」

「なになに～、何の話～」

そこにエレンちゃんが水を持って戻ってきて席に座る。

「前に言っていたお店があったでしょう？　半年前くらいに新しくできた東通りの外れの。今度そこに行きましょうって」

「ほんと！　お父さん？」

「ああ、それより冷めないうちに食べないとな」

「本当ね」

「いっちば～ん」

最初に手を付けたのはエレンちゃんだ。いつも手伝っててえらいけど、こういうところは年相応かな？

「それじゃあ、私もいただきます」

それぞれの食べ方で肉串を食べていく。

それにしてもこういうのは個性が出るよね。ライギルさんは一つの肉片を一口で。私とミーシャさんは二回から三回に分けて。エレンちゃんはほおばって無理をしたため、二本目からは二回に分けている。

「ふぅ～、美味しかった。ありがとうおねえちゃん」

「どういたしまして。……ごちそうさまでした」

私が手を合わせていると、みんな不思議な顔をしている。

「どうかしました？」

「前からおねえちゃんってて食べる時にやってるけどなにそれ？」

「えっと、『いただきます』は作ってくれる人や自然に対して食べますという報告と感謝を、『ごちそうさまでした』は糧《かて》として食べたという報告と、作ってくれた人に感謝を、かな？　普段から使ってて意味はあいまいだけどね」

「へえ～、そうなのね。この辺りの村でも収穫祭で神様に祈りを捧げるところはあるけれど、料理人や自然に普段から感謝するのは珍しいわね」

「そうなんですか？　私のところでは当たり前だったので。作ってくれる人や自然がないと生きていけませんからね」

「確かに珍しいけど俺はいいと思うぞ、アスカの考え。何より俺が感謝されるってことだしな！」

「もう、お父さんったら……」

それから私は買ってきたものをみんなに披露した。冒険者の必須アイテムと、この前から部屋でやっている細工の道具と、最後はベルネスで買った服を順番に見せていく。

「へえ～これが魔道具ねぇ～。俺たち一般人はこういう魔道具には縁がないな。火つけ石と室内用のライトぐらいか？　だが、火つけ石だって火の魔力持ちしか使えんから不便なんだよな」

「そうね～。宿じゃちょっとね。安い代わりに火の魔力がないと使えないんじゃね……」

火をつけるのに火の魔力がいる？　何だそれと思って聞いたら、魔力自体はみんなあるけど数値が2とか3の人は当然魔法を使えない。

そんな人でも適性の高い属性というのはあるもので、その属性の魔石を使えば、ぎりぎり魔法が使えるようになるらしい。だから、一般人でも火の魔法属性が高いとちょっとだけありがたがられるのだとか。

そして、魔道具の服から普通の服へとみんなの視線が移る。

「この服、本当に質もいいしかわいいわね～。今度、時間がある時に部屋へ行ってもいいかしら？」

「はい。構いませんけど……」

「ミーシャ、あんまり、力を入れるなよ」

「大丈夫よ」

ライギルさんがミーシャさんに対して何か察したようだけどエレンちゃんはよく分かってないみたいだ。何だろう？

そういえば、服を取り出してる時のミーシャさんの顔は輝いていたなぁ。やっぱりまだまだおしゃれとかしたいんだろうな。

「さて、そろそろ宿も再開しないとな。ありがとなアスカ！」

「いいえ、ライギルさんたちも頑張ってください」

厨房に戻るライギルさんとミーシャさん。エレンちゃんも再び店番に戻ったので、私は荷物を持って自分の部屋へと戻った。

7　魔道具の真価

部屋に戻った私は早速、今日買った荷物を整理する。

服は今のところ机の引き出しに入れている。今度、物干しとか作れないか聞いてみよう。上着くらいなら二、三着かけるところがあるんだけど、足りないし。

それこそ今日買った魔道具で何か作れないだろうか？　そう思いながら私は片付けていく。

「よし、お片付け完了！　さてさて魔道具を使ってみよう」

まずは服の効果と細工の魔道具の効果を知るために、最初は細工の魔道具のみで神像の下半身を彫っていこう。練習用の木を机に置く。

「彫るっていっても実際には刃を当てたりしなくてもいいって言ってたよね、おじさん。どうやるのかな？　こう？」

魔力を魔道具に込めて木を削るイメージをする。

「わわっ！」

風切音がしたかと思うと、一気に下半身となる土台側の木が削れた。特に意識していた足のところはすでに形が出来上がっている。は、発動ってこんなに急なんだ。

「ナ、ナニコレ!? すご～い! あの一瞬でできちゃったの?」

木を全体的に削る工程も形を整える工程も飛ばして、いきなりほぼ削り込まれた状態まで進んだ。

やや歪なのは、そこまで一気にできると思っておらず、イメージが足りなかったせいだろう。

「そ、そうだ。これだけの魔道具なんだから、もしかしてかなりMP消費したかも!」

あまりのことに驚く私だったが、そういえばどれぐらいMPが消費されるかを聞いていなかった。

ここまで何時間もかかっていた工程なんだからさぞ使ったことだろう。

「ちょっと久し振りだけど使ってみよう。ステータス! ステータス!」

本当は毎日使うと宣言していた〝ステータス!〟のスキル(?)だったんだけど、あれから使うのを忘れていた。いい機会だし今度こそ本当に日課として使わないと……。

名前:アスカ
年齢:13歳
職業:Eランク冒険者/なし
HP:63/63
MP:170/240(1170/1240)
腕力:11
体力:20

速さ：24
器用さ：60
魔力：80（290）
運：50
スキル：魔力操作、火魔法LV2、風魔法LV3、薬学LV2、細工LV1、魔道具使用LV1、（隠蔽）

ＭＰは……やっぱりかなり減ってるなぁ。でも、朝にお手伝いしたというのもあるし、言うほど減ってないかな。

あれ？　器用さがずいぶん増えてる。確かに細工は頑張ったけどそこまで一気に上がるものなのかな？　初心者とか低いステータスは伸びやすいとかあったりして。っていうかスキル増えてる。

あんまり気軽にカウンターに並ぶのは良くない気がするけど、今度ホルンさんに聞いてみよう。

「そういえば前もスキルの説明見れたよね。新しくＬＶ３になった魔法と、二つの新スキルをちょっと見てみよう」


風魔法LV3……初級と中級の間。初級の魔法や中級の対単体の魔法が扱える。初級に関しては応用魔法も使える。

細工ＬＶ１……体を使った細工を行う才能。努力とは別のもので、名だたる芸術家でも持たないものもいる。

魔道具使用ＬＶ１……魔力操作を持つ者に多く発現。魔道具使用時に効率や効果を高める。まれに想定外の効果も。


へぇ～、細工は才能のスキルなんだ。確かに熟練の技ってスキルみたいなものだけど、ある時急にスキルとして出るのは変な感じだよね。

魔道具使用はＭＰの消費が抑えられるのはいいけど、レアスキルの魔力操作から発現しやすい上に、想定外の効果があるって何だか厄介そうだなあ。

「実力をつける前にスキルだけ増えていって困っちゃうよ～。っとそんなこと言ってる間に作業作業」

気を取り直して作業を再開する。いったんは今のＭＰを確認できたので、これからはそこからどのくらい減ったかを確認すればいいだろう。

「集中して……集中して……」

私は足の指の形やそこにつながる脚、服、とイメージを固めていく。そして魔道具を発動させた。

「発動！」

口に出して宣言する。さっきみたいに変なイメージがついて勝手に発動してしまったら、それこそ誰かが来た時に怪我をさせかねないと思ったからだ。後は口にすることで意識を集中させやすいと思うし。

さっきと同じように風が木を削り取っていく。鮮やかなその刃は私を傷つけることもなくイメージ通りに像を形作っていく。そして出来上がったのは……。

「や、やったぁ！　きれいにできてる！　はぁ～、この指先とかとっても細かくてつやつやしてる」

出来上がったのは素人でもかなりのものと分かる出来だった。足の指はきちんと溝が入っていて、爪のところの再現度もいい出来だ。まだまだ使い始めたばかりでこれならありがたいなぁ。

「これなら、本番ではもっといいのができる。ありがとう、おじさん！」

この商品を売ってくれたおじさんに感謝だ。ちょっと角ばったところもあったけど、これぐらいなら許容範囲だ。私がもっと明確にイメージすればいいんだしね。

「いけないいけない、今のでどれぐらいＭＰ使ったかな。ステータス！」

きちんとすぐに確認しておかないと、次に何か作る時が大変だもんね。

ＭＰ：１３５／２４０（１１３５／１２４０）

さっきから35の消費か～。結構集中してやったと思ったんだけどそんなに使ってないのかな？　最初の削る工程と合わせれば、上半身下半身合わせて200もあれば足りそう。これなら一日頑張ったらできるかも！　本番の像に手が届くところまで来たので嬉しくなった。

「だとすると上半身は今日中にできるかな？」

何よりいいのがうるさくないということだ。今までは風の魔法で音を抑えていたけど、それをしなくてもそんなに大きな音が出ない。でも、うるさくする気はないのでこれからも使うけどね。

そんなことを考えているとドアがノックされた。

「おねえちゃ～ん、ごはんの時間だよ～」

「エレンちゃんありがとう。すぐ行く～」

すぐに片付けをして一階に下りていく。それにしてもそんなに時間経ってたんだ。やっぱり集中すると時間が分かんなくなるなぁ。

「おまたせ～エレンちゃん」

「遅いよ、おねえちゃん。もう食べようかと待ってたんだから」

「ごめんね。ちょっと片付けしてたの」

「そんなの後でいいのに……」

「ちゃんとやる癖付けとかないと、やらなくなっちゃうから」

「いい心がけだわ。エレンも見習いなさい」

「は～い」

「それじゃあ、いただきます」

私とエレンちゃんが先にごはんを食べる。ミーシャさんたちは残っているお客さんの対応を済ませてからみたいだ。

「あっ、そうそうおねえちゃん。明日の夜って時間ある？」

「大丈夫だけどどうして？」

「実は明日の夜は月に一度の商人ギルド定例会議なんだよね。だから夜はお父さんがいないんだ」

「あれ？　この店って商人ギルドに所属してるの？」

「ううん。冒険者ギルドのお世話になってるから登録してないんだけど、各商店の情報とかをうちで紹介してほしいからって出席することになってるみたい」

「そうなの？　大変だね」

「別に行くこと自体はそうでもないみたいだよ。でも、この時間に人手が取られちゃうから……」

それは大変だ。明日はそれなりにお客さんが多い日だし。

「分かった。それじゃあ、明日は朝から夜までね。代わりといってはなんだけど、明後日はお休みしてもいいかミーシャさんに聞いといてもらえる？」

「いいけど冒険にでも行くの？」

何だか冒険がついでみたいな言い方だったけどまあいいや。

「実は今日買ってきた魔道具を今試してるんだけど、一日で全部のＭＰを使うみたいなの。朝とかの仕事で使っちゃうと、足りなくなるかもしれないからできたら休みたいの」

「大丈夫だと思う。ちゃんと言っとくよ」

「ありがとう。それと時間がある時でいいんだけど、部屋のことで相談があるからそれも言っといてもらえるかな？」

「おっけ〜」

手際良くぱくぱくと食事をするエレンちゃん。私にあれは無理だなぁ。

「今日もごちそうさまでした」

「それじゃあ、私は片付けに行ってくるね。おねえちゃんはどうするの？」

「じゃあ、私はお湯の準備しておくから、後で持ってきてくれるエレンちゃん？」

「は〜い、また持ってくね」

この前ミーシャさんたちと話をして、体を拭くお湯を私が用意することで、お湯セットを無料にしてもらえるように頼んでOKを貰えたのだ。これでちょっとでも生活費が節約できて嬉しい。

「片付けはまだまだかかるだろうし、その間に上半身を仕上げないとね」

お湯の用意を済ませて部屋に戻ると、再び作業をするために私は準備を始めた。

「ここからはさっきまでと違ってちょっと着替えてっと……」

私は着ていた服を脱いで、銀色のワンピースに着替える。つけてみるとそれだけで気持ちがいい気がする。確かにこれなら集中できそうだ。

「それじゃあ上半身だけど、まずは体からかな。後は髪が長いし手のポーズも……」

考えた結果、先に手のポーズを決めることにした。前は腕と体の間に隙間を彫る自信がなかったため、体に手がくっついたポーズだったけど、魔道具ならそんな心配もなさそうだ。

「祈りのポーズ？　でも、神様が祈るかなぁ？　手を広げる？　それも何か違うような……」

何かないかなと部屋を見回す。ふいに杖が目に留まった。

「杖なら神様が持っていても変じゃないよね？」

最終的に杖を掲げて、もう片方の手は少し開く感じでイメージする。

「じゃあ、この感じで……発動！」

風が舞い木を削り、像を形作っていく。さっきよりもより鋭く、より豊かに刻まれていく姿は先ほどまでとは明らかに違っていた。

「これが魔道具を合わせた効果なんだ」

素人の私が見てもよく分かる。下半身の作りとは違う、洗練され、流れるようなラインがそこにあった。本当に身にまとっているかのような布の表現。杖をかざす手と無機質な杖の表現。すべてがさっきとは別物だ。

「こんなにすごくなるなんて……」

ちなみに今できたのは肩から下の部分だ。まだ一気にイメージするのは難しいと思って、途中までにしておいた。

「後は顔の部分だね。それと髪の垂れ下がった胸のところと」

それが終わると残りの首筋の部分から、頭のところまでを一気にイメージする。

「発動！」

そして出来上がったアラシェル様の像は見事にちぐはぐだった。美しい顔、髪から腕、杖までの流麗なライン。それとは違って何だか未熟な部分が目立つ下半身。まるで師匠と弟子が合作したみたいな感じになってしまっている。

「さすがにこれじゃまずいよね……」

細工の魔道具を使えばきれいにでき、そこに銀色のワンピースが加わればさらにすごいものができると分かったけど、この出来上がったものをどうするかという悩みができたのだった。

「このちぐはぐな状態だけは何とかしないと……」

と言いつつ、名案もなく立ち上がろうとするが……。

「あ、あれ？」

いきなり立ちくらみに襲われる。どうしたんだろう、そんなに疲れてないと思うんだけど……。

「これで分かったりするかな。ステータス！」

ＭＰ：１０／２４０（１０１０／１２４０）
異常状態：急激なＭＰ使用による疲れ

「うう〜ん。さっきは１３５あったＭＰが今は１０まで一気に減って疲れてるってことかな？　確かに急に体から力が抜けた気もするし、今後は使い方も気を付けなきゃ」

　何とかこの像を修正したかったけど、さすがにこの残りのＭＰでは修正ができないので、今日はおとなしく休むことにした。

「それにしても最初は３５の消費だったのに、合わせて使ったら一気に１２５も使ってるってことは魔道具同士を合わせるのはかなり慎重にしないと。助かるのは細工物の魔道具を外で使うことはないってことだね」

　これを武器だったら肝心な時に役に立たないところだった。明日に回すなら後はのんびりエレンちゃんが来るまでベッドで休もう。

　それから三十分ほど経つとエレンちゃんがやってきた。

「おねえちゃ〜ん開けて〜」

「はいは〜い！」

　私はドアを開けてお湯とタオルを持ったエレンちゃんを迎える。

「ありがとう〜、待たせちゃった？」

「ううん。ちょっと疲れたから休んでたの」

「あっ、その服……」

「ああこれ？　ちょっと作業してたから着てみたんだ。どう？」

「すっごく似合っててかわいいよ。おねえちゃん妖精さんみたい！」

「妖精さんかぁ。嬉しいけどそれならどっか飛んでっちゃうね」

「それはだめ〜！」

「ふふっ、そういえばミーシャさんはお休みのこと何て？」

「おやすみならいいよって。代わりに明日はよろしくだって。でも、お昼の後の仕込みにはまだお父さんいるから、時間になったら呼ぶからね」

「そうなんだ。何だか悪いなぁ」

「いいよ〜、今までは二人で大変だったんだから。閉めればいいのにって言っても聞かなくて」

「そういえば宿に休みの日はないの？」

「たま〜に臨時であるよ。そういう日はギルドに店番を依頼するんだ。ただ、泊まってる人とかにも説明しないといけないから面倒なんだよね」

「そうなの？　でもこの前ごはん食べに行くって言ってたし、近々あるかもね」

「だったら嬉しいなぁ。三人で出かけるのって久し振りだよ〜。あっ、それじゃあまた来るね」

「お願い」

受け取ったお湯とタオルで今日も体を拭く。何とか一度お風呂に入ってみたいなぁ。この町だとどこにあるのかな？　結局まだ行けてないし、行きたいなぁ。それより火の魔法は自分で使えるから、浴槽だけ作れれば何とかなるのかな。でも、のぞかれるのも嫌だよね。

そうして今日も一日が過ぎていく。明日はこの中途半端な像を完成させなきゃ。

「ふわぁ～」

今日もいい目覚めと言いたいところだけど、何だか疲れがたまってるみたい。昨日の作業の疲れがまだ残ってるのかな？　一応確認しておこう。

「ステータス！」

ふむふむ、特にパラメータの変化はないなぁ。ＭＰはどうだろうか？

ＭＰ：200／240（1200／1240）

完全には回復してないみたいだ。これは明日の作業が不安だなぁ。ん～、でも何か忘れてる気がするんだよね。

そういえばこの（　）の中の数字って何だっけ……そうだ！　力を抑えてるんだった。これを元に戻して作業すれば絶対うまくいくよ！

よ～し、そうと決まれば今日の仕事をちゃちゃっと終わらせよう。

「おはようございま～す」

「おはよ～おねえちゃん」

「おはよう、アスカちゃん。何だか元気ね」

「悩みが一つ解決したんで！」

元気に挨拶して今日も朝ごはんを食べる。ん～、悩みも解決したしすっきり。

でも、それなら昨日のうちに修正までできたんだよね。まあいっか、きっとすぐにできるし。

「そういえばごめんなさいね。今日は夜まで手伝ってもらうことになって」

「いいえ、明日は私もお休み貰いますから。あっ、そういえばミーシャさん。この辺りでお風呂に入れるところってどこにありますか？」

「お風呂ならちょっと北のところにあるけど、割と高いわよ。確か一回大銅貨一枚だったかしら？

それに大勢で入るところだから盗難とかもあるんですって」

「……危ないし結構高いんですね」

「薪代もかかるし、魔法使いを雇ったとしても別に人件費がかかるからどこも高いわよ」

「私ならお湯を簡単に沸かせるし、浴槽と場所さえあればと思うんですけど……」

「建物の中ならともかく、外は問題が多いから。うちも、もう少し広かったらいいんだけどね」

「そうですよね……」

「でも、いい案ね。協力してくれるなら主人にも話してみるわ」

「本当ですか？」

「ただアスカちゃんもずっとここにいるつもりがないのであれば、期待はしないでね」

「あっ……」

ミーシャさんの言う通り、私はいつかこの町を出たいと思っている。その時のことを考えたら難しいよね。さっきも言ってたように薪だって結構高いんだもん。

「今はまだ先だと思うけれど。当分、外にも行かないんでしょう？」

「そうですね。次に行くのは四日後です。ジャネットさんと約束しているので」

「ジャネットといえば、この前に言っていたアスカちゃんが行ったお店のことだけれど、五日後にどうかって話していたの。お昼が終わった後の店番だけでいいから留守番を頼めるかしら？」

「いいですよ。表の方は閉めるんですよね」

「そうよ。できたら前日に張り紙をして、朝から人が来ないようにしたいわね」

「おねえちゃ～ん。もう食事終わった～？」

「もうそんな時間？　ミーシャさん、それじゃあまた後で」

「頑張ってね」

ミーシャさんと別れてエレンちゃんと一緒にシーツを集めていく。

「ぽいぽ～い」

「はい、すぐに替えは持ってきますから」

もう慣れたもので、二人で効率良く回収していく。泊まっている人の中には初めてここに泊まる人もいれば、バルドーさんみたいになじみの人もいるので、ちょっと差は出るけど。

「よし！　回収終わったね」

「それじゃあ、洗ってくるね。エレンちゃん、シーツ替え頑張ってね」

今日は晴れてるから乾燥が楽でいい。雨の日はできるだけ温風を当てとかないと、生乾きになって気持ち悪いもんね。

「今日も元気にぐ～るぐる～」

八枚洗った後はいつもの魔法タイム。ここまで来たら後は簡単なので歌も歌いたくなるというものだ。

「あ～、おねえちゃんまたやってる……」

「へっ？」

エレンちゃんがいたことにも驚きだが、指差された先を見るとたらいから出た水の玉が空中に浮き、その中をシーツが回っていた。いつの間にこんな大道芸みたいなことに……。

「最近、気を抜いたらいっつもそうなってるよ。魔法の扱いに慣れてきたからじゃない？」

「え、そうなの？　気づかなかったよ」

「ここも結構、塀が高い方だけど気を付けた方がいいよ、本当に」

「注意します」

「その調子だとお洗濯もう終わるよね。食堂に行こっ！」

「はいはい、すぐ終わりま～す」

浮いていた水の玉をたらいに戻し、残りのシーツを一気に洗う。そして洗い終わったら軽くすすいで、ぎゅっと絞って物干し台へ掛ける。後は温風をちょっと送れば自然に乾燥してくれる。

「エレンちゃん終わったよ～」

「じゃあ、行こっ」

二人で一緒に食堂へ戻る。

「あら、二人ともお疲れ様。これ飲んでね」

「ありがとうございます」

「本当に最近はおねえちゃんのおかげで楽ちんだよ。前はお昼ぎりぎりまでかかってたし」

「そうなの？」

「だって、お客さんが泊まる日はこっちじゃ選べないから。たま〜に、少ない日と多い日が分かれちゃって大変なことがあるの。だけど、途中でやめちゃったら、今度は次の日に使うシーツがなくなるから先にやっちゃわないとだし」

「確かに洗濯が終わってれば、後は放っておくだけでいいもんね」

「そうそう、だからせめてそこまではって思ってやるんだけど、そうなるとお昼ごはんが遅くなるんだよね〜」

「それは大変だ」

私はさっきミーシャさんが置いていってくれたジュースを飲みながら答える。

「おねえちゃんも他人事みたいに言わないでよ。しかも、ジュース飲みながらだし……」

「さあ、それを飲んだらお昼の準備よ。いつまでも愚痴らないの」

「はぁ〜い」

ジュースを飲み終えた私たちはてきぱきと昼の準備を終え、いざ開店へ。

「昼の部開店で～す」」

今日も今日とて大人数をさばいていく。晴れた日は人の入りも多くて大変だ。しかも、最初の頃より多い気がするんだよね。何にせよ頑張らないと。

「アスカちゃん、こっちはAセット大盛で～」

「こっちが先だよ。Bセットで」

「お二人とも喧嘩しないでくださいね。今行きますから」

注文も多く取る分、間違えないようにしないと。ひそかに注文を取る時、テーブルに番号を振っているのは秘密だ。忙しいとお客ごとに覚えてるつもりでも実際はテーブル番号で覚えてるんだよね。

「エレンちゃん、今日もお疲れ様」

「おねえちゃんもね……」

ようやくお昼の部にもめどがつく。このやり取りも何回目だろうか。本当に昼は疲れるなぁ。人気店はつらいよというやつだ。

「はい、二人ともお昼よ」

「ミーシャさんありがとうございます」

「お母さんありがとう」

いつものように先にお昼をいただく。この時間がこの宿にいて一番心休まる時間かもしれない。

「ああ、そうそう。アスカちゃん、言い忘れてたんだけど昨日でお部屋の期限が切れてるの。でもまだ泊まっていくでしょ？」

「あれ、もうそんなに経ってます？　じゃあ、今月分払っちゃいますね」

「残りは二十日だから最初の倍の銀貨四枚ね」

「じゃあ、これで」

「そっか～。おねえちゃんと結構長くいるって思ってたけどまだ十日なんだね」

「そのうちあっという間に過ぎるわよエレン。さあしばらく二人は休んでなさい。今日の本番はこれからなんだから」

「じゃあ、私はちょっと部屋に戻ってますね」

「それならわたしが時間になったら迎えに行くね」

「お願い、エレンちゃん」

私は二人と別れて部屋に戻る。この間に修正作業をしてしまおう。まずは準備をしてと……。

「さて、着替えたし、後は像全体のイメージを頭に叩き込めばできるはず！」

……よし！　アラシェル様のお姿をもう一度しっかり思い描いて。

「発動！」

これまでよりも細やかな動きで風の刃が木を削っていく。ただし、像全体をイメージしているものの、実際に刃が向くのは先に作業をしていた下半身に集中している。最後にバランスを取るため、上半身を少し削って作業は完了した。

「ふぃ～、何とかちゃんとしたのができたかな？」

それに昨日と違ってくらりとしなかったみたいだし。ただ、一応確認はしないとね。

「ステータス！」

名前：アスカ
年齢：13歳
職業：Eランク冒険者／なし
HP：63／63
MP：60／240（1060／1240）
腕力：11
体力：20
速さ：24
器用さ：65
魔力：80（290）
運：50
スキル：魔力操作、火魔法LV2、風魔法LV3、薬学LV2、細工LV1、魔道具使用LV1、（隠蔽）

おおっ！　また、器用さが上がってる。肝心のＭＰは２００からだと結構減ってるけど。毎日洗濯とかで５０ぐらいは使ってるから、９０ぐらいがさっきの作業かな？　これなら明日は大丈夫そうだ。

「それにしても……我ながらいい出来だ！」

これならちゃんと表情も見えるし、祈りがいがありそう。実際に祈る用のものはこれからなんだけどね。

「エレンちゃんが来るまでまだ時間もあるだろうし、掃除してベッドに寝転がっとこ」

掃除を終えた私はベッドでだらけていた。

「でも、こういう時間って本当に暇だよね～。本とか売ってないかなぁ？」

今ある本以外にも欲しいから、今度買い物に行く時は本屋がないか確認しよう。

「おねえちゃんいる～？」

「は～い！　もう時間？」

「うん」

「じゃあ、すぐ行くね～」

私は身だしなみを整えてから一階に下りていく。まだ夜の部が始まる前なのでお客さんはいない。

厨房をのぞくとライギルさんが必死に魚料理を作り置きしていた。

「おう、ご苦労さん。魚を焼くのは結構コツがいるからな。肉の方は任せるんだが」

きっと、私の表情から言いたいことが分かったのだろう。聞く前に答えてくれた。

「そうなんですか。あんまり料理はしたことなかったので……」

「これから冒険者になって野営もするなら教えてやるよ」

「そうですね。またお願いします」

「そうそう、おねえちゃんはもう宿の一員なんだから、もっと色んなこと覚えてもらわなきゃ！」

「エレン、調子に乗らないの。アスカちゃんとテーブル拭いてきて」

「は〜い！　それじゃおねえちゃん、テーブル拭いていこ。そうそう、夜はメニュー変わるから昼の分のメニューは取ってきてね」

「分かった」

二人で分かれてテーブルを拭いていく。昼の部の後にも拭いているのだけど、飲食店だし念入りにね。

テーブルも拭き終え、メニュー表も夜の分へと一新する。

さて、夜のメニューはと……。ああ、セットメニューが一つなんだ。後は一品ものがずらっと載っている。結構、重たいものが並んでいるということは、夜は冒険者の酒場って感じかな？

「それじゃあ、申し訳ないけど後は頼む。魚料理は頼みそうな宿泊者分を取り分けてるから大丈夫だと思うが、十人前しかないから、なくなったら今日はギルド会議だからできないって言ってくれ。何か言ってきたらミーシャを呼べばいいから」

「分かりました。頑張ってきてください」

「ああ、まあ単に出るだけなんだけどな……」

微妙な表情を浮かべるライギルさん。まあ、忙しい店なだけに穴を開けるのが嫌なのだろう。

「あなた、しょうがないでしょ。お互い様なんだから」

「……じゃあ行ってくる」

「「行ってらっしゃい」」

ライギルさんを見送ると本格的に夜の部の開始だ。

「それじゃあ二人とも開けてきて」

「「夜の部開店です！」」

昼みたいに開店と同時に入ってくるかな～と思ってたらそうでもなかった。こそっとエレンちゃんに聞いたら、夜はまばらに来ることが多いんだって。

「こっちはセットに追加で魚とエール」

「俺の方は肉のバラとエールとパンとスープだ」

「はい、ちょっと待ってくださいね」

私は駆け寄って注文を取る。今までは計算しやすいメニューしかなかったけど、今日の分は覚えていないため、メニューの下に額を書いて計算する。

「はい、オレンさんは大銅貨一枚に銅貨八枚、コーウェルさんが大銅貨一枚と銅貨五枚です」

「おう！　って、よく見たらアスカちゃんじゃねえか。とうとう夜も出てくれんのか？」

「どうでしょう？　今日はライギルさんがギルド会議に出ててお手伝いしてるだけなので……」

「じゃあ、俺らは得したなぁ」

「ああ。明日は自慢できるな」

「そんな、昼は結構いますよ？」

「だからだよ。夜にいないはずのアスカちゃんとこうして俺らは会ってんだから」

そう言って二人は笑っているけど、私そんなにレアキャラじゃないんだけどなぁ。

それからもお客さんは入ってくるけど、昼みたいに混み合うことはなかった。ただ、メニューの数が増えたからいちいち注文の時に少し動きが止まってしまうのが申し訳ない。

「アスカちゃ～ん、次こっち～」

「は～い、今行きま～す！」

「あ、おねえちゃん。お魚残り少ないから注意してね。あと二つだよ」

「は～い」

私が注文を取っている間にエレンちゃんが料理を持っていく。片付けもエレンちゃん中心だ。私がメニューを覚えるのにはいいけど、エレンちゃんが注文を聞く方が早いだけにいいのかな？　と思ってしまう。

「あと、ちょっとだ～」

周りを見てみるとエレンちゃんの言う通り、お客さんは三組のみだ。さすがにこの時間から来る人はいないだろう。

私はできるだけ邪魔にならないようにテーブルを片付ける。あんまり目の前でやったら気を悪くしちゃうから遠いところだけだけど。

「帰ったぞ」

「おかえりお父さん。今日はちょっと遅かったんじゃない？」

「ああ、報告がちょっと延びてな……もうあんまりいないな。アスカちょっといいか？」

「私ですか？　大丈夫ですけど……」

私は厨房の方へ連れていかれる。何だろう？

「どうしたんですか？」

「いや、実はだな。今日の会議でお前の名前が出たんだが……。分割支払いだったか？　ああいう金の払い方をお前の住んでたところではやってたのか？」

「えっ!?　何で私の住んでたところなんですか？」

ライギルさんはギルド会議で起きたことを分かりやすく説明してくれる。

ベルネスのお姉さんが分割支払いの説明をするのに、私の名前を出して説明したらしい。お姉さん、私の名前出しちゃったんだ……。

「あいつには今後名前を出さないようちゃんと言っておいた。だが、商人ギルドのギルドマスターがちょっと興味を持ったみたいでな。変な詮索とか勧誘とかもあるかもしれんから気を付けろ」

「変な詮索とか勧誘って？」

「分割払いがどこで広まってたかとか、ギルドかどこかの商会に入る気はないかとかだろうな。向こうは金になると踏んでるから捕まえたら離さないぞ」

「ええ〜、それはいやです。分割も実際に使ったことはないし……」

カードなんて持てる年じゃなかったし、存在しか知らないことを聞かれても。それに、故郷の村で使われてるはずもないから、説明できないよ。

「まあ、いずれ直接声をかけてくるかもしれないが、何か要求されたら断れよ」

「そうします……」

ポーションを作ることになった時に面倒くさいことにならないといいなぁ。


それからはいつも通りに片づけてみんなで食事を取った。夜はこうやって家族で食べることが多いそうだ。エレンちゃんは早い時もあるみたいだけど。

「そういえば、明日はお休みなのよね。お昼はどうするの？」

「う〜ん。多分、部屋にいると思うんですけど……」

「じゃあ、おねえちゃんの部屋に持っていってあげる」

「本当？　じゃあ、ちょっと遅めでお願い」

「いいのか？」

「はい、明日はちょっと集中することがあって、もしかしたら長引くかもしれないので」

「じゃあ、今日は早めに寝ないとね」

「そうだね。これを食べ終わったらすぐに寝るようにする」

食事を終え部屋に戻ると明日のために準備をする。まずは力の解放からだ。

「……リベレーション！」

これで、全能力を解放したから明日は全力でできるはず。一応ステータスを確認すると、魔力もＭＰもちゃんと元々の数値になっていた。

宣言通り、その後はすぐに寝ようとしたけど、銀のワンピースを着たままだったことに気づき着替える。さすがにこれを寝間着にはできないからね。


「ん～、よく寝た～」

昨日は早くに寝たこともあって、かなりいい目覚めだ。早速、朝ごはんを食べて取り掛かろう。

「おはようございま～す」

「おはよう、アスカちゃん」

「おはよ～……」

「エレンちゃんは何だか眠そう」

「昨日はあんまり寝られなかったらしくて……はい、朝ごはん」

「ありがとうございます」

よ～し、朝ごはんをしっかり食べて頑張るぞ～。

「さて、食事も済ませたしまずは着替えて……さ～て、始めますか！」

部屋に帰ってきた私は早速、銀のワンピースに着替える。そして、準備をしてからシェルオークを取り出した。

「今回やり直しは利かないからちゃんとイメージしないと」

特に腕の動きは注意しないと。ぽろっと折れでもしたら台無しだ。ポーズは何がいいかな……祈りのポーズかな？　手が前で組まれてて難しいけど、だからこそ頑張って作りましたと言えるし。

「よし！　そうしよう」

そうと決まれば、イメージを具体的にして……。でも、最初は輪郭を作るようにしてからだね。せっかく解放してＭＰもいっぱいあるし、丁寧に作ろう。

「発動！」

風の刃が枝を加工していく。まずは大きく型を取る感じで削る。大体の形を作って上半身も下半身も輪郭ができた。

「先に下半身から……発動」

続いて下半身の加工に移る。ふわりとした服にすらりと伸びた脚。さらにその先の指まで形を変えていった。昨日の像よりはるかになめらかな流線型の仕上がりになる。足の指先もつやつやだ。

「残りもイメージは固まってるから、上半身は腕と胸のところで輪ができるように……発動」

上半身も下半身と同じように加工していく。木が形を変えていき、腕や服のところは造形がかなり出来上がった。しかし、手はちょっとだけ雑だ。体もやや角ばっているのをこれから仕上げる。

「ここでさらに……発動！」

さらに細かく削れ、腕のところから手にかけての部分がきれいになる。それと同時に胸のところも磨かれたような作りになり、残すは顔だけだ。

「その前にもう一度手の部分を確認」

折れたりしていないか、変な形になっていないかなどを確認する。横で自分も手を組んで見比べてみる。違和感もなさそうだ。

「よしよし、後は最後の顔の部分だ」

一度目を閉じて会った時のことを思い出す。まだ、二週間も経っていないのにずいぶん遠い日のように感じる。だけど、この世界に来て本当に良かったと思う。その思いをここにぶつけるんだ！

「発動！」

風の刃が優しく削っていく。そしてとうとうアラシェル様の像が出来上がった！

「やった！　やった～!!」

細工を始めて間もない私から見ても、完璧な出来栄えのお顔だ。まるで、あの日のお姿を映したみたいだ。後は最後の調整をしてと。

「発動」

上下の違和感がないようにほんのちょっぴり削る。

「ふぅ～、終わった。さて、残った木をどうしようかな？」

実は、最初に型取りをした時点で、まだ割と木が余っているのだ。シェルオークは貴重な木なので使ってしまいたい。

「女神様なんだし、ちょっとぐらい誇張してもいいよね？」

私は再度、魔道具を発動させ、余った木片からティアラを作り出す。それを頭に被せると神々しさが増したように感じられる。

「うんうん、これで良しと。でも、こうやって見ると神様を着飾らせて誇張する気持ちも分かるなぁ」

前世では、金ぴかだったり装飾過多だったりで過剰だなぁと思ったけど、こうやって自分が信仰を始めると一人一人がちょっとずつ良く見えるように努力したのかもと思う。

「後は装身具セットを作ってもいいけど、手は組んでて持てないし、大きい塊もあるしなぁ……」

昨日作ったデザインならもしかしたら持たせられるかもしれないけど、残った塊はやや短めの円柱といった感じで、もう一体作るにしても等身を考えるとかなり小さくなってしまう。

「ん、待って、等身を考えなきゃいいんだよね？　ミニキャラとかどうだろう」

それなら、この塊でもそこそこのサイズになるし、何よりかわいいものが作れそうだ。

「よ～し、そうと決まればまずは描き起こさなきゃ」

像が完成した喜びもつかの間、私は新たな目標に向かってペンを取るのだった。


「まずは、使う材料の幅を書き出して、次に頭の大きさだよね」

ミニキャラで一番大事な等身を最初に決めることで、イメージを形にする時にサイズがずれるのを防ぐ。前世でもミニキャラを色々見てきたけど、頭が割と大きいシリーズからちょっと控えめで半分リアルな等身のものまであるからだ。

「やっぱり頭が大きすぎるとバランス悪いし、あんまり好みじゃないんだよね～」

自分が制作する以上は自分の趣味に合ったものを作りたい。そう思って頭はちょっと控えめのサイズで、頭から腰、腰から足の長さが同じぐらいになるようにする。

「こっちのアラシェル様は私の願望も入るわけだから、ちょっとぐらい元と違っててもいいよね」

私が作るのはアレンジバージョンだ。衣も白いローブから天女の羽衣のように変えて、手には銅鏡をセットできるようにする。さらにオプションとして頭には太陽の冠とユリの飾りをチョイス。手は胸の前に持ってきて、蓮の花を中央に持てるようにする。足もサンダルをつけられるようにして、腕にはヒスイの腕輪だ。

「オプションは個別に作らないとね。手や腕と一緒にイメージしたらオプションの飾りと一体化しちゃって、他の飾りに持ち替えられなくなるかもしれないし。でも、こうなってきたら色も塗りたいな～」

そんなこんなで紙に描いているとドアがノックされた。

「アスカおねえちゃん、お昼だよ～」

「は～い」

「ありがと～、すぐ行く～」

私はとりあえず完成した像を机の上に、絵をベッドの上に置いて、ごみだけ軽く処分して食堂に向かった。

「ん～」

「おねえちゃん急に腕を伸ばしてどうしたの？」

「ずっと同じ体勢で作業してたから体が硬くならないように」

「もう十三時半なのにずっとやってたの？」

「そんな時間だったんだ……全く気づかなかった」

「だめだよ～、ちゃんと間に休まなきゃ」

「でも、今日中に完成させたかったから。この後も続けて夜までには終わる予定」

「へ～、出来上がったら見せてくれる？」

「いいよ～。夜の仕事が終わったら部屋においで」

「わ～楽しみ！」

閑散としてきた食堂でエレンちゃんと話しながら食べる。そうと決まればますます手を抜けないね。エレンちゃんに変なものを見せられないもん。

「あら、もう作業は終わったの？」

「ミーシャさん。目的のはできたんですけど、材料がまだあるのでもう一つ作りたくて……」

「無理しないでね。いつも魔道具を使っている人でも使い過ぎで倒れることもあるみたいよ」

「あはは……気を付けます」

まさに、前回そうなりかけましたとは言えない。お昼ごはんも食べ終わり、エレンちゃんと別れて再び自室へ。

「さて、再開再開」

途中になっていた絵に手を付ける。病院のベッドの上で暇つぶしに描いていた絵のノウハウが本当に役に立ってる。あの時は暇だし絵でも描くかなんて思ってたけど、それを生かせるなんて嬉しい限りだ。

「う～ん。蓮の花ってやっぱり難しいなぁ」

集中して絵を描いていく私だけど、さすがに花を描くのは難しい。何せ本当に記憶が頼りだし。

「でも、ここでくじけるわけにはいかない」

気合を入れるため頬を叩く。もちろんポーズだけど。それからもひたすら集中して描いていく。

一時間ほど粘ったところでようやくすべてのパーツが描き終わった。

「よ～し、後は作るだけだ。ちょっとだけ休もう」

ずっと集中していたのでここで一休みする。こういう時にうまく時間を使えないことがつらい。

「やっぱりもっと本が欲しい……。ミーシャさんに場所を聞いて、近いうちに行こう」

前世では生活の中心にあったものだから、こうして離れてみると余計に欲しくなってしまう。

今日のところはとりあえず、『食用キノコのすゝめ』を読み進める。ただし、読み込みすぎて今ある知識の妨げにならないよう心掛けた。実物も見たことないのにこれはこうと思い込むようになったらまずいもんね。

「相手は生ものだからね。そろそろ休憩もいいかな？」

ベッドから下りて私は再び作業をするためにシートの上に座る。絵を横に置いていよいよミニキャラの作成に入る。

「……発動！」

サイズが小さい分、今回の作業は一気にやってしまう。イメージがぶれないように少しずつ形作りながら削《そ》いでいく。頭の輪郭から続いて体の部分が作られる。

さらに腕・手・脚・つま先と順番に先の方まで作られていく。そこから折り返すようにきれいにつま先から脚、そして手。最後に頭へと戻って後ろ髪の部分が出来上がり……。

「完成した～！　ミニキャラ版アラシェル様。題して女神アラシェルちゃん」

不敬だとは思うけど、この姿のアラシェル様はとってもかわいくできていて、様付けで呼ぶことは難しい。本番で作った方はちゃんと呼ぶので許していただけますように……。

「はっ！　感動してる場合じゃない。ちゃんとオプションも作らなきゃ！」

再度、魔道具を発動させ今度はイメージを練りに練ったオプションパーツを作成する。こっちも女神様が身に着けるものになるのだから手抜きは許されない。

「これで最後……発動！」

やがてすべてのオプションパーツを作り終えた。最初は付け替え用の腕とか手を作ろうかとも思ったんだけど、キャラクターならともかく女神様の体を付け替えるなんて失礼かなと思ってやめた。

「代わりに私が二体三体と作っていけばいいだけだし」

ふんふ～んと鼻歌交じりに出来上がったアラシェル様とアラシェルちゃんを眺める。どちらも神々しいのだけど、やっぱりアラシェルちゃんは愛嬌があってかわいい。女神様だけあって元のアラシェル様も美人だからね。

「明日、買い物ついでにおじさんのところに持っていく時は壊さないようにしないと……」

どうするのがいいかな～。やっぱり簡単な方法は木箱にでも入れることだろうけど、中で動いちゃうよね。

「何とか箱の中で動かないようになればいいんだけど。……そうだ！　でっぱりを箱に作ってはめ込むようにしよう」

フィギュアも箱に入ってる時は足や腕をワイヤーで固定してあるよね。針金は傷が怖いから、代わりに木箱の底板に穴を開けて、そこにコの字の杭をはめ込む方式にしよう。そうすれば少しの衝撃なら動かないし安心だ。

「そうと決まれば、ちょっと薪を分けてもらおう」

早速ライギルさんのところへと向かう。

「ライギルさん、ちょっと薪貰っていいですか？」

「薪？　別にいいけどアスカは火の魔法使えるだろ？」

「ちょっと今作ってる細工に使いたいので……お願いします！」

「あ、ああ。分かった。そこに積んであるのならどれでもいいぞ。まだ割る前だからな」

「ありがとうございます！」

私は遠慮なくそこで目についた一番大きい薪を一本取る。これなら二体分の箱が作れそうだ。

「ありがとうございます。お礼にお湯沸かしますのでまた呼んでください」

「助かる。じゃあ、時間になったらエレンを呼びに行かせるからな」

「はい、それじゃ」

「アスカの奴、えらく急いでたけど何だったんだ。細工で薪なんか使うか？」

不思議そうに見るライギルさんをよそに私は急ぎ足で部屋に戻る。

「材料も手に入れたし早速、形を考えないと」

まずは二体の神像の寸法を測って、それぞれに合ったサイズより少し大きめに線を引く。二つとも直方体の木箱だけど、底板はコの字の杭を刺す分だけ厚みを出さないとね。厚みは一センチぐらいかな？　考え付いたイメージを元にスケッチする。

そして実際に魔道具を使って削っていくところで、ふと思い立った。

「コの字の杭と対応する穴はずれると困るから魔道具を使うとして、他の部分は細工のスキルもあることだし、最初に買った道具でやろう」

ＭＰだって有限だし、細かいもの以外は今のレベルでも作れるんだから、こういう簡単なものはなるべく普通の道具で作ろう。この経験が将来何かの役に立つかもしれないし。

「そうと決まれば普通の道具に持ち替えて、箱作りだね」

そうして像を入れる箱を通常の道具を使って仕上げていく。当然ながら出来は悪くなるものの、要するにある程度平面にして中のものに傷がつかなければいいので、さほど難しくはない。

「大きい方、完成！」

後は小さい方だけどこっちの方がやや難しい。途中、手間取りながらも何とか完成した。最後はオプション用なんだけど……。

「これはさすがに細工道具じゃできないから魔道具で作業しよう」

オプションを入れる箱も本体用と同じ、コの字の杭を穴にはめ込む方式にする。そして、入れる箱も今度は魔道具で作ってしまう。疲れもたまってきたしね。

「発動！」

それぞれの箱に合わせたコの字の杭とそれに対応した穴が作られる。

朝からお昼休憩を挟んで、ようやく一連の作業は終わった。

「はぁ～、疲れたよ～」

作り終えたコの字の杭を実際にはめ込んで、本体とオプションが固定できることを確かめる。

「うん、問題ないね。これで全部終了かな？　本当に今日は疲れたよ」

そういえば、かなり魔力を使った気がするんだけど、今のＭＰの残りはいくつぐらいだろう？

「……ステータス」

名前：アスカ
年齢：13歳
職業：Eランク冒険者／なし
HP：64／64
MP：243／1250
腕力：11

体力：22
速さ：26
器用さ：65
魔力：295
運：50
スキル：魔力操作、火魔法LV2、風魔法LV3、薬学LV2、細工LV1、魔道具使用LV1、(隠蔽)

「うそっ!? MPを1000も使ってるの！ そりゃ疲れるわけだよ～」

使いっぱなしということもあるんだろうけど、この調子だとすぐに次というわけにはいかなさそうだ。とりあえず、今日はこのままで明日は朝一にどれぐらい回復したかを見てから隠蔽しよう。

そう思い私は片付けに入る。

今日は本当に疲れたので、後はごはんまでおやすみなさい。

番外編　女神の千里眼

「ようこそ転生の間へ……」

私は転生を司る女神アラシェル。この任に抜擢されてからすでに数千、いや数万年の時を経ました。今日もどこかの世界の死者の魂に転生の説明を行います。

「私は大いなる力をもって強敵と戦いたいです！」

「分かりました。あなたに最適な世界へと送りましょう……」

光に包まれ、また新たな生命が旅立っていきます。ここ最近はずいぶんと力にこだわる者が多いように感じます。先ほどの彼もそうでした。ですが、彼もそんなに長い命とはならないでしょう。

彼の行く世界には他にも多くの転生者がいます。それも彼のように抽象的な力ではなく明確な望みを持った者たちが。

彼が力を選ぶにせよ、魔法を選ぶにせよ、時を止めたり視界に入れただけで死を呼んだりする力を与えられた相手には勝てないでしょう。せっかく生まれ変わった命がすぐに散るのは本意ではありませんが、そこに個々の神の意思を残すことはできません。

「あの者にも幸多からんことを……。そういえば以前ここに来た少女はどうなったでしょうか？」

時間の概念が薄いここでは、どれだけ経ったか分かりませんが、それほど長くはないはず……。私は上位転生者に限ってのみ、その生の様子を確認できます。これは今後の転生に生かすための権限でもあります。

「さて……」

私は水晶を目の前に生み出すとそれを介して彼女の世界をのぞきます。なるべく安全なところと言いましたが、あの世界にも危険は多いのです。ただ、神族が影響を及ぼすことがあまりないから選んだだけで。

神の力が大きく絡んでしまえば、そこに住む生命は神々の力に呑まれ、途端に脆弱になってしまいます。そうなれば本来あるはずの進化や進歩が失われてしまいますからね。

それにひきかえあの世界の神々は加護や祝福を与えることはあっても、そこまで強い影響力がありませんから。おっと、今の彼女を捉えたようですね。

『さ～て、始めますか！』

何やら部屋で作業をするのに力を解放しているようですね。平和に過ごしたいと言っていた彼女にしては珍しい……。そう思って見ていると、何やら像を作り始めたようです。出来上がりを見たくなってそのまま眺めます。

『やった！　やった～!!』

今にも飛び跳ねそうな勢いで完成した像を眺めているようですが、あれは……私ですね。一度しか会っていないというのに見事に再現されていて、何だか恥ずかしいです。

今までも私に感謝する者は多くいましたが、あのように像を作ってくれたのは初めてかもしれませんね。まあ、そんなに転生後の人を見ることもないですが……。これでも多くの世界にまたがる命の管理者なので忙しいのです。

「おや？」

私の像が完成して終わりかと思っていましたが、何やら絵を描き始めましたね？　かわいらしい絵ですがどうするのでしょうか？

そう思って眺めていると、再び魔道具を使用して新たな像を作ってしまいました。

「ずいぶんかわいらしい像ですが、あれも私ですか」

彼女の知識にあるということは前世が関係しているのかもしれません。少し、地球に目を向けてみましょう……。ふむふむ、あれはミニキャラというのですか、面白い文化ですね。

『完成した～！　ミニキャラ版アラシェル様。題して女神アラシェルちゃん』

あら？　ちゃん付けなんて神見習いの時に一緒に修行していた子に呼ばれたきりですね。懐かしいです。

「どうされましたアラシェル様？」

私付きの下級神が興味を持ったようです。普段はあまりこうやって様子を見たりしませんからね。

「ええ、最近新しく送った方を見ていたのですよ」

彼女にもその様子を見せてあげました。

「なっ、アラシェル様をちゃん付けとは……」

「ですが、久しぶりにそう呼ばれて私は嬉しかったです。彼女ぐらいですしね、最近の転生であの世界に送れた者は」

「確かにそうですね。生まれてまだまだ歴史が浅い世界ですし、文明崩壊の経験もありません。他の世界との釣り合いも考えて、もっと平等に転生者を送りたいものですが……」

何度か破壊と再生を経験した世界は過去の技術が遺物として残されることが多いため、ふとしたことで悪用されてしまい、送った者が危険にさらされます。そういうことを経験していない世界は珍しく、我々も見守っていかないといけませんから、送れる者も自然と少なくなってしまうのです。

「そういう意味では彼女の暮らしぶりはテストケースとしていいかもしれませんね。他の者に与えた分よりはるかに少ない加護で立派に生きているのですから」

「全くですよ。この前の彼はさすがに参りました。二つ三つならかわいいものですが、やれ魔法だ剣の才能だ、王族だハーレムだとつらつら語って厚かましい。選ばれたのはたまたまで、他者の運命を人の意志で変化させるような加護などもってのほかだというのに……」

「仕方ありません。私の加護を理由に、新たに転生した世界にいる管理神が加護を与えて、神の代弁者とすることもありますから……」

「嘆かわしいことです。神のはしくれでありながら、アラシェル様のような転生神の加護を見なければ、加護を与えるべき者が分からないとは……」

「失礼ですよ。かの神たちも自らの世界を守ろうという一心なのです。ただ、選定は過去の功罪のみで選ばれ、実際の人となりは見ませんから過大な評価はしてほしくないのですが……」

別に過去の功罪を見るといっても英雄的活躍や新たな技術の発見などの功績は必要ありません。ただ、人を陥れることなくまっとうに生きる、また過ちを犯していてもそれを悔いて生きていれば、それで良いのです。

そういう意味ではその時はたまたま、何も問題を起こさなかったとも言えるでしょう。彼女も短い命の中で家族や友人と一緒に懸命に生きたというだけです。大切なことではありますが、次の世界でどういう人生を送るかはその人次第なのですから。

「そういえばアルトレインの神々には彼女のことは話してあるのですか？」

「いいえ、彼女はそれを望まないでしょう。それに、話してしまえばきっと誰かが加護を与えに行きます。生まれたばかりの世界だからか、あそこの神は人懐っこいですから」

「そうですね。過去に送った方は二神の最大の加護を受けて逆に困っていましたね。剣を振れば森林が吹き飛び、魔道具を作れば延々と動き続けるものになるなど」

「あの時は大変でした。もっともあのおかげで、冒険者カードのように高性能な魔道具が生み出されたわけですが……」

「彼が危険なものは都度処分してくれたので助かりました。あのままだと技術が暴走して、世界ごと滅んでしまったかもしれませんでしたし……」

「そうですね。彼女はこのまま良い人生を送ってくれそうです」

私は消えゆく水晶に映る彼女を見ながら、定期的に見守ろうと思い任へと戻りました。

8　お披露目タイム

「〜ちゃ〜ん。ごはんだよ〜」

コンコン
「おねえちゃ〜ん、ごはん〜」

「んぅ？」

何か声が聞こえる？　私あれからどうしたんだっけ？　像が完成してちょっと横になって……。

「おねえちゃん、いないの〜？」

この声はエレンちゃんだ。

「エレンちゃんどうしたの？」

私はベッドから下りて扉越しに答える。

「おねえちゃん何言ってるの？　もうごはんだよ！」

「ん〜？」

窓の外を見ると辺りには暗闇が下りてきていた。ひょっとして私、あれから寝ちゃった？

「ごめん、今開けるね〜」

ガチャリとドアを開けてエレンちゃんを迎え入れる。

「やっと、入れてくれた……ってそのお顔はダメだよ。ちょっと椅子に座って！」

「分かった」

寝ぼけたまま椅子に座ると、エレンちゃんはくしを入れて髪を直してくれる。何でも女性の冒険者に時々頼まれて手伝っているうちに身に付けたテクニックだそうだ。

「これで良しと！　気を付けてよ～、宿で面倒は困るんだから」

「ん、気を付ける」

何のことかまではよく分かんないけど。

「それじゃあ、ごはん食べよ」

私はそのままエレンちゃんに連れられて食堂に向かう。

「あら、時間がかかったのね、エレン」

「それがさ～、おねえちゃんぐっすり寝てたみたいで……」

「何だ、珍しいな。ごはん時にはいつもきっちり下りてくるのに」

「私そんなに食い意地張ってません！」

偶然食事の時間が一緒になったバルドーさんにからかわれる。バルドーさんは朝一に依頼を受けに行くことが多くて、晩ごはんも早い時間に食べるから最近はあまり会っていなかったんだけど……。

「そういえば、バルドーさん珍しいですね。こんな時間に食べてるなんて」

「ん、ああ。今日まで入ってたパーティーが王都に行くんで見送りしてたら遅くなってな」

「バルドーさんは付いていかないんですか？」

「王都じゃCランクなんて溢れてるからな。下手に行くよりはここいらの方が実入りはいいんだよ」

「そうなんですね。私からすると行けるだけでもすごいけどなぁ」

「まあ、おねえちゃんは駆け出しな上に活動日数も少ないからね。はい！」

エレンちゃんが自分の分と一緒に私の夕食も運んできてくれる。いまだちょっと寝ぼけてる私にはありがたい。

「ありがとう。それを言われると……じゃあ、いただきます」

とりあえず、出てきたものを食べないことには始まらないので夕食に手を付ける。食べ進めている時にふと思いついたことをバルドーさんに聞いてみる。

「バルドーさん。そういえば魔物って討伐依頼ばかりですけど、連れ歩くことはできませんか？」

「従魔のことか？　魔物使いはいないわけでもないがありゃ大変だぞ」

「ああ～、一度だけ宿に泊まる人が連れてたの見たことある。結構、宿としても大変なんだよね。後始末とか」

エレンちゃんの言わんとしていることは分かる。食事中だから言葉を濁してるんだけど、要はペットのしつけがどうとか言うことだろう。たとえばトイレとか。店員は非戦闘員だから冒険者に対してなかなか注意もできないし。

「ああ、泊めてくれる宿もそうだが、契約に魔力はいるしエサは限られてるしでよほどの物好きでなきゃやらないな」

「じゃあ、戦いには不向きってことですか？」

「そんなことはない。嗅覚や視力なんかは人よりはるかに高いのもいるしな。ただ、うまく扱えるようになるまで時間もかかるし、その間の稼ぎを考えるとなりたい奴なんてめったにいないんだよ」

　何でもバルドーさんが言うには、冒険者はCランクから職業を得ることができるんだけど、その中でも一％を切る唯一の職だそうだ。

「Cランクになると一つだけ職業が選べるんだ。俺なら剣が得意だから剣士だし、魔法が得意な奴は魔法使いになる。人によってはなれる職がいくつもある奴もいるから絶対じゃないがな。そんでな、職業に就くとステータスに職業ごとのボーナスが付くんだ。これはその職業を司る神様からの贈り物って言われてる。例えばレンジャーなら器用さと速さとかな」

「じゃあ、魔物使いはどんなボーナスが付くんですか？」

　魔物を従えるぐらいだから、契約一体ごとに何かプラスかな？　私は期待を込めて聞いてみた。

「魔物使いは確か運が少し上がるだけだ。運は何か良いことが起きやすいってことらしいが、どこまで影響があるか分からないし、そもそも任意に上げられないステータスとも言われてる。上がったところで影響も不明だからさらに人気がない」

　そういえば私も最初から高い魔力でさえ上がってるのに、運だけは上がったことないなぁ。

「まあ、噂じゃもっと強くなれるらしいんだが、見本のような奴がいなくちゃな。本業が魔物使いのAランクがこの国じゃ三人ぐらいで、後はほとんどがCランクさ。強い先輩がいないから初心者は見向きもしないな。大体、従魔にするにも戦える強さが必要だからな」

「大変そう。バルドーさん教えてくれてありがとう！」

「な、何だよ。まあ、先輩だからな。これぐらいは当然だ」

「お礼に今度何か作ってあげますよ。実は今、細工物を作ってるんです。ちなみに今日は神様の像を彫ったんですよ」

　私は出来上がったアラシェル様の像を自慢したくてバルドーさんにも得意げに話してみる。

「そうなのか？　また、冒険者らしからぬことを……そうだな。グリディア様の像は作れるか？」

「グリディア様？」

「ああ。この国じゃ、あんまり馴染みがなかったな。海を渡った先で信仰を集めている勝利を司る女神様だ。冒険に行く時は今までも心の中で祈ってたんだが、実物があるとより祈りやすいと思ってな。ちゃんと報酬は払うから頼むぞ」

「じゃあ、今度絵とかあったら持ってきてくださいね。なかったら特徴を言ってくれれば描き起こしますから」

「おねえちゃんって絵も得意なの？」

「体が弱いと寝てててもできることって少なかったけど、絵ならそこそこは。そうだ！　エレンちゃんにも何か作ろうか？」

「いいの!?　じゃあ、どうしよっかな～。ん～、じゃあね、髪留めが欲しい！」

「髪留めだね。装飾品は初めてだけど頑張ってみる。今度買い物に行く時に材料買ってくるからね。好きな色とかはある？」

「ん～、緑かなぁ？」

「緑だね。期待しないで待っててね！」

「うん！」

それからも和やかに食事を済ませて部屋に戻る。エレンちゃんはもう少し片付けがあると言ってたから、三十分ぐらいで来るだろう。

「おねえちゃ～ん、起きてる～」

「今度はちゃんと起きてるよ」

私が返事をするとエレンちゃんが部屋に入ってきた。

「へへ～、さっそく見に来たよ～」

「初めてだけど結構いい感じだと思うから待っててね」

私は机の引き出しにしまってある木箱を三つ取り出す。それを順番に開けてベッドに置いていく。

「三つも作ったの？」

「残念。二つだけ。三つ目はちょっとした飾りかな？」

エレンちゃんが置かれた神像をまじまじと見る。

「すっご～い、ねえねえどうやって作ったの？　こんなきれいな像、わたし初めて見た！」

「そ、そう。やっぱりよくできてるよね。良かった～。自分じゃうまくできたと思ったけどいまいち自信なくて」

「これで自信なかったら何も売れなくなっちゃうよ～。本当にすごいな～。この人が女神様？」

「そうだよ。アラシェル様って言うの」

「こっちの小さいのは？」

「そっちはその……アラシェル様なんだけどかわいくしたものなの」

「……おねえちゃんってすごいよね。女神様をかわいくするなんて大人が聞いたら倒れちゃうよ」

「あはは。きっと、アラシェル様なら許してくれると思う。その像はアラシェルちゃんっていうの。かわいいでしょ？」

「かわいいけど……やっぱおねえちゃんって変わってる」

ん～、やっぱり日本人の特性と言ったらあれだけど、何でもデフォルメ・改変な精神はこっちでもいまいち理解されないようだ。まあ確かに偉人や神様が見たら怒りそうと思うようなものもあるけど……。

「でも、これでわたしの髪飾りもすっごく期待しちゃうな～」

アラシェル様の像の完成度を見て期待に胸を膨らませるエレンちゃん。

「あんまり期待しないでね。細工といってもまだ神像しか作ったことないんだから」

「そんなこと言って、三箱目は飾りとか杖ばっかりだよね。あれならきっと大丈夫だよ」

「そうかな？　頑張ってみるね！」

身内のひいき目とはいえエレンちゃんにそう言ってもらえるとやる気が出るなぁ。どうせならいいものにしたいし、明日にでも細工屋のおじさんのところに行って材料を仕入れてこよう。

「じゃあ、今日は疲れてるだろうしまた明日ね、おねえちゃん」

「うん、ありがとう。エレンちゃんもちゃんと寝るんだよ」

「は～い」

エレンちゃんが部屋を出ていき、私は広げた像を木箱にしまう。これで、いったんはやりたいことも終わったし、他のことにも目を向けてみようかな？

9　職業詐欺状態アスカの制作報告

小鳥のさえずりとともに私の一日が始まる。今日もいい一日でありますように。

「おはようございま～す！」

「おはようおねえちゃん」

「おはよう、アスカちゃん」

今日もいつも通りに一日が始まった。

「エレンちゃん何だか嬉しそう」

「えっ、そっ、そ～かな～」

「あらあら、見破られちゃったわね。実は昨日の夜に雨が降ったから、きっと今日はお客さんが少ないって喜んでるのよ」

「じゃあ、今日みたいな日は閉まる店が多いんですか？」

「開けるわよ。前みたいに朝方降っているならともかくやんでいるしね。ただ、出歩いても汚れやすいから人通りは少なくなるの」

なるほど、水たまりができて気になる感じか。だったら、ちょっとお願いしてみようかな？

「じゃあ、今日は一回目のシーツの洗濯だけで、町に出てもいいですか？　ちょっと用事があって……」

「構わないけど無理に手伝わなくてもいいのよ？」

「いいえ〜、実は手伝ってるうちに魔力もちょっと伸びてスキルのＬＶも上がったんです。冒険に出なくても修業になるので助かるんです」

「そう。ならお願いね」

私は朝食を食べると、いつものように二人でシーツを回収して、洗濯をしに井戸へと向かう。手慣れてきたもので、洗うのも干すのももうルーチンとして組み込まれてきている。

「さて、思ったより早めに終わったし、やっぱりもう一回取りに行こう」

最近は自分が手洗いする時間と魔法で洗う時間の適切な配分が分かってきたので、回収してきた枚数に合わせて作業している。ちなみに今日は少なめなので一回目はすべて手洗いだ。

「あ、おねえちゃん二回目も手伝ってくれるの？」

廊下を掃除中のエレンちゃんと出会う。

「うん、一回目は終わったから二回目の分、取ってくるね！」

「は〜い」

エレンちゃんと別れて十時からのシーツ回収を始める。何度もやって分かったことだけど、割とみんな一回目の段階で回収できるようにしてるみたい。二回目になるのは全体の三割ぐらいかな？　パーティーの人はまちまちだけど、二人以下だと大体、一回目に指定してある。

「さ～て、それじゃあ残りの分も洗濯っと」

今日も出かけるので、二回目の分は魔法を使ってささっと終了……え？

「もう洗濯終わっちゃった？」

一瞬でシーツが回転して洗濯が終わった。それも、一気にすべてのシーツが洗われて。何で？

私、急に強くなっちゃった？　人気のないことを確認し、私はすぐにステータスを確認する。

「ステータス！」

表示される内容から今必要な魔力に関する項目だけを抜き出す。

ＭＰ：786／1250
魔力：295

「わわっ!?　そのままにしてた！」

いけないいいけない。すぐに書き換えないと——。

「隠蔽！」

ＭＰ：２５０／２５０（７８６／１２５０）
魔力：８５（２９５）

危なかった～。このままギルドにでも行ったら大騒ぎになるところだった。

「にしても、魔力を隠蔽しないでおくとここまで変わるもんなんだね。確かに数字は三倍ぐらいになるけど……」

さすがはAランク級の魔力ということなんだろう。こんなへっぽこの私が使ってこれなんだから、みんなもっとすごいんだろうなぁ。

すすぎも終えシーツを干すとエレンちゃんがやって来た。

「あっ、おねえちゃん終わったの？　早いね～。手伝おうかと思ったんだけど……」

「えっ、あはは……まあね。それじゃあ、戻ろっか」

私はたらいに残っていた水を螺旋を描きながら排水溝へ捨てると、井戸から風の魔法で直接水を汲み上げ、簡単にたらいをすすいでから元あった場所に指先一つで戻す。

「おねえちゃん……もういいや。戻ろっ！」

何だか遠い目をしたエレンちゃんだったが、すぐに気を取り直して一緒に食堂に向かった。

「いつもお疲れ様。結局洗濯を全部やってもらってごめんなさい」

洗濯の後は恒例となった休憩タイムだ。ミーシャさんがジュースを置いてくれる。ありがたや～。

「あっ、お母さんいいところに」

エレンちゃんはミーシャさんの耳元でごにょごにょ言っている。何だか言いづらいことでもあるのかな？　とりあえず、今日の仕事はここまでなので出かけるから着替えてこないと。

「それじゃあ、ちょっと着替えてきますね」

「行ってらっしゃい」

部屋に戻った私だけど、今日のお出かけの洋服を決めかねていた。

「ふぅ、今日はと……雨上がりだから汚れないような格好がいいかなぁ」

靴は仕方ないとしても服は高いんだし、下は丈の短いものを選んでと。上に着るのもちょっとぐらい濡れてもいいようなものなんだけど……。

「こういう時の服も買わないとだね。帰りには安いと紹介されたところに行ってみよう」

木箱を袋に詰め込んで準備万端！

「それじゃあ、行ってきま～す」

「行ってらっしゃい」

ミーシャさんに見送られて私は元気良く町に繰り出した。


「はぁ、行ったわね。あなた、ちょっと昼が終わったら木材を調達してきてもらえる？」

「どうしたんだ？　薪ならまだあるだろ？」

「薪じゃなくて、井戸のところをある程度覆う塀が欲しいの。屋根だけじゃなくて」

「この前に言ってた風呂の話か？」

「それもあるけど、今日もアスカちゃんったらたらいを洗うのに無意識に風魔法で水を汲んで、しまうのも宙に浮かせていたんですって」

「……しょうがないなアスカは。言ってもまたやるだろうし分かったよ。でも、どうやって作るんだ？」

「きっと、お風呂を作るのに必要だって言ったらアスカちゃんなら飛びつくわよ。それに私たちが手伝えば目立たずに作れると思うの」

「そうか。なら、昼が終わったら行ってくる」

「うちの長女はすごいんだかすごくないんだかね……」

もちろんすごいのだが、こういう抜け具合がそれを打ち消してしまう。

でも、この町でこそみんな好意的だが、将来のことも考えると少しずつでも常識を覚えさせないと。新しくできた娘のような少女は、年齢よりも大人のようで子どもなのだから。

私はそんな風に思われているとも知らずに、気分良く町に繰り出していた。

「ごめんくださ～い」

そのまま細工屋のおじさんの店に来たけど、開いてはいるものの人の気配はない。

「ああ～、何だこんな日に……」

奥からかつかつと音を立てながらおじさんが顔を出す。

「なんだ、お前か。もうできたのか？」

「はい！　それで見てもらおうと思いまして……」

「そうか、奥へ来い。ここじゃ目につく」

「いいんですか？　店番とか」

「こんな日には滅多に客なんて来ねえよ。それに細工屋は魔道具も多いからな。ここから盗もうなんて馬鹿はいねえよ」

「じゃあ、お言葉に甘えて……」

確かに。盗ったところで効果が分からなかったり、危険なものだったりすれば売れないもんね。

奥に入ると工房も兼ねているのか、一気に感じが変わる。鉱石もあるみたいだ。

「ほら出してみな」

「は、はい。これなんですけど……」

私は袋から三つの木箱を取り出す。

「ん、これか？」

「はい。あっ、木箱は中身が壊れないように作ったので、像は中に入ってます」

私が三つの箱の蓋を開けていく。

「こ、こいつぁ……」

「ど、どうでしょうか？　自分では結構うまくできたと思ってるんですけど……」

「うまいなんてもんじゃねぇ。これはプロの仕事だ。俺でもなかなか見ないくらい、いい出来だ」

「本当ですか？　嬉しいです！」

「それにしてもこのちっこいのは何なんだ？　似たデザインのようだが？」

「あっこれはですね……」

アラシェル様をかわいくデフォルメしたものだと説明する。

「ああ、まあ確かにかわいいな……」

ここでも戸惑いのようだ。やっぱりこの世界にはまだミニキャラは早かったのだろうか？

「だが、この杖を持ち替えられるアイデアといい、なかなか見どころがある。どうだ？　定期的にうちに商品を卸してみないか？」

「え、アラシェル様の像をですか？」

「ああいや、アラシェルって神様に俺は詳しくないが、もし女神像を作るならお前さんには申し訳ないが、教会相手にも売れる慈愛の女神シェルレーネ様のものを依頼することになるとは思う。まあ、他にもモデルになりそうなものはこっちから指定するが……」

「う～ん……」

私は考え込む。ありがたい申し出だし、結構高く買い取ってくれそうだけど、この像と同じ品質ならかなりの魔力が必要だ。今日もＭＰは半分ちょっとぐらいまでしか回復していなかったし、ペースを考えるとそんなに速くは作れない。

「実は……これを作るのにＭＰをかなり消耗してしまって、それを考えると作る日の前後は冒険に出られないんです。なので、作れたとしても月に一、二体なんですけど……」

「ああ、それでいいぜ。実はな、困ってたんだよ。俺も自分の腕に自信はあるが、このところ新しい商品のイメージが浮かばなくてな。そこのちっこいのには衝撃を受けた。この店の商品のバリエーションだけじゃねぇ。新しいアイデアは俺自身のやる気にもつながるんだ」

「それじゃあ、何か題材を指定してください。あんまりそういうのには詳しくないので……」

引き受けるのはいいけど、今の私の引き出しは空っぽだ。

「ああ、見本の絵を持ってきてやるよ」

「それと、銀って売ってますか？　あと、緑色の宝石か何かがあれば嬉しいんですけど……」

「ああ、もちろんあるが何に使うんだ？」

「日頃お世話になってる人に贈ろうと。髪飾りなので大きくなくていいんですけど」

「なら、商品を卸す礼にやるよ。ただし、できたら見せてくれ。何か思いつくかもしれんからな」

「ありがとうございます。きっと、いいのを作ります」

「じゃあ、銀はこれだな。あと緑色の石だが、魔石でもいいか？」

「魔石ですか？　加工できるのなら……」

「魔道具を使うことになると思うが、お前さんが買ったあれなら大丈夫だろうし、才能があれば作ったものも魔道具にもなるだろう」

「ほ、本当ですか？　ぜひ！」

もし私が魔道具を作れたら、それだけでのんびり暮らせる資金ができる。何よりエレンちゃんに守りの魔道具を持たせられるかも。期待を込めておじさんを見る。

「焦るな、今持ってくるから……ほらっ、グリーンスライムの魔石だ」

「ぐりーんすらいむ？」

「スライムの変異種だな。強くも弱くもないが魔石が採れる個体は珍しい。ただ、加工には必ず風の魔力が必要だ。しかも、かなり魔力の消費が激しいから市場でも人気がないんだ」

おじさんが見せてくれたのはエメラルドとも見間違えるほどの美しい緑色をした魔石だった。

「ある意味、変わった魔石でな。魔石のくせに安価な宝石として取引されることもある。エメラルドよりも深みはない分、透き通ったものが多く出るからだな」

「遠慮なく貰います」

「ああ、久しぶりにいいもん見せてもらったからな。これでまた色々と作れそうだ」

おじさんも私もホクホク顔である。天気はどんよりとしているが、私たちの心は晴れやかだった。

帰り際に私はバルドーさんとの約束を思い出して、良質のオーク材も追加で買って帰った。これならいいものが作れるだろう。

おじさんの店を出て、今度は安い服が売っているお店、ドルドに行く。

「ごめんくださ～い」

「はいよ！」

店番にはおばさんが立っていて、雨上がりの今日でも数名の客がいるようだ。店内をぐるりと見回してみると確かに服が多いんだけど、それ以外にも雑貨や食料も売っている何でも屋さんみたいだ。

とりあえず私は服のコーナーを物色する。生地の質は明らかにベルネスより劣るものの、しっかりとした作りのものが多いように思う。例えるならこっちの店がデニムで、あっちの店がシルクみたいな感じだろうか。実用的な品物が揃っていて、屋台のおじさんが言ってたよりはちゃんとした服ばっかりだ。

「おや？　いい服を着てるみたいだけど、お眼鏡にかなうものがあったかい？」

「はい。冒険者なので丈夫な服も欲しくて。ここなら取り揃えられそうです」

「見かけによらずやるもんだねえ。なら、携帯食もあるから見ていきな」

おばさんは奥に携帯食コーナーがあることも教えてくれる。そういえばこっちに来てからそういったものを食べたことないなぁ。今度、ジャネットさんに冒険に連れていってもらうんだし、せっかくだから買っていこうかな？

「服はこれと、これとこれ。う〜ん、この価格ならこれも買ってもいいかな？　でも、この前から買ってばかりだから落ち着いたら頑張らないと……」

大体服はこんな感じかな？　後は携帯食と……あっ、ガラスのコップがある。これ使えるかも！

私は目に入った大きいのと小さいのを一つずつ買うことにした。

「おばさん、携帯食ってどれがいいとかってありますか？」

「携帯食かい？　美味しいのと、安くて腹持ちがいいのとどっちだい？」

携帯食については全く分からないのでおばさんに聞いてみたけど、そう聞かれると迷うなぁ。でも、美味しくないと力が出ないとも思うし……。

「美味しいので、数日は持つものをお願いします！」

「正直な子だね。ならあれかね」

おばさんの指差した先にはドライフルーツがあった。見た感じはドライオレンジのようだ。

「ちょっと食べてみるかい？」

「いいんですか？　じゃあ、遠慮なく……ん～～、ちょっと酸っぱいけど美味しいです」

「そりゃ良かった。ちなみに一袋大銅貨一枚だよ」

大体、一袋はテニスボールより少し小さいくらいだ。こっちでもドライフルーツは高し。

「ちなみにどのくらい持ちますか？」

「大体、二週間ぐらいなんだけど、ちょっと時間が経ってるからそれは十日だね」

十日も持つならおやつにしてもいいし、余ったら誰かに分けてもいいかな。

「じゃあ、四つください」

「はいよ、他に買うものはあるかい？」

「大丈夫です！　会計お願いします」

「はいはい」

合計で銀貨二枚と大銅貨三枚だった。服も四着買ってこのお値段。

意外に高いのがガラスのコップだった。まあ、流通の段階で割れたりするし、扱いが大変なんだろうな。宿のコップも木製だし。

「今日も結局いっぱい買っちゃったな」

ここでも袋をおまけでつけてもらったけど、これだけの量を持って帰るのは大変だ。この地区が宿からそんなに離れてなくて良かった。そして店を出たところで声を掛けられた。

「あれ、アスカか？」

「ん～？　あっ、ジャネットさん。こんにちは」

「おう！　っていうか大変そうだな。持ったげるよ」

「大丈夫で……」

言い終わる前に荷物を持ってしまうジャネットさん。確かに重かったので助かるんだけど、良かったのかな？　そういえば、前も持ってもらったなぁ。

「ありがとうございます。でも、忙しかったんじゃ……」

「ああ、ドルドで服を買おうと思ってね。冒険者やってると簡単に傷んじまうから」

「そうだったんですね。私もさっきドルドで買い物をした帰りです」

「へぇ～アスカもあそこでねぇ。いいのはあった？」

「はい、聞いていたより丈夫そうな服が多くて助かりました」

「そういえばアスカも一応冒険者だったね。そういう服も必要か……」

「ジャネットさんったらひどい！」

「悪い悪い、ほら着いたよ。どこまで運んだらいい？」

「じゃあ、せっかくなので部屋までお願いします」

ちなみに今は十三時ごろだ。ちょっとお腹は減ってるけどまだまだ大丈夫。食事中の人の横を通り過ぎて部屋に向かう。食堂には常連さんたちも何人かいたので挨拶してから上がった。

「ここが私の部屋です」

「へぇ～思った通り片付いてるんだね。で、どこに置けばいい？」

「ベッドの上にお願いします」

「はいよ」

ジャネットさんが私の荷物をベッドに置いてくれる。その間に私は袋から木箱を取り出してアラシェル様の像だけを机に飾る。出来もいいとお墨付きもいただいたのでいったん、お祈りをしようと思ったのだ。

「アラシェル様、アラシェル様。これまでの出会いに感謝いたします……」

「おや、何に祈っているかと思ったらどこかの女神様かい？」

「はい。知名度はないんですが、アラシェル様って言う女神様なんです」

「へぇ～確かに聞いたことないねぇ。何の女神様なんだい？」

「何の？　え～っと……」

転生っていったら何だか大ごとになりそうだし、何だろう？　新たな生き方を与えてくれるわけだから……。

「一番近いのは運命……ですかね？」

「何だいそりゃ、よく分からないのに信仰してるのかい？」

「分からないわけじゃなくて、説明しにくくて。でも、とってもお優しい方なんですよ」

「優しいねぇ。まあアスカが言うならそうなんだろうけどさ。神像ってその一体だけなのかい？」

「一応、試しに作ったのがこれなんですけど……」

私は机にしまっておいた普通の木で作った試作品を見せる。

「へぇ～、よくできてる……って自分で作った!?」

「はい。私は姿を覚えてるからいいんですけど、知名度が低いせいで絵とかがなかったので」

「あ～、確かにその地域の神様とかだと人に言っても分からないねぇ。だからといって作る気にはならないけど」

「どうしても感謝の気持ちを伝えたかったので」

「なるほど……ねぇこれあたしに売ってくれないかい？」

「ええっ！」

「アスカが信仰してるぐらいだから、いい神様なんだろう？　だから、あたしも祈ろうかと思ってね」

「だったら貰ってください。自分の分はもうありますから。それに、あまり出来の良くないアラシェル様を売ってお金にするのは気が引けるので……」

「そういうことならありがたく貰うよ」

「はぅっ」

急にジャネットさんに頭を撫でられる。結構力が強いけど気持ちいい。まるでお姉ちゃんみたい。

「いや～、いいもん貰っちまったね。それじゃあ、いったんお祈りしてから出かけるとするよ」

「はい！　大事にしてくださいね」

ジャネットさんと別れて私は荷物の整理をする。服は袋に入れたまま保管するとして、今日の目玉は木と加工用の銀だね。あの魔道具が金属も削れるなんてびっくりした。これはいい物を買えたな～。後でまた全力を出してエレンちゃんのを作らなきゃね。

「さて、まだお昼はいただけるかな～」

私はお昼を過ぎた食堂に向かう。

「エレンちゃんお昼まだ食べられる？」

「おねえちゃんまだ食べてないの？　一緒に食べよ～」

どうやら間に合ったようだ。良かった、今からどこかへ行くのも手間だし。

「あらアスカちゃん、お昼は宿で食べるのね」

「はい、Ａセットでお願いします」

「ちょっと待っててね。すぐ用意するから」

待ってる間はエレンちゃんと今日買ったものについて話をする。

「へえ～、ドライフルーツって美味しいんだ。めったに食べないし高いからうちは置かないんだよ」

「確かにジュースやお酒に合うかっていうと、人を選びそうだしね」

「そうそう。それに生のを買って絞って出す方が便利だしね」

「お店だとそうだよね」

「ほら、二人ともできたわよ」

「ありがとうございます」

「ありがとうお母さん」

今日は私が肉のAセット、エレンちゃんは在庫の関係で野菜のBセットだった。

「本日も美味しくいただきました」

「ごちそうさま～」

ごはんも食べたし、早速エレンちゃんの髪飾りを作らないとね。いつも通りシートを広げ、魔道具を準備する。飾りのデザインは何にしようかな……。

「う～ん、ちょっと小さめの藤のデザインにしよう。角度で見え方も違った感じになるし。花の色は本物とは違うけどそこはいいでしょ」

私はデザインを描き起こすと、実際に銀を削る作業に移る。

「力を解放してからの……発動！」

全力でデザイン通りに彫っていく。花びらに関してはいったん銀をくり抜き、それから薄目にカットして花の形の枠を作る。幸い魔石が平べったいものなので、これを後ろにセットすればくり抜いてある枠の中が魔石の色になるというわけだ。

「くり抜いたら裏蓋を作らないとね」

裏に魔石をセットするので、それが落ちないように追加で加工する。宝石の爪のようにしようかとも思ったけど、落ちても嫌なので爪と蓋の両方をつけることにした。

「よしよし、いい出来だ。一度、アラシェルちゃん用の小道具を作ったせいか結構手際良くできたと思うし。さてと、最後に魔法を込めてみますか」

おじさんに貰った紙を見ながらやってみる。

「なになに……『陣を描いてその上に載せて魔法を込める』か。陣はこれかな？　次は『魔法はイメージして込めれば付く場合がほとんどで、後は個人差がある』かぁ。魔道具って大変なんだな」

陣を描いた紙に出来上がった髪飾りを載せる。そして目を閉じてイメージする。

「アラシェル様、エレンちゃんを守る加護をお願いします」

イメージするのは風の防護膜のようなもの、人を傷つけるのではなくて身を守るためのもの……。

私がそうやってイメージを込めると、髪飾りが薄い光に包まれる。

「成功……したのかな？」

どうなんだろう？　初めてのことだし自信ないなぁ。確かめられればいいんだけど……。

「そうだ！　ホルンさんに視てもらおう！　そうと決まればパッと着替えて。ああそうだ、力も抑えなきゃ」

私は急いで着替えと片付けをして宿を出る。もういい時間だし、まだいるといいなぁ。

「ホルンさんいますか～」

ギルドに飛び込む勢いで入った私はホルンさんを捜す。

「あら、こんな時間にどうしたの？」

「ちょっと鑑定で視てもらいたいものがあって……」

「鑑定ね……。依頼のものじゃないから銀貨一枚かかっちゃうけどいい？」

依頼以外だとそんなにするんだ。でも、鑑定のスキルを持ってない人は道具を調べるのに魔道具を買わなければならないと思えば当然だよね。

「だ、大丈夫です。はぁはぁ」

「と、とりあえず落ち着いて。そうね、今日はもう人も来ないと思うから奥へ行きましょうか」

そのままホルンさんに連れられて二階へと向かう。部屋ではジュールさんが書類とにらめっこしていた。

「お、アスカにホルンか。どうしたんだ？」

「鑑定をしてほしいってことだったので、お茶ついでに」

「そうか、そこにあるから飲んでいいぞ」

ジュールさんの了解を得て、ホルンさんがコップにお茶を入れて持ってきてくれる。

「はい、どうぞ。落ち着いたら見せてもらえるかしら？」

落ち着いてと言われたけど、私は早く視てほしかったのですぐに飲み干してお願いする。

「こ、これなんですけど魔道具なのかどうかを知りたくて……」

「あらかわいい髪飾りね。ちょっと見せてね。……なるほど裏に魔石で手前にデザインなのね。珍しいわね。じゃあ、スキルを使うわよ」

物品鑑定使用
藤の髪飾り：制作者アスカ。女神アラシェルの加護を持つ、運＋5。エレン装着時に風魔法による危険防護機能あり。緑の石はグリーンスライムの魔石で、風の魔力を秘めている。繰り返して使用が可能。

「ど、どうですか？　ちゃんとついてます？」

「ちゃんと魔道具になっているみたいね。だけど、聞いたことのない女神の名前ね。どこかの地域神かしら？　それに個人向けの専用魔道具なんて珍しいわねって、制作者アスカちゃんなの⁉」

「ほっ、良かった～。実はそうなんですよ。頑張って作ってみました！」

私はきちんと魔道具になったという喜びで、満面の笑みを浮かべて答える。

「一見普通の髪飾りだけど、エレンという人にしか効果のない機能もついているわ。危なくなったら身を守ってくれるわよ。ただ、一度使うと魔力の再充填が必要ね。それでどこで覚えてきたの？」

「あっ！　ええと……さ、細工屋のおじさんにやり方を教えてもらってですね……」

「はぁ～、魔道具を作れる人は少ないのだからあまり広めないようにしなさい。それと魔力を大量に使うから、くれぐれも依頼の近い日にはしないようにね」

「は、はひ」

心配してくれているのだろうけど、じっと見つめられてつい頭が下がってしまう。

「ん、分かればよろしい。それと、たまには依頼も受けに来てね。カウンターも暇なのよ」

「はい！　明後日にはジャネットさんと一緒に来ます」

「あら？　彼女と知り合いだったのね。面倒見はいいから色々と教えてもらいなさい」

「そのつもりです」

私はホルンさんにお礼を言ってギルドを出る。エレンちゃんに早く見せたいところだけど、おじさんにも見せる約束をしてるし渡すのは明日かな？　エレンちゃん喜んでくれるといいなぁ。


私が去った後のギルドの一室にて。

「ギルドマスター聞いていましたよね？　ライギルさんからの陳情もありましたし、商人ギルドにうっかり手を出されないようにしましょう」

「そうだな。何か話しそうになったら構わずこっちに連れてくるといい。どうせお前のところに並ぶ奴は少ないから何も言わんだろう」

「そうします」


「ただいま〜」

「あれ、おねえちゃんこんな時間にどこ行ってたの？」

「ん、ちょっと見てもらいたいものがあってギルドにね～」

「そうなんだ。今日はもう何にもしないの？」

「うん、ごはんもいつも通りの時間かな？」

「分かった、用意しとくね」

「それじゃあ部屋にいるから、何かあったら呼んでね」

「は～い」

部屋に戻ると髪飾りを机に置く。

「こういうのを使わない時にしまうものもいるよね」

前回の細工で残った木片を加工して小箱を作る。こういう時は形取りだけして細かいところは手作業だ。とはいってもちょっと削るだけなのですぐに終わる。

「後は最近買い物した時に貰った荷物入れの革袋を切り取って下に敷いて……これでいいかな？」

小箱にクッション代わりの革を敷いて藤の髪飾りを入れる。

早くエレンちゃんの喜ぶ顔が見たいなぁ～。明日細工屋のおじさんのところで見てもらったらすぐに帰って渡そう。

そう決心して夕飯を食べた後はぐっすり眠るのだった。


「おはようございま～す」

「あら、おはようアスカちゃん。昨日から機嫌いいわね」

「はい、ちょっといいことがありまして」

「そうなの。はい、朝ごはん」

「いただきま～す」

「あ、おねえちゃんおはよ～」

「おはようエレンちゃん。今日も頑張ろうね」

「う、うん」

朝食を終えた私は早速、各部屋を回って今日もシーツ回収。

「そして、いつもの通りにシーツも洗ってと……そういえばもう十枚ぐらいなら簡単に洗えるようになったなぁ。最初から比べると大きな進歩だ」

ちょっとずつだけど私も冒険者に近づいているってことなのかな？

そんなことを考えているとエレンちゃんが第二陣のシーツを持ってきてくれる。こっちは魔法でささっと終わらせる。

「エレンちゃん、今日は出かけたりする？」

「ううん。店番してると思うけどどうして？」

「そっか。じゃあ、私はお昼終わったらいったん出かけるから」

「う、うん」

不思議な顔をしているエレンちゃんとテーブルを拭く。

そろそろ昼の部の開店時間だ。今日も天気はいいし、また忙しくなりそう。

「あ～、今日も働いた～」

「だよね～」

ただいま私たち二人は机に突っ伏している。お昼の回転率はやはり高い。もう少し人がいてもいいと思うのだけど、これが雨の日になると半分以下になるから難しいのかな？　私みたいに内職持ちの冒険者なら手伝いがなくなってもやることはあるけど、そんな冒険者は滅多にいない。

孤児院の人を雇うことも考えたそうだけど、教育のこともある。受付業務でも、十分な教育が受けられない平民では勘定が大変なのだそうだ。

そして、そういったことを教えながら営業する余裕が今の宿にはない。いつかエレンちゃんも自由に休める日が来るといいね。

「ほら、お行儀悪いわよ。はい、お昼ごはんよ。今日は二人とも元気が出るようにAセットね」

「ありがとうございます」

「お母さんありがと～」

疲れた仕事の後に美味しい料理を出されたらついつい食べすぎてしまう。本当にこの宿を紹介してもらえて良かった。

「さて、ちょっと出かけてくるね」

「行ってらっしゃ～い」

私は食事を終えると、着替えて昨日作った髪飾りを小箱ごと大事に袋に入れて、再びおじさんの細工屋へ。今回の出来は自分でも自信があるから大丈夫だろう。


「こんにちは～」

「ああ、ゆっくり……ってお前か。昨日のやつに何か問題があったか？」

「いえ。これを見てもらいたくて」

　私は持ってきた小箱を開けて髪飾りを見せる。

「前のもそうだったが、こいつはまた……」

「どうです？　結構いい出来だと自分では思うんですけど……」

「あ、ああ。見たことのない花だが細工は丁寧だ。正直、初めて金属加工したとは思えん。それに、魔石を丸々下に置いているんだな。確かに小さい魔石だったがこんな使い方は珍しいな。宝石なら贅沢すぎて使えんからな」

「言われてみればそうかも。宝石なんてこんな風に使うとしたらかなりの大きさのものが必要ですね」

「そうだ。魔石ならではだな。まあ、デザインといい発想といい、なかなか筋がいい。うちの店にこういう洒落っ気があるのは少ないから、今度こういうのも頼んでいいか？」

「ちょっと時間かかってもいいならまた持ってきますね。そうそう、これちゃんと魔道具なんですよ。ホルンさんに鑑定してもらったから確かです」

　ホルンさんからはあんまり言わないようにって注意されたけど、魔法陣のセットまでつけてくれたし、今後お世話になるならここは言わないとね。

「本当か？　ちょっと視るぞ」

そう言うとおじさんは片メガネを取り出して、髪飾りを視る。ひょっとしてあれが鑑定を行える魔道具かな？

「ふむ、あんまりこういうのは置かないから詳しくは視られんが、何かの加護と風の魔法がかかっているみたいだな。このサイズで魔道具だなんて見どころがあるな」

「本当ですか？　頑張ったら食べていけたりします？」

「まあできるだろうが……珍しいものだからなぁ。とりあえずはお前がもっと常識を身に付けないとだめだな。これだって店売りの値段は分からんだろう？」

「確かにそうですね。適当な値付けって良くないですしね……」

「魔道具全体に関わってくるからなぁ。まあ、しばらくは俺が見てやるか」

「ありがとうございます。それじゃあまた！」

「あっ待て。……ほら銀だ。先に渡しておくからな。期限は特に気にしなくていいからこんな感じで細工物を作ってくれ。持ってきた時に銀の代金と商品の代金の差額を渡すからな」

「はい。でもいいんですか？　先に貰っても」

「ああ、作ろうとしたけど材料がなかったなんてことになって、せっかくのやる気がなくなると困るからな。こういうもんは絶対に持っていた方がいい」

「分かりました。日は空きますけど、また持ってきます」

「ああ」

おじさんと別れて私は宿に戻る。

ちなみに渡された銀は縦横高さともに二十センチぐらい。結構大きいし重い……。明らかに作るものとサイズの差があるんだけど、これで何を作ればいいのかな？


「ただいま～」

「あっ、おねえちゃんおかえり。もう用事はいいの？」

「うん。エレンちゃん今って時間ある？」

「いいよ～。お客さんも来てないしね」

確かに食堂を見回しても人はいなかった。説明するのをあんまり見られない方がいいと思うからちょうど良かったかな？

「実はね……じゃ～ん！」

私は袋から髪飾りの入った小箱を取り出す。

「おねえちゃんこれ何？」

「まずは開けてみて！」

「う、うん」

何だか不審物を見るような目だったけど気にせず開封を促す。

「ふえっ！　これって……」

「この前約束したエレンちゃん用の髪飾り。頑張って昨日のうちに作ったんだ」

「嬉しい……。それで昨日の夜から変なテンションだったんだ」

「変だった？」

「うん、朝も一体どうしたんだろうってお母さんたちも心配してたよ。これ、すっごくきれいだね。ありがとうおねえちゃん！」

カウンターのところで一緒に髪飾りを見ていたエレンちゃんがぎゅ～っと抱き着いてきた。

「お前ら何やってるんだ？」

「お父さん！　おねえちゃんがね、髪飾り作ってくれたの！」

嬉しそうにエレンちゃんがライギルさんに髪飾りを見せに行く。

「ほう、見事な細工物だな。アスカ悪いな」

「いいえ、私が作りたかっただけですから。さあ、エレンちゃん。着けてあげるからこっち来て」

「は～い」

髪飾りをエレンちゃんの髪に着ける。栗色の髪に銀と緑の輝きの髪飾りが映える。今はまだ背も小さいからちょっと大きく感じるけれど、年頃になったらさぞ似合うだろうな。

「はい、できたよ」

「ありがとう～。お母さんにも見せてくるね」

「あっ、エレンちゃん。お守りみたいなものだから、外に出る時とかは着けといてね」

「は～い」

もう少しちゃんと説明したかったけど、はしゃいでしまってそれどころではないようだ。

「すまんな。俺じゃあ、ああいうのは見つけてやれんし、ミーシャもなかなか外に行けないしな」

「気にしないでください。エレンちゃんには言いそびれましたけど、一応あれには守りの魔法がかかってるので、できたら外出の時とかに持たせるようにお願いします」

「いいのか？　魔道具は高いんだろう？」

「実は細工屋のおじさんに作り方を教えてもらったので、材料があれば作れるんです。それに、今回の分はおじさんからただで貰ったので」

「そうか。ちゃんとエレンには落ち着いたら説明しとくよ」

「お願いします。それと、魔道具なのは他の人には秘密で。それじゃ、私は夕飯まで休んでます」

「ああ、またエレンに呼びに行かせるよ」

私は魔道具の説明をライギルさんに頼んで部屋に戻る。

「やった～！　エレンちゃんに喜んでもらえた～」

部屋に戻ると私は喜びを爆発させる。いい出来だとは思っていたけど、実際に目の前で喜んでくれる姿を見ると改めて感慨深いなぁ。

エレンちゃんに無事プレゼントを渡せた私は、頭を切り替えて別のことを考える。

「いよいよ明日はジャネットさんとレストランの店長さんとのパーティーで依頼を受ける日だ。しっかり準備しとかないと」

バッグの中身を確認する。まずはせっかく買ったドライフルーツだ。これを忘れたらダメダメだ。

後は前に買った煙玉や小ポーションをまとめてと。こっちは少しだけ小さい袋に入れて、いつでも使えるようにしないと。

「最後に忘れないよう机に弓と矢筒を立てかけて完了！　明日も無事過ごせますように……」

私は不安と期待の板挟みになりながら、アラシェル様の像に祈り眠った。

10　残身は大事、でも短めに

今日も朝から小鳥のさえずりで起こされる。この小鳥たちも魔物らしいけど、人に害は与えない益鳥で、害虫を食べてくれたり、水の魔法で井戸や湖を満たしてくれたりする。しかも運良く懐くと軒先に住んでくれるらしい。

名前はバーナン鳥って言って、この国の教会で信仰されているシェルレーネ教のシンボルにもなっている。かわいいし、いつか近くに来てくれないかな？

「ふわぁ～」

昨日は祈ってから眠ったせいか、いい目覚めだ。

「さてと、今日はちょっと早めに行かないといけないからすぐに用意して行こう」

私は着替えると、簡単に髪をセットしてから昨日まとめた小袋を腰に下げ、食料などを入れたバッグを背負う。それから、杖を持って弓を肩にかける。矢筒は反対の肩に。

「よし！　これで準備完了」

もう一度、ぐるりと部屋を見回す。うんうん、忘れ物はないな。

「おはようございます。ミーシャさん」

「おはようアスカちゃん。あら、今日が依頼の日だったのね」

「おねえちゃんおはよ～。気合入ってるね！」

「うん、何てったって初めて他の人と一緒に依頼受けるからね」

「そうなんだ。でも、ちょっと変わった格好だね」

「そ、そう？　どこか変かな？」

「しいて言うなら弓かな。杖と弓持ってる人なんて見たことないよ。はい、朝ごはん」

う～ん、自分でも違和感あるなぁと思ったけどやっぱりか。まあ、今日は教えてもらう約束もあるし仕方ないよね。弓も使うようになったら服装も考えた方がいいのかなぁ？

「まあ、そう言うんじゃねえよ。何なら依頼受けた回数も少ないんだからな。まだ俺はギルドでアスカと出会ったことがないし」

そう言ってバルドーさんが私たちの会話に交ざってくる。でも、そのフォローが辛い。

「バルドーさんまで……。確かにあんまり行けてないですけど、今日は弓も教えてもらうんです」

「すまんすまん。だが、それならいい機会だぞ。他の冒険者のやり方を学べば、やる気が出るだろう」

「そういうものなんですか？」

待ち合わせの時間もあるので、ちょっとお行儀が悪いけど食べながら返事をする。

「大体の奴はそうさ。最初からパーティー組まない方が珍しいからなあ。俺も昔はゴブリン程度に幼馴染の奴と二人がかりだったからな」

「へぇ～、やっぱり誰でも最初はそうなんですね」

「おう！　だから今日はしっかり教えてもらえ」

「そうします。エレンちゃん、これ片付けお願い。それじゃあ、行ってきま～す！」

「「行ってらっしゃい」」

バルドーさんからは手で、ミーシャさんとエレンちゃんからは言葉で見送ってもらう。

ギルドへと向かう私は町の人に横目でちらちらと見られながら歩いていく。何か変なところがあるのかな？

「ホルンさん、おはようございま～す」

「アスカちゃんいらっしゃい。依頼を受けに来たの？」

「はい。でも今日はパーティーで行くので待たせてもらってもいいですか？」

「ええ、じゃあその奥のテーブルに座っていて」

ホルンさんが指さした先には四人掛けの丸テーブルがある。他の人もソファなどで同じように待ってるみたいだし、一人で占領して悪いと思いながら私も座る。すると隣の人が話しかけてきた。

「ん～、お前、宿の店員じゃないのか？」

話しかけられたと思ったら何度か宿で見かけたことのある人だ。お昼にたまに来てた人かな？

「あっはい。一応、本業は冒険者です」

「そうか。板についた店員だと思ってたんだが……」

私は苦笑いを返すことしかできなかった。それは言わないでほしいなぁ。

「にしても、何だその弓？　杖持ってんのに使うのか？」

「知り合いの人に教えてもらおうと思って持ってきたんです」

「そうかそうか、初心者は熱心だな。だが、あれもこれもと手を出しすぎて中途半端になるなよ。パーティーで一番困るのはできますって言って、ちょっと使える程度だった時だ。そんぐらいなら俺にもできるって揉めたりするからな」

「気を付けます」

ジャネットさんも前に言ってたけど、この手の話はどこにでもあるんだなぁ。

「……おいおい、あんまり人の待ち人にちょっかいを出すなよ」

そんな会話の中、上から声がすると思ったらジャネットさんだった。

「ジャネットさん。おはようございます」

「何だ、ジャネットの知り合いだったのか。んじゃ俺はここで……」

親切な男の人とは手を振って別れた。きっとこれから依頼に向かうのだろう。

「待たせたみたいだな」

「いいえ、ちょっと前に来たばかりです」

「あいつはまだか……先に依頼を見てくるよ」

ジャネットさんはそう言うと、そこそこ人が並んでいるところに向かう。そのまま遠目から依頼を見て二枚ほどつかんできた。

「すごいですね。あんなところから」

「朝の依頼はあんなもんさ。依頼票はつかんだもん勝ちだからね」

「済まない、遅くなって……」

ジャネットさんがテーブルに着くと同時に店長さんがやってきた。

「遅いぞ、フィアル」

「すみません。今日の分の仕込みをしていたら起きるのが遅くなりました」

「店長さんってやっぱり大変なんですね……」

私が苦労してるんだろうなぁとつぶやくと、すかさずジャネットさんに否定される。

「アスカ、甘やかしちゃだめだよ。料理人は別にいて、自分でやるのはこいつの勝手だからな」

「その通りです。もう少し早く来ようと思っていたんですが」

「まぁまぁ、依頼も無事ジャネットさんが取れたんですし」

「今日はまだいいか、フィアルとアスカも顔見知りだしな。でもアスカも気を付けろよ？　臨時パーティーとかだとちょっとしたことで難癖付けて報酬にまで口出す奴もいるからな」

「ええ～!?　そんな人もいるんですか？」

ちょっと遅れたぐらいで報酬までいちいち言われるのは嫌だなぁ。遅れないようにしないと。

「まあ、無茶して戦う奴に限ってだな、装備のメンテナンス代がかかって金欠になるのが多いんだよ。自分の腕が悪いのを誤魔化してな」

あたしは違うよと笑顔で続けるジャネットさん。

「それで、ジャネットは何の依頼を取ってきたんです？」

「そうそう、とりあえずはゴブリンの討伐とオークの討伐だね。どっちも東門側の依頼だ。数も五匹ずつだしすぐ終わるからね」

「討伐依頼ってどうこなすんでしょうか？　すぐってジャネットさん言われましたけど？」

「そうだな。ここでこうしてても時間の無駄だし、行きながら教えてやるよ」

「それでは依頼の受注とパーティー申請ですね。せっかくだからアスカさんがやりますか？」

「いいんですか？　……でもちょっと緊張するかも」

「受付もいつも通りだから大丈夫だよ。いつもどこで受けてるんだ？」

「ホルンさんのところです」

「……なら、そこに行こう」

私たちは席を立って受付に向かう。朝はさすがに人数が多いのか、ホルンさんのところも二人ほど前に並んでいたけど、すぐに順番が来た。

「アスカちゃん。今日はどの依頼を受けるの？」

「これが今日の依頼です。あと、パーティーを組みたいんですけど……」

「パーティーは臨時？　それとも通常通りしばらく組むのかしら？」

「えっと……」

ちらっとジャネットさんの方を見る。

「ホルンさん、悪いけど通常で頼む。すぐに解散するかもしれないけど仕組みを理解してもらうのに必要なんだ」

「そういうことね。じゃあ、パーティー名をお願いね。アスカちゃん」

「ええっ!?　急に言われても……何がいいかな？」

こういう時、漫画だとかっこいいのがすぐに出てくるんだろうけど、そんなの浮かばないよ～。

「どうしたアスカ？　何にも出てこないのかい？」

「はい……。全く考えてなかったです」

「じゃあ、フロートなんてどうだい？」

「……フロート。いい名前ですね。どういった意味なんですか？」

「浮遊とか言った意味さ。あたしらは上へ上がらないといけないし、アスカはふわふわしてるだろ？」

「……む～。納得いかないですけどいい名前だと思います」

思うところがないわけではないけど、他に案もないので承諾する。どうせ臨時だしね。

「それじゃあ、パーティー名はフロートね。リーダーはジャネットさんかしら？」

「いいや。せっかくだし、ここはアスカがリーダーで頼むよ。何事も経験だしね」

「それじゃあ、リーダーはアスカちゃんね。登録するから皆さんカードをお願いします」

私たちはそれぞれ持っていたカードを渡す。

ホルンさんが三枚のカードを順番に機械に入れて操作していく。

「はい、完了しました。カードの表の下にパーティー名が表示されてるから、ちゃんと確認しておいてね。パーティーランクはDランクだから。それとこのカードも渡しておくわね。これはパーティーカードといって、パーティーで依頼を受けた時はこっちを渡してね」

「分かりました。ところでパーティーランクって何ですか?」

何だか聞きなれない言葉だ。冒険者冊子にも載ってたけど、冒険者のランクとは別だっけ?

「所属冒険者の平均ランクよ。このランク以上の依頼は一つ上までしか受けられないわ。他にもパーティーで依頼を完了させたらポイントが付くから覚えておいてね。場合によってはギルド優待や、受けたい依頼のあっせんも受けられるから」

「はい、覚えておきます」

「じゃあ、依頼票の確認と……ゴブリンとオーク討伐ね。ジャネット、あなたがいるから心配はしてないけど注意して」

「ああ、大体の場所は書いてあったからな。心配ないよ」

「それと後ろの人は確か……」

「フィアルです。ホルンさんお久しぶりです。ジャネットとパーティーを組んでいた時以来ですね」

「そう、あなたもいるならますます安心ね。二人ともアスカちゃんをよろしくね」

依頼を受けた私たちは依頼票に書いてあった目標地点に向けて東門へと歩いていく。

「アスカさんはいつもあんな感じで依頼を受けているんですか?」

「はい、ホルンさんのところはスムーズですし、薬草もきちんと鑑定してもらえるので」

「だけどその分、傷があったら鑑定で叩かれちまうだろ?」

「それは自分の採り方が悪いだけだし、ランクの低いのが集まるとどこがマイナスポイントなのか分かりやすくていいですよ。他の人が鑑定するところを見たことありますけど、基準が一定じゃないんです」

「なるほど。確かに食材も対応した店員によって、微妙なのが交ざりますからね。うちは仕入れ値も高いので、優良なものが交ざる分にはありがたいですが」

「そんなもんかね」

話していると東門に着いた。東側は店があるところまでしか来たことがないので初めてだ。

「ご苦労さん」

「ん？　ジャネットか。見ない顔の奴らも連れてるな？」

「ああ、なじみの奴と久しぶりに組もうと思ってね」

「そうか、横のはお前の子ども……じゃないよな」

「し、失礼な……私そんなに子どもじゃないのに！」

「全くだよ！　そんなこと言われるとはね。子ども作る暇があったらランク上げでもするよ」

「いやあ、悪い悪い。通って良し！」

ジャネットさんとは顔なじみらしい門番さんが通してくれる。失礼な人だ。そんなに小さくはないと思う。せめて妹だろう。

「あいつは冗談が趣味でね」

「いくら何でもそこまで小さくないですよ。それはそうと、すぐに討伐に向かいます？」

「いえ、アスカさんは弓の練習もしたいでしょう？　この先で練習してから向かいましょう」

フィアルさんに言われるまま街道を進んでいき、十分ほど歩いたところで脇道に入る。脇道といってもうっそうと草が生い茂っているとかではなく、割と整地された広場みたいな感じだ。そこには、何本かの木が生えていた。

「ここでいいでしょう。アスカさん、荷物は置いて身に着けるのは弓と矢筒だけでいいですよ」

言われるがまま私は大きい方の袋を下に置く。小さい方は邪魔にもならないし、このままにしておこう。

「それでは今から簡単ですが弓の講習を行います」

こうしてフィアルさんによる弓の訓練が始まった。

「まずは弓の構え方からですが、構えてみてもらえますか？」

「分かりました。まずは肩幅くらいに足を開いて、次は矢をつがえて弓を掲げて引っ張る動作まで……」

私は前世で見ていた小夜子ちゃんが射をしている時の記憶を頼りに、見様見真似の構えをする。

「ふむ、あまり見たことのない動きですが、最終的な構えは悪くないですね。後はこの肘の部分を上に、それと弓ももう少し上向きでしょう」

「上向きですか？」

結構いい構えだと思ったんだけどな。私はそう思いながらもフィアルさんの言う通りにしてみる。

「恐らくですが、アスカさんが前に使っていた弓は大きかったのでは？　大きい弓は矢もまっすぐ

飛びますし、飛距離も長いです。しかし、この弓だとそこまでまっすぐには飛びませんから、やや上向きに構えるのです。こんな感じですね」

フィアルさんが私の弓で手本を見せてくれた。滑らかな動作で弓を持ってからすぐに構えている。

「思った通りいい弓ですね。引く力も小さい割にぶれませんし、癖がないから長く使えます」

「やっぱり弓も良し悪しってあるんですか？」

「やはりありますね。冒険者として未熟なうちは扱うのが安価な粗悪品になりますから、矢もまっすぐ飛びにくく軌道の修正が必要です。逆に慣れた頃に良い弓に買い替えると、粗悪品の弓に合わせた感覚で射るので今度は当たらなくなります。軌道の修正が不要になりますからね」

「じゃあ、弓使いって買い替えが大変じゃないですか？」

せっかく培った感覚を今度は捨てないといけないなんて大変そうだ。

「そうですね。だから、一番いいのは最初に良い弓を買うことです。多くの低ランク冒険者は諦めて安い弓を買うか、短剣等の安い武器を使いつつお金を貯めますが」

みんな苦労してるんだなぁ。そう考えると私は良い弓がただで手に入ってラッキーだったかも？

「では、今のを踏まえてもう一回構えてみてください」

「はい！」

言われた通りにもう一度弓を持ってみる。それから足を開いて……。

「やはり構えはいいですよ。後は最後の構えにすぐ移れるようにしないといけませんね」

「すぐにですか？」

「戦場になれば弓はすぐ撃てないといけません。気を引くためでも、とどめを刺すためでもです。毎回きちんと構える余裕もありません。ただ、すぐ撃つといっても自分が命中を重視するのか、連射を重視するのかは考えないと後々困りますよ。それで戦い方が変わりますから」

「なるほど……」

私の場合だったら力がないし、連続して撃ったらすぐにでも腕が上がらなくなりそうだなぁ。素早く構えて一回一回正確に撃つ。これかな？

「じゃあ、正確に撃つ方で！」

「では、急がなくてもいいですが、さっきの構えを素早く行えるように練習ですね」

私はフィアルさんに言われた通り、構えを素早くできるように練習する。弓を引くところまで行くと力を使うのでそこだけは引く振りだ。

「フィアル！　説明終わったかい？」

「とりあえずさわりは。こちらも練習しますか？」

「そうだね。腕がなまってないかも心配だからねぇ」

奥で何を始めるのかと思いきや、ジャネットさんとフィアルさんが直線上に距離を取る。そしてフィアルさんが弓を構えたと思ったら、ジャネットさんに向かって矢を放った。

「えっ!?」

放たれた矢はジャネットさんの少し横の木に刺さる。

「フィアルさん何を！」

「ああ、アスカには言ってなかったっけ？　こうやって、ゴブリンや他の奴らに襲われた時の練習をしてるんだよ。へたくそな奴だと周りに当たって迷惑かかっちまうからたまにだけどな」

「そうだったんだ……」

私が胸をなでおろしていると、フィアルさんも続いて説明してくれる。

「すみません驚かせてしまって。私たちの間では習慣的にやっていましたので」

「他のパーティーの方もしてるんですか？」

「仲の悪いとことか利害でつるんでるとこでこれやったら即、解散だね。あんまり見たことないな」

「そうですね。ああ、アスカさんは練習を続けてください」

「あ、はい……」

私は一人で構えの練習をしながら二人の方をちらりと見る。当たったら痛そうだなと思う反面、信頼し合ってるんだとも感じた。

やっぱり、二人とも前のパーティーをすごく気に入ってたんだろうなぁ。

そんなことを考えながら、私は次第に弓を構えることにのめりこんでいった。

弓を構え続けてふと気が付くと、フィアルさんとジャネットさんは木陰で休んでいた。

「ああ、ようやく気づいたね。集中力高いんだねぇアスカは。もう小一時間は経ったよ」

「ですが、見どころがありますよ。普通は構えの練習だけで集中力が持つのは二十分ぐらいですから……」

「前からのめりこむ癖があって。この前も細工してたらすっごく時間が経ってたんです」

　私は褒められ慣れていないので失敗談も加えて話す。でも、フィアルさんは細工という言葉が気になったようだ。

「細工ができるのはいいですね。ギルドに素材を売らなくても自分で矢を作れるようになれば、時間は取られますが安く済みますからね」

「フィアルさんも自分で作るんですか？」

「ええ、気に入った矢じりの大きさもありますし、色んな大きさのものを作って場合によって使い分けるのにいいですから。本当は魔力付与もできたらなお良かったのですが。魔力矢はさらに高いですし……」

「へぇ～作った後に付与するんですか？」

「魔石を埋め込んで作るそうですよ。見本に一本あげましょう」

　そう言ってフィアルさんがくれたのは緑色をした矢だった。

「これってひょっとしてグリーンスライムの魔石ですか？」

「そうです。よく知っていましたね。あの魔石を加工して矢にするのです。まあ、質の悪いものばかりですし、私は風属性を持ちませんから、最初に込められている以上の威力になりませんが」

「なら、私にもできるかも！　フィアルさん、私は前にこの魔石で髪飾りを作ったんです」

「それは素晴らしいですね。……ですが内緒にしておいた方がいいですよ」

「あっ……」

また、情報を漏らしてしまった。このうかつさ、隠蔽のスキルがあって本当に良かった。

「矢の作り方は知らないでしょうから、材料がそろって暇な時があれば作り方を教えますよ。都合が付かない時は武器屋のゲインさんに言えば、教えてもらえます」

「本当ですか？　でも、私はお返しとかできませんけど……」

「私はお店に客として来ていただければそれで結構です」

確かにあのお店で食べたらそれなりに儲けが出るよね。フィアルさんもしっかりしてるなぁ。

「んじゃ、休憩も終わりってことで、実際に矢を撃ってみるか？」

「そうですね」

ジャネットさんの提案に不安になりながらもうなずく。

「それではまずは好きなところに下がって弓を構えてください」

私は目の前の木から十メートルほど離れる。すると、フィアルさんが木に茶色い皮をセットした。

「では、これ目がけて矢を撃ってください。この距離だとやや上向きですね」

「はい！」

私は矢を抜き取り、弓につがえて引っ張る。そして的の皮を狙って……ヒュン。

「うう～」

矢は木を外れ奥へと飛んでいった。どうやら角度が付きすぎたみたいだ。

「アスカさん。外れたこと以外にどう外れたかを覚えておいてください。高さも大事です」

「は、はい！」

続けて二射三射と撃っていく。結局は十射のうち的に当たったのは三射のみだった。

「全然当たりません……」

「最初ですから仕方がありません。それより撃つごとに腕の動きがバラバラになっています。それを直してください」

「はい！」

フィアルさんにそう言われ、今度は腕の動きに注意する。ちょっと窮屈だけど慣れるまでと思って我慢だ。

「いけっ！」

今度は五射のうち二射が当たった。それに他の矢も木をかすめるぐらいには近づいてきていて、狙いも安定してきているようだ。

「その調子です。次からは当たった時の感触を思い出すようにやってください」

「分かりました」

もう一度、十射を射る。すると半分の五射が的の皮に当たり、残りもすべて木に当たった。

「その調子です。もう少し練習すればコツがつかめますよ」

「そうなんですか。でも……」

「どうしたんだいアスカ？」

「……ごめんなさい。ちょっと腕が」

「何だ、もう限界かい。アスカ、あんた一体どれぐらい腕力が低いんだい？」

「何なら見ます？」

色々と教えてもらっているし、これから行く討伐のために実力を知っていてもらいたいというのもあるので勧めてみる。

「臨時のパーティーでそこまでは……」

「フィアルは気にならないのかい。じゃあ、あたしだけでも……」

「いえ、弓をやるための適正値というのもありますしね」

そういえば、ギルドを出る時にホルンさんからステータスも更新したって言われてたな。いつでも見られるから意識してなかったけど。

私は裏のステータスとスキル画面を開いて二人に見せる。

名前：アスカ
年齢：13歳
職業：Eランク冒険者／なし
HP：68／68
MP：260／260
腕力：15
体力：26

速さ：28
器用さ：70
魔力：90
運：50
スキル：魔力操作、火魔法LV2、風魔法LV3、薬学LV2、細工LV1、魔道具使用LV1

「おおっ！　アスカすげえな。魔力操作持ちか！　滅多にないんだよこれ。それにしても魔力方面に偏ってんなぁ。もうちょっと腕力と体力をつけな」

「へへっ」

これでも腕力は初期値の三倍なんですけどね。そんなこと言ったら呆れられるだろうけど。

「確かに魔法関連に偏っていますが、器用さも高いですよ。レンジャー志望でも駆け出しはせいぜい50がいいところです」

「それじゃああたしらのも見せてやるよ」

そう言ってジャネットさんとフィアルさんもカードを裏返しにして見せてくれる。

名前：ジャネット
年齢：19歳
職業：Cランク冒険者／剣士
HP：425／425
MP：30／30
腕力：178
体力：126
速さ：182
器用さ：130
魔力：15
運：30
スキル：剣術LV4、投擲《とうてき》LV2、調理LV1、格闘術LV3、解体LV1

名前：フィアル
年齢：21歳
職業：Cランク冒険者／弓使い
HP：381／381

ＭＰ：１８６／１８６
腕力：１３５
体力：１４９
速さ：２００
器用さ：２０６
魔力：６４
運：２８
スキル：弓術ＬＶ４、投擲ＬＶ３、調理ＬＶ３、索敵ＬＶ２、短剣ＬＶ２、水魔法ＬＶ２、
解体ＬＶ２

「うわ～、やっぱり二人とも強いですね」

二つもランクが離れるとここまで違うんだな。というか私の腕力ってジャネットさんの十分の一以下なんだけど……。

「おや、フィアル。あんた解体のＬＶはあたしと一緒の１じゃなかったっけ？」

「それが、料理中に魔物の肉の解体をしていたら上がりましてね。調理スキルも上がりましたよ。ジャネットこそ苦手だった投擲のＬＶが上がっているじゃないですか」

「いつまでも当てられないようじゃ、受けられる依頼の範疇《はんちゅう》も狭まるってもんでね」

何かこうやって久しぶり合った仲間が、お互いの成長を感じてるシーンっていいなぁ。

「でも、思ったよりアスカが強くてびっくりしたね」

「ええ、まさか風魔法もＬＶ３とは。Ｄランク冒険者にもそれほどいませんよ」

「あはは、普段から生活で使ってるんで……」

そういえば洗濯する時に風を使って手で水流を作るのと同じ動きができてたけど、弓でもできたりするのかな？

ふと気になったので弓をもう一度持って、手に風の魔法をまとわせる。矢を持って引く時に手ではなくて風の魔法で引く感じで……。

「おおっ！　簡単に引ける！」

しかも腕もぶれない。これが理想の構えかも。よしっ！　今度こそ小夜子ちゃんみたいに弓を引いて的に当ててみせる。私はそう意気込んで射に臨む。横に彼女の構えた姿が見えた気がした。

「それじゃあ、的を狙って……えいっ！」

放たれた矢は少しだけ風魔法の影響を受け一直線に進んでいく。そのため、残念ながら的よりわずか上に刺さった。

「残念、外れちゃった……。ごめんね小夜子ちゃん。せっかく力を貸してくれたのに、私はもっと練習しなくちゃいけないみたい」

「アスカあんた今……」

「えっ？」

的の中心を外してがっかりしながら振り向くと、そこにはびっくりした顔のジャネットさんと何やら難しい顔をしているフィアルさんの顔があった。

「あははは……」

思いついて私は矢を放ったけど、ここは一人じゃないんだった。

「さっきのどうやったんだい？　弓はしばらく引けないと思ってたんだけど……」

「洗濯の応用で、力を込めて弓を引く代わりに風の魔法で引いて撃ったんです。ちょっと魔力が強くて勢いがつきすぎましたけど……」

「魔力が強すぎた？　それは興味深いですね。ひょっとしたら魔力矢の節約ができるかも……」

私の言葉に興味を覚えたフィアルさんが弓を構えると、手に魔力を込めて矢を放った。

「はぁっ！」

矢はそのまま木に刺さり、矢じりからは水が流れ落ちている。あれは水魔法を使ったからだろうか？

「おおっ！　これはすごいですよジャネット！　魔力矢とほぼ同じ効果を簡単に得られます。駆け出しはもちろん、私のように使える魔法が少ない人間にとってはかなり有用ですよ！」

「何だい、珍しく興奮しちゃって」

「確かジャネット。あなたも火の属性がありましたよね？　熱を剣に伝えることができれば、疑似魔法剣のようなことができるかもしれませんよ」

「そんな簡単に言うけど、あたしの魔力じゃたかが知れてるよ」

そう言いながらもジャネットさんも気になるようで、魔力を剣にまとわりつかせている。スキルに火魔法がなかったからほとんど使えなさそうだけど……。

「う～ん、試してみたけどヒートソードというにも温《ぬる》いね。まあ、保温ぐらいのコツはつかんだかもしれないけど」

「そうですか……それならアスカさんにかけてもらえばどうでしょう？」

「わ、私ですか？」

「たまにはいいこと言うねえフィアルも。アスカ、ほいっ」

ジャネットさんが剣を目の前に差し出す。さすがに風属性の魔道具を一つ作っただけで、そうそううまくはいかないと思うけど、一応できることはしておこう。

「……リベレーション」

二人に聞こえないようにつぶやき、私は炎のまとわりついた剣をイメージして魔法を発動させる。

「え～と、燃え盛る剣、燃え盛る剣……フレイムタン！」

そう叫ぶと勢い良く炎が剣にまとわりつき、緋色の刀身となった。

「ありゃ？　そのまま燃え続けるのかと思ってたけど、消えちまったね。この剣も一応白銀だからかかると思ったんだけど……」

「ご、ごめんなさい。色も変わっちゃったみたいで……」

その上、魔法を使っただけなのに何だか疲れた気がする。何ていうか魔力疲れのような……。

「大丈夫かいアスカ？　ちょっと休んでな」

「そうします……」

見かねたジャネットさんがそう言ってくれたので、私はジャネットさんのシートに座り込む。

「ジャネット、刀身の色が変わるなんて見たことがありません。試してみてはどうですか？」

「言われてみればそうだね。そこの木にでも試し切りしてみるか。はぁっ！」

勢いよく振り下ろしたジャネットさんの剣は木に大きな跡を付けた。さすがだなぁ。

「まあ、こんなもんか……ね？」

その時、急に切り口から炎が噴出し、瞬く間に木を燃やした。

「危ない、燃え広がる！　アクアスプラッシュ！」

フィアルさんの使った水魔法により火は消し止められたが、木は焼け焦げてしまっていた。

「今のはどう見てもアスカが付与したこれだよな……」

「まさか、一時的に魔法剣化したのですか？」

「だったら、すげえなアスカ！」

ジャネットさんが私に向かって笑顔を見せてくれる。でも、まだ実感が湧かないんだよね。

「わ、私ですか？」

「そうです。恐らく気分が悪いのも魔法剣化にＭＰを大量に消費したからでしょう。すこし早いですが、食事でも魔力は回復しますからお昼にしましょう」

「そうだね。いや～しかし、あたしが魔法剣とはね。駆け出しの頃は考えられなかったよ」

「ジャネットさんも駆け出しの頃は苦労したんですか？」

私は少し具合が良くなったので、隠蔽で能力を隠し、自分のシートを敷きながら聞いてみた。

「もちろんだよ。本格的に冒険者になったのは十六歳の頃だったね。頑張って貯めた金で装備を整えて始めたものの、採取で失敗。ゴブリン相手にも四苦八苦してた時に、フィアルたちと出会ってね。見分けがつかない薬草を教えてもらったこともあったけど、最初はケンカも多かったね」

「最初に大ゲンカしたのは報酬の取り分でしたね。前衛の方が身を危険に晒しているから報酬を多めにしようと言い出した時に、それなら依頼の受注から完了まで全工程を検証しようということになりまして。最終的には全員納得して均等になりましたけどね」

「そういうことって珍しくないんですか？」

「そりゃあね。ランク違いもいるパーティーだと特にね。高ランクにばっかり報酬が行くのは仕方ないとしても、回復役なんかは出番のあった時にしか報酬が出ない、なんてこともあり得るからね」

「そんなのどうやって暮らすんですか？」

ジャネットさんやフィアルさんは見た感じ軽装だし、あまり怪我をしないのではないだろうか？

「普段は日雇いさ。そんでお呼びがかかったらパーティーに同行する。嫌でもそこでポイントが貯まれば、そこそこのパーティーに就職できるからね」

「アスカさんはなぜと思うかもしれませんが、回復役というのはなかなか生活が大変なんですよ。最悪、ポーションがあれば戦えますから初心者パーティーでは後回しにされがちです」

「みんな大変なんですね～」

私が他人事のように話を聞いていると、笑顔でジャネットさんが言ってきた。

「その点、アスカは前途有望だよ。高い魔法ＬＶにレアスキルが盛りだくさん。それに細工や魔道具も作れるんだろ？　しかもお人よしときたら、将来金儲けの種として騙されること間違いなしだね！」

「私、騙されちゃいますか？」

「まあ、確率は高そうですね。戦闘で魔法を使わされ、帰れば細工や魔道具作りで内職。そのうち、パーティー分のポーションまで作らされて休む暇はないでしょうね」

「それは大丈夫です。ポーションの作り方は知りませんから！」

「残念ながら、ポーションの製造方法は商人ギルドで割と安く売ってるんだよ。それを知らずに『高いレシピを買ってきたんだからもっと作れ』と言われて必死に作ることになるだろうね」

「安いんですか？　レシピとかって高そうですけど……」

だって、人に教えちゃったら誰でも作れるようになるんだから、安くするメリットがない。

「冒険者にとっては必需品だし、商人にとってもあれば売れる商品だから、作ってくれるのはありがたいからね。粗悪品をよこされたら困るけど、腕のいい薬師はどの町にもいるわけじゃないから、そこそこのものが作れれば新人だって歓迎されるんだ」

「気になったなら商人ギルドのぞいてみるといいですよ。それよりアスカさん、今はお昼にしましょう」

そう言ってフィアルさんが取り出したのはあのパンだ。中には具が詰まっている。

「おおっ！　このパン持ってきてくれたのか、ありがたいねぇ。ちなみにあたしは何も持ってきてないよ。フィアルが持ってきてくれると思ったからな」

「ジャネットには期待していませんよ」

「あっ、私も持ってきたんです！」

バッグから私もすかさずドライフルーツを取り出す。

「おや、結構いいもんじゃないかそれ。いいのかい？」

「はい！　ちゃんと人数分ありますよ」

「んじゃ遠慮なく」

「やれやれ。ジャネット、あなたは先輩冒険者なのですが……」

「いいだろ別に。先輩にも色々なのがいるってことさ。まともなのばっかだと思うよりいいだろ？」

「いちいち正論なところが面倒ですね。あなたは」

二人の言い合いを楽しみつつ、私も食事を取る。やっぱりこのパン美味しいなぁ……。

「ん？　どうしたんだいアスカ」

「いえ、やっぱりこのパン美味しいなって。宿に泊まってる人たちもこちらのパンは美味しいって言ってましたし、もっと色んなとこで食べられたらなぁ……」

「ライギルさんの宿ですね。あの人の作る料理は美味しいですし、教えてあげたいのですが……」

「フィアル、何か問題があんのか？　あたしも食べられるようになるのは嬉しいんだけど」

「一つは店としての問題ですね。うちのパン目当てで来る人もいるので、そう簡単にはレシピを外に出せないです。売り上げに響きますしね。後は単純に設備の問題ですね。普通のものよりオーブンが大きくて場所を取りますから、あの宿では難しいかもしれません。うちはそれも考えてキッチンが作られてますから」

「売り上げと場所かぁ。お金についてはライセンス制にして、売り上げの一部を納める形で回収できるけど場所はね」

「ライセンス？　アスカさん、それは何ですか？」

「ライセンスっていうのは作り方を教えてもらう代わりに、その商品一個とか月の売り上げに対して、いくらかを教えてくれた人に支払うんです」

「なるほど。それならうちとしてもギルドを通さず儲けが出ますし、変に広まらないようにもできますね。それによく考えたら宿とうちでは材料に割ける予算が違いますから、味に関しても同じものにはならないでしょう。今度機会があったら話してみますよ」

「それなら明日にでも食事に行くはずなのでお願いします。私もあの宿に泊まっていつも美味しい料理を食べていたんですけど、パンだけはどうしても気になって……」

「確かにね。みんなパンはああいうものだって思ってるから何も言わないけど、あたしはこいつのパンを食べてから不満を覚えちまったからね」

「それにしてもアスカさんは色々知っていてすごいですよ。私たちが同じ年の頃はもっと無知でした。やはりどこかの貴族ですか？」

「何でみんなそう言うんですか？」

確かにアラシェル様に似たこの顔は目立つ。でも、他に貴族要素はないと思うんだけどなぁ。

「まあ、その見た目と世間知らずな感じがそう見えるんだろうね。嫌だったらあたしみたいになるか、もうちょっと目つきをキリッとさせるかだね」

「こうですか？」

「それじゃあ、困ってるようにしか見えないよ。こりゃしばらくは諦めな」

眉尻を上げる感じで頑張ってみるものの、ジャネットさんに笑われてしまう。

「アスカさん、パンのことは前向きに考えておきますよ。そろそろ依頼に移りますか？」

「そうだね。日が暮れる前には終わらせたいしねえ」

フィアルさんの一言で私たちは片付けを済ませると依頼にあった場所に向かう。目的地は町から一時間ほど歩いたところの森林地帯だ。ここも街道は整備されているらしいんだけど、少し前からゴブリンなどの魔物が数多く現れるようになったらしい。今は商人の護衛などが倒しているようだけど、それでも数がいるため依頼が出たみたいだ。

「今回の依頼は討伐だけじゃなく出没場所の調査があるから注意だね。ここで倒しましたって報告だけじゃなくて、どこからやってきてるかも調べないと減額だよ」

「ふ〜ん。討伐依頼も色々あるんですね」

「そうですよ。ちゃんと読んでおかないと大変です。討伐五匹以上という記載で、倒した数に応じて報酬が増減する依頼は特に注意が必要です。二十匹ぐらいまで格安の場合もありますから。ねえジャネット」

「あん時は悪かったって言ったじゃないか！」

「倒せば報酬が上がるなら問題ないんじゃないですか？」

疑問に思って尋ねると、ジャネットさんが苦い顔をする。

「……それがね。前に別の町に行った時にあんまり一か所にまとまって出てきてくれなくて、二十匹以上倒そうと思ったら数日かかるから、諦めて十匹で完了報告したんだよ。そしたら単価が相場の半額ぐらいだったんだ。結局、格安報酬で方々捜し回る体《てい》の良い見回り役だったたって話だよ。いくら報酬が良くなるって言ってもそれに数日かけたんじゃ意味ないからね。みんな同じように途中で諦めるんだ」

「なるほど。そんな依頼が出回ることがあるなら初めて行った町ではあんまり大きな依頼は受けない方がいいですね」

「そうそう、自分のランクよりちょっと簡単なのから受けた方がいいよ。経験者が言うんだから」

ふむふむと私は冒険者冊子の空きページに情報を書き込んでいく。こういうことは覚えてても困らないし、今後一緒に組む人にも知ってもらえたら後々役に立つだろう。

11　初めてのパーティーバトル

　目的地に着くともう一度依頼内容の確認だ。

「一応、確認しとくか。この辺はゴブリンの領域で目標は五匹討伐。だけど、できればもう少し倒しておきたいね。街道近くまで出てきてるのは数が増えているせいなのか、街道のちょっと手前で少数で活動をし始めたせいなのかとかもはっきりさせたいしね」

「ジャネットが言った内容で問題ないでしょう」

「それじゃあ、かかるかね。ひとまずその左側の森に入ってみよう」

　ジャネットさんとフィアルさんはすーっと当たり前のように入っていく。私は林で襲われたことがあるし、初めて森に入るというのもあるのでおっかなびっくりついていく。

「そんなビビらなくてもあたしたちがいるから大丈夫さ」

「そうですけど……」

　辺りを見回しながら歩いていく。森というだけあって入った瞬間、一気に薄暗くなる。木の配置もばらばらで、つまずかないようにしっかりと歩かなきゃ。

「あれ？　ムーン草かな……」

足元に生えている草を二、三本採ってみる。うん、間違いなくムーン草だ。しかも、瑞々しくて品質も良さそう。ちょっとした群生地みたいだから、あと三十本ぐらい採っても問題ないだろう。

「帰りに寄ろう」

私はとっさに風魔法で木に目印をつけて二人の後をついていく。

「どうしたんだい？　置いてくよ」

「待ってください、ジャネットさん」

さらに進むといよいよ濃い空気感に包まれる。薄い魔力の霧みたいなものだろうか？

「この辺りならいそうだね……。ちょいと様子を見よう」

ジャネットさんの言葉を受け、フィアルさんが手振りで木の陰に隠れるように促す。私はそれに従って木の陰に隠れた。ここでしばらく待ち構えるのだろう。

周囲を警戒していると隣の木の根元にキノコが見えた。遠目だとちょっと分からないけど、あれはマファルキノコかな？

「フィアルさん、フィアルさん。あれ採ってもいいですか？」

小声で私はフィアルさんに呼びかける。フィアルさんもキノコに気が付いたようだ。

「構いませんが、このマジックバッグに入れてください。後は十分周りに注意してくださいね」

「ありがとうございます」

フィアルさんからマジックバッグを貸してもらう。さすがに今日短時間練習しただけで実戦は早いということで、私の弓も今はそこに入れてもらっている。バッグを受け取るとさっそく隣の木に移ってキノコを採取し始めた。

「こういう時に短剣があると便利かも。後で買うか作るかしよう」

木の根元ということで数は控えめだが、それでも十二本採れた。私はVサインをフィアルさんに返すと、笑顔で応えてくれた。その時――。

広場の奥から音がした。野生動物かもしれないけど警戒を強める。しばらくして現れたのは目的のゴブリンだった。三匹で一つの集団となっていて、奥にももう一グループいるようだ。

「アスカさん、もう少し隠れて……」

確認しているうちに体が木の陰から少し出てしまっていたらしく、フィアルさんに注意される。後はフィアルさんに任せて私は体を引っこめる。

その間にフィアルさんとジャネットさんが話をしている。ジャネットさんの声は聞こえないけど、二グループいることで対応を考えているようだ。

「……確かに。ですが、手前に気を取られて奥の奴らがさらに仲間を呼んできたら厄介ですね」

「だけど……無理はできないよ」

ジャネットさんが私の方を見る。ひょっとして一気に片付けたいけど、私を心配してくれているのかもしれない。

「あ、あの……私が風の魔法で後ろのゴブリンを攻撃します」

「アスカさん、できますか?」

「全部倒すのは無理かもしれませんけど頑張ります」

フィアルさんがもう一度ジャネットさんと話をする。ジャネットさんも納得してくれたようでうなずくと、ゴブリンを指し示し作戦開始の合図をする。広場からややジャネットさん側に先行グループが歩き出したところで私は覚悟を決めて魔法を放つ。

(風の刃よ、ウィンドカッター！)

私が作り出した三本の風の刃は一気に木の合間を縫うようにして上昇する。

しかし、風が急激に流れたせいで私の周辺の木々が揺れ音がする。

《グギャ？》

音に気づいた先行グループが何事かとこっちに近づいてくる。

「ハッ！」

その隙に木から半身を出したフィアルさんがまずは弓持ちのゴブリンを射る。その矢は正確に眉間を貫き一匹を倒す。さらに横から飛び出したジャネットさんの剣が別の一匹の首をはねる。残るは一匹だ。その姿を見た後方のグループが下がろうとしたところへ、私の出した風の刃が襲い掛かる。

「いけぇ！」

ゴブリンたちが上空の音に反応し空を見上げると同時に、風の刃が一刀のもとに奴らを葬る。しかし勘のいいのが一匹いて、そいつだけは急所を外し腕を失いながらも生きているようだ。

「ジャネット、奥は任せてください！」

「はいよ！」

無傷のゴブリンの相手をジャネットさんが、傷ついたゴブリンをフィアルさんが逃がすまいと後を追う。

「食らいなっ！」

《ギャッ》

ジャネットさんは剣を交えることなくゴブリンを貫く。一方フィアルさんが追ったゴブリンは足も怪我をしていたらしく、すぐに追いつかれとどめを刺された。

「フィアル、久しぶりに組んだけどやっぱりやりやすいね」

「そうですね。それにアスカさんがいましたから。彼女の魔法はかなり精度が高い。通常なら直線的にしか撃てないウィンドカッターを、あんな風に使うのは簡単ではないですね」

「そうだね。逃がすと面倒だったし、やるねぇ」

「でも、お二人もすごいです！　無駄がなくて。私は後ろのグループへの最初の攻撃だけですし……」

私の魔法は二匹のゴブリンを倒したけど、仕掛けるタイミングが早かったため最後のとどめも刺していない。

「気にしなくてもいいよ。とどめに魔法を使われていたら巻き込まれかねないからね」

「そうですね。私たちはそこそこランクも高いので問題ありませんが、低ランクの前衛は興奮して周囲に気を配れませんからね。あれ以上の追撃は逆に危険です。さあ埋めてしまいましょう」

そう言われたので私も手伝いを申し入れる。

「アスカ、あんたはスコップもないのにどうする気だい？　まさか小さなシャベルでも持ってきたのかい？」

「違いますよ。この小さい穴を風の魔法で大きくするんです。いきますね。風よ……ウィンド！」

二人が掘り始めた穴に細く圧縮した風を入れて弾けさせ、一気に土を起こす。今日はいったん魔力を解放したとはいえ、すでに結構ＭＰを消耗しているから新たに考えた方法だ。これだと無駄にＭＰを使わないで済む。

「へぇ～、こんな楽な方法があるなんてね。オーガの後始末はアスカに頼みたいぐらいだね」

「そうですね。あいつらは食用になりませんし、体格も大きいから掘る穴にも苦労するんですよ」

「どうしても急ぐって時でも掘ってたんですか？」

「さすがに命の危険があれば別だけど、基本は埋めるね。血の臭いに惹かれてやってきた別のオーガに商人が襲われたり、一般人が死んだりしたら寝覚めも悪いし、最悪ギルドから目をつけられて依頼を回してもらえなくなるからね」

「でもジャネットさん、依頼って誰でも受けられるんじゃ……」

「依頼を完了させたら最後は受付に渡すだろ？　あれは成否だけじゃなくて、どこで何をしたかの監視も兼ねてるのさ。うまい依頼をろくでもない冒険者に受けさせないようにね」

「私も商人さんたちを危険にさらさないよう気を付けないと……」

「まぁ、片手間でこんな魔法の使い方を思い付いてるぐらいなら大丈夫だろ。それよりフィアル、この奥へ行ってみるかい？」

「そうですね。アスカさんの残りＭＰが心配ですが気にはなります。残りはどのくらいありますか？」

「ええと……」

「ああ、裏見たらちゃんと残りも見られるようになってるよ」

「ありがとうございます、ジャネットさん」

隠れて〝ステータス！〟を唱えるところだった。結構便利なんだなこのカード。ギルドで更新しないと能力も変わらないし、ＨＰやＭＰの残りも見れちゃうんだ。

さて残りの残量はと……

MP：180／260

「……はちじゅうです」

私はとっさに百の位を除いて言う。一度魔力を解放した時に回復したとはいえ、まだこんなに残ってたんだ。

「それぐらいあれば、大きな群れ以外なら大丈夫だね」

「隠れられるところも何か所か見つけていますし、進みましょう」

再び森を少しずつ進んでいく。フィアルさんたちの話によるとゴブリンたちは奥に行こうとしていたので、どこかに集落や他の魔物と共有している区画があるかもしれないとのことだ。

「さほど実力差のない魔物は水辺とかを一時的に共有することがあるんだよ。オークとゴブリンの目撃情報が集中しているから可能性はありそうだね」

「私、オークってまだ見たことないんですけど、やっぱり強いんですか？」

「ゴブリンより大柄で力が強い。だけど頭の方は悪いから力まかせに突進してくることがある。だから気を付けな。アスカなら吹っ飛ばされるよ」

「はっ、はい！」

「ジャネット、アスカさん。警戒は私に任せてください。水流よ……」

フィアルさんは器用に水を操って水流を作り、それに乗って木に登ると辺りを警戒してくれている。

「この先に水辺がありますね。気を付けて進みましょう」

少し進むとまた少し視界が開けて、奥には湖面が少し見えた。

「ここで一度待機してください。様子を見てきます……」

フィアルさんが単独で奥へと進んでいく。この先は木もないから私だとすぐに見つかってしまうだろう。そして、フィアルさんはすぐに戻ってきた。

「フィアル、どうだった？」

「やはり、共同で使っています。確認できたのがオーク七体、ゴブリン六匹。ただし、ゴブリンの方は小間使いのような扱いで、見た感じ仲は良くありませんね」

「じゃあ、さっきの見回りみたいなのもオークの指示なのかい？」

「恐らく。あいつらは頭が悪い上に、弱いものには威張り散らしますから」

「……」

「どうしたアスカ？」

「あの……私の矢を使ってもらえませんか？」

私はフィアルさんの話を聞いて、あの魔物の群れになら通じるかもしれない作戦を思いついた。

「何か考えがあるのですか？」

「はい、さっき倒した弓持ちのゴブリンの矢を使ってオークを攻撃すれば、もしかしたら同士討ちにできるかもしれません」

「それが一番かもね。数は多いけど連携できる器用な奴らじゃないし、試してみるか」

「では、私は矢を三本ほど貰っていってあちらから攻撃します」

「フィアル、一人で囲まれたら危険だから気を付けな」

「ジャネット、大丈夫ですよ。いざとなったら上に逃げます」

そう言ってフィアルさんは私たちから離れていく。

湖の方は特にざわついている様子はない……。

「いいかいアスカ。あたしたちはフィアルが攻撃しても何もしちゃいけない。もし、オークたちがゴブリンを攻撃せずにこっちに来たらあたしたちも引くんだ。数が多いと実力差があっても怪我をする。魔物と違って、あたしたちはきちんと帰らないといけないんだ。それを忘れるんじゃないよ」

「はい！」

ジャネットさんに軽く頭を撫でられ少し湖に近づく。私は杖を、ジャネットさんは剣を構えて潜む。

私たちが潜んでいる木の根元近くに石が落ちる。フィアルさんの合図だ……。

ヒュンと音がして一本の矢が湖の奥へと放たれ、まっすぐにオークの眉間を直撃した。何が起こったのかと驚く魔物たちの中で、一体のオークが矢の匂いを嗅いでいる。そのオークは人の匂いとゴブリンの臭いの両方を感じ取ったらしく周りを見回すものの、こちらの狙い通り自分たちしかいないと思ったようだ。

するとオークは弓を持ったゴブリンに詰め寄った。ゴブリンは必死に違うと言っているように見えるけど、ついにオークの一体がゴブリンに襲い掛かった。

それを見てジャネットさんが声をかけてくる。

「かかった。もう少し様子を見るよ」

ゴブリンたちはすぐにオークから身を引いて距離を取る。数は互角でも力では劣ると知っているのだろう。盾を持ったゴブリンが弓持ちをかばうようにして攻撃を始めた。しかし矢を受けても迫ってくるオークに隊列も崩れ、押しこまれる。

オークが一体倒れる間に、ゴブリンはすでに三匹が倒れている。

「これ以上倒されると依頼達成できないね、アスカ行くよ！」

「はい！」

私たちは潜んでいた木の裏から一気に湖へと踊り出る。

《ギャギャッ》

《ブルンッ》

二種類の魔物がようやく異変に気づいたようだ。

「遅いっ！」

フィアルさんが連続で矢を放ち、近い距離にいるゴブリン二匹を仕留める。

「アスカ！　できればオークは頭か足を狙いな！」

そう言いながらジャネットさんは最後のゴブリンにとどめを刺す。

「了解です。ウィンドカッター！」

三本の風の刃がジャネットさんの頭上を通過してオークへと向かう。ここは見晴らしがいいので、隙を突くため刃を奥へと飛ばしてからブーメランのように返して一番後ろのオークの足を落とす。

《ブギャ！》

後ろのオークの声を聞いて思わず前のオークが振り返る。

「戦闘中に後ろを見るとは暢気なもんだね！」

振り向いたオークの頭をジャネットさんが落とす。これでまともに戦えるオークは三体だ。

「前の二体は任せな！　二人は後ろの奴を頼んだよ」

前方に来ていた三体のオークのうち一体が倒れ、ジャネットさんは残り二体と剣を交えている。

「了解です。ウィンドカッター！」

私は後ろにいるもう一体のオークに風の魔法を放つ。

《ブギャアッ》

三つの刃のうち最初の刃は剣で叩き落とされたけど、次の刃でその腕を落とし、最後の刃が無防備になったオークの頭を落とす。

「よし！　残りは……」

前に意識を戻すとジャネットさんの振った剣がオークの首をはねるところだった。横なぎに振るわれた剣が一閃してオークの頭を落とすシーンは、美麗なイベントＣＧのように見えた。

「残るはお前さんだけかい」

《プギュ》

辺りを見回し、己以外は地に伏していることに気づいたのだろう。オークは逃げ出そうと背を向けた。

「甘いね……」

一気に詰め寄り最後のオークにもとどめを刺すジャネットさん。奥を見ると最初に私が足を切り落としたオークにもフィアルさんがとどめを刺している。

「よし！　これでゴブリンは十二匹中九匹、オークは七体中六体討伐だな。これにて依頼完了！」

どうやら同士討ちのものは討伐数に入らないらしい。とはいえ私の初めての討伐依頼は無事達成と相成ったのだった。

「え〜と、依頼はゴブリン五匹に、オーク五体だったな。こいつらはめぼしいものは持ってないし、持ち帰るとしたらオークの肉ぐらいだね」

「そうですね。肉は一体からでも量が取れるので高くは売れませんが、自分たちで消費してもいいですし、悪い相手ではありません」

「そうなんですね。メモメモっと。あっ、でもオークって大きいですし、どうしますか？」

「あたしのマジックバッグがあるから大丈夫だよ。まだ余裕はあるから五体ぐらいは入るはずさ」

聞けばギルドのものより一回り大きいものみたい。だとすると大体三メートル立方かな？

「それじゃあ、残りは解体の練習するかい、アスカ？」

解体の練習ってオークの？　う〜ん、さすがによく見るとでっぷりしてて、人とは全く違うとはいえ人型だし遠慮したいかな……。

「オークはちょっと……もう少し楽そうなのを」

「まあ人型は無理な奴も多いからねぇ。フィアルはどうする？　解体してから持ってくかい？」

「それでは鮮度も落ちるでしょうし、アスカさんにやり方を見せるために一体だけやりましょう」

そういうとフィアルさんは湖から一番近い木にオークをつるす。

「まずは血抜きからですね」

首は落としてあるものの、血抜きのために臓器のところなども開いていく。この光景は慣れないと結構きついかも。ちょっと吐きそうになっちゃった……。

「アスカ頑張りなよ。パーティーでも持ち運べる量には限りがあるから、こういう食料になるやつは必要なところだけ持ってくことも多いんだ」

「はい……」

そして、しばらくは待ち時間ということで不要なゴブリンの死骸を埋める。オークの血の部分もきれいにしようとしたらジャネットさんから待ったがかかる。

「ああ、オークのところは適当でいいよ。ゴブリンの血とかなら集まってくるんだけど、オークはそこまで弱くないから、血を残しておくことで弱い魔物が近寄らなくなるんだ。水辺なら勝手に流れていくし無理にやらなくていい」

ジャネットさんの話によると街道では必ずやらないといけないけど、こういう森の奥などではゴブリンのような下位の魔物を倒すと、狩場が空いたと思って同じ下位の魔物が寄ってくるが、オークなどの上位の魔物が死んだ跡を見れば、下位の魔物は死んだ魔物以上の奴が来たととらえるため近寄りにくくなるらしい。

「実は高価な魔物よけの原料の粉や液体は上位の魔物の血を素材にしていることも多いのさ。魔物の本能を利用してるんだ」

「なるほど！　じゃあ、強い魔物相手だと埋めない方がいいかもしれないってことですね。出遭う予定はないですけど……」

「まあそうだね。でも遭いたくないって言っても来る時は来るわけだから覚悟はしときなよ」

「二人ともそろそろ血抜きは終わりそうですよ」

フィアルさんからの合図で解体は次の工程に移る。臓器や他の部分も切り取っていくのだ。こうして不要な部分を切り取っていき、胴体部の大きな肉と腕、足、臓器に分かれた。

「普通はここでマジックバッグに入れるのですが、私の場合は水魔法が使えますからね」

そう言ってフィアルさんは得意げに水魔法で各部分を洗浄していく。

「フィアルがやっているみたいに洗えば、このまま干して非常食にもできる。逆に水場がない時は切り分けて持って帰っても、町じゃ汚れの始末が結構大変なんだよ。んじゃ、後はあたしのバッグにしまうだけだな。ほいっと」

重そうな肉の塊を次々と入れていくジャネットさん。う～ん、力強くて頼りになるなぁ。

「さてと、後は帰るだけだね。アスカは帰りの道分かるかい？」

「はい、大丈夫です。それとちょっと寄りたいところがあるんですけど……」

「アスカさん、何か気になるところでもありましたか？」

「来る途中にムーン草の群生地があったのでそれを採ろうかと」

「へぇ、あたしは全然気づかなかったけどねぇ」

「まあ、私たちは基本的に討伐依頼ばかりでしたから、気づきにくいのかもしれませんね。オークが主食の頃もあったぐらいですから」

「魔物が主食だなんてすごい！」

「すごいって言われてもねぇ。冒険者ならありふれてる獲物だし、そのうちアスカもそうなるよ」

私がオークたちを狩る姿なんてまだまだ思い浮かばない。でも、この世界に来て初めて宿に泊まった時に出たのもオークの肉だったし、美味しかったなぁ。

「アスカ、惚けてないでムーン草の群生地へ案内してくれ」

「はい！」

依頼も解体作業も終わった私たちはもう一度魔物の気配を探ったけど、いないみたいだったので来た道を戻る。ついでに近くの木の根元にあったマファルキノコを十本ほど採った。やっぱり森は自然の宝庫だ。

そうして私たちはムーン草の群生地に戻ってきた。

「ここです！」

「ここかい？　普通の草に見えるけどね……それにムーン草って光るんじゃないのかい？」

「暗いところじゃなくて時間帯で光るみたいなので、普通は夜にならないと分からないと思います」

「にしても一回通っただけなのによく場所まで覚えてたね」

「そこの木に目印を付けてたんです」

私は近くの木を指差す。そこには来る時に風魔法で急いで付けた跡が残っていた。

「へぇ～、さっきのキノコといいアスカは採取だけでもやっていけそうだね」

「まあ、魔物にも出遭っちゃうわけですけど……」

「そりゃ、冒険者なんだし森に入れば仕方ないね」

「じゃあ、採りますね」

私はムーン草を一つ一つ丁寧に採っていき、フィアルさんのバッグに入れさせてもらう。五十本近くあったけど、今後のためにも残しておきたいので、採るのは三十本にとどめておく。

「へぇ～そうやって採るんだね。適当に採ってたから採り方なんて考えたこともなかったよ」

「合ってるかは分からないですけど、根っこの近くを慎重に採るか、今貸してもらってるナイフで一気に切って、茎にダメージを与えないようにするかですね。ここのは品質も良さそうですし気合が入ります！」

「ここだけは私たちよりも冒険者ですね」

「まったくだねぇ」

二人に比べたらまだまだ未熟者だけど、自分のことが認められたみたいで嬉しい。

「……はい、これで十分です。帰りましょうか」

「そうだね。帰ったらすぐにエールで乾杯といきたいねぇ」

「私はまだちょっと……」

「ははっ、まだまだアスカも子どもだね。エールの一杯や二杯飲めないとね」

「そういうジャネットも昔はすぐに酔っていましたよ」

「そんな昔のことはいいんだよ」

街道に出た私はジャネットさんたちが冒険者生活を始めた頃の話を聞きながら、アルバへと戻っていった。

「おう、ジャネット！　依頼が終わるのが早いじゃないか？　諦めたのか？」

「そんなヘマするわけないだろ。もう終わったんだよ。大体、依頼にかかった時間は出ていってからの半分だよ。それまでは遊んでたんだから」

「相変わらず仕事が早いな。ああ、商人のトイが護衛を探してたぜ。今度話を聞いてみたらどうだ」

「人数に空きがあったらな。ほらよ」

ジャネットさんが門番さんに大銅貨を一枚渡してるけど何だろう？　私が気になっていると門を通してもらった後に、ジャネットさんが説明してくれた。

「ああやって門番は商人を通す時に得た情報をくれるんだよ。直接依頼を受ければ商人にとってもちょっとは安くなるし、うちらにとっても実入りはいい。ただし、ギルド依頼じゃなくなるからポイントはつかないけどね。そういう時は商人と話をして指名依頼にしてもらうこともできるよ」

「門番はその日の人の出入りに必ず関わっていますからね。その辺の商店一つよりよっぽど多くの情報を持っていますよ」

「じゃあ、さっきのは情報料ってことですか？」

「ああ、でもそんなに多く払うこともないよ。依頼を受けられそうな冒険者には話し回ってるだろうしね」

なるほど……。ジャネットさんからは大銅貨一枚。他の冒険者が五組もいれば大銅貨六枚にはなるんだ。確かにいい儲けかも。

「じゃあ、ギルドに行くよ！」

遅れないように二人の後をついていく。ジャネットさんもフィアルさんも背が高いからついていくにもちょっと早足だ。

でも、いい運動にもなるし我慢我慢。いつか私も弓の似合う女にならないとね。


「カウンター空いてるかい？」

ギルドに入るともう今は十六時過ぎ。この時間から混み始めるけど、受付はどうかなとジャネットさんの後ろからのぞき込む。どうやらどこも空いてないみたいだ。一番少ないのはやっぱりホルンさんのところだけど、それでも三組はいる。

「割と今日は多めだね」

「ああ、そういえば昨日は王都方面からの馬車が着く日だったからそれででしょうか。商人の仕入れを数日待つこともありますし、護衛の依頼を受けてきた冒険者が少し増えてるみたいですね」

「あんた、最近活動してない割には詳しいねぇ」

「最近はうちのパンの噂を聞いて店に来る冒険者もいますから。色々な人が来られるのがうちのいいところですしね」

「何にせよ並ばないといけないねぇ。アスカ頑張ってきな！」

「わ、私ですか？」

「リーダーなんだから当たり前だろ。報酬の受け渡しは基本リーダー経由なんだから」

そうなんだ。それじゃあ、他の人は並べないから仕方ないな。

私は列に並びながら待ってる人たちを見てみたけど、多くの人は体つきがいい。ステータスは分からないけど、百八十センチはあるジャネットさんの体格だって彼らと見比べるとそんなに大柄にも見えないし、みんな強そうだ。

「やっぱり、もうちょっと鍛えなきゃだめかぁ」

「ん、アスカか？　今日の首尾はどうだった？」

私がつぶやくと横に来た人に話しかけられた。

「バルドーさん！　ばっちりですよ。初めてのパーティーで緊張しましたけど」

「そうかそうか。ちなみに誰と組んだんだ？」

「ジャネットさんとフィアルさんです」

「ジャネットは分かるが、フィアルなんてこの町にいたかな？」

「普段はレストランの店長さんなんです。ジャネットさんの昔の仲間で、弓の使い方も教えてもらいました」

「なるほどな。その調子で頑張ったらアスカもすぐにCランクまで来れるかもな」

「そんなすぐには無理ですよ～。それに色々なところに行くために稼ぎたいだけなので、ランクとかも気にしませんし」

「そうだったのか。だが、Cランクぐらいあると便利だぞ。ちょっと危険な地方とかでも問題なく入れるしな」

「それならそこには行かないようにするから大丈夫です。安全安心の旅がしたいので！」

確かに世界中を旅したいけど私のモットーは〝危険なことはお断り〟なのだ。

「それじゃ、まるで旅行者だな。まあ、頑張れよ」

バルドーさんも受付に並ぶ。だけど、同じ列じゃなくて二つ隣だ。みんな行きつけのところがあるんだろうか？

バルドーさんと別れてしばらく自分の列で待つ。やっぱり、他の人たちも依頼をこなしているから買取にも時間がかかるようだ。中には受付の人と何やら熱心にやり取りをしている人までいる。買取価格でもめてるのかなぁ？　そういう意味でもこの受付はいいと思う。ホルンさんの鑑定できっちり分けられるからいつでも適正価格だし、すぐに仕分けしてくれるしね。

「次の方～、あらアスカちゃん」

「はい、ホルンさん依頼票です」

私は朝に受付した依頼票を二枚とも渡す。

「それじゃあ、パーティーカードも貸してもらえる？」

「どうぞ」

カードを渡すとホルンさんは依頼票に続いてカードを機械に通す。

「ふむふむ。ゴブリン九匹に、オークが六体と。確かに依頼票の条件はクリアね。あと、どこにいたか分かるかしら？」

ホルンさんが地図を出してくれたけど、私は町の東側に出たことがなかったので正確な位置が分からなかった。仕方がないのでジャネットさんに来て～と合図をする。

「どうしたんだいアスカ？」

「あの……東側は初めて行ったので場所がよく分からなくて……」

「ああ、悪かったね。ホルンさんこの辺りだよ。ここにゴブリンが六匹、それとオーク七体とゴブリン六匹がここね」

ジャネットさんが森の中ほどを指さしてから、その奥の湖を指さした。あの湖はこの辺りなんだ……。

「情報通りってわけね。でも、討伐数と合わないけど逃がしたの？」

「違う違う。アスカの名案で数が多かったオークとゴブリンを同士討ちさせたのさ。なんでちょっと討伐数が少なくなってる」

「へぇ～、まともに討伐したことないのにアスカちゃんやるじゃない！」

「えへへ」

褒められて嬉しくなりついにやけてしまう。

「それに、かなり優秀だよ。Eランクでも上の方だと思う」

「ジャネットさんが言うなら間違いなしね。ところで、討伐報告以外はない？　オークなら肉とか」

「ああ、ちゃんと入ってる。後で解体師のところに持ってくよ。他にもあるんだよ。な、アスカ？」

「はい！　まずはキノコです。多分、マファルキノコだと思うんですけど……」

「へぇ～、あそこにねぇ。じゃあ、ここに入れていってくれる？」

フィアルさんのマジックバッグからキノコを取り出して、ホルンさんが用意してくれたかごに入れる。

「確かにマファルキノコで間違いないわね。相変わらず交ざりものなしで助かるわ。特に品質の悪いものもないし、合計で二十二本だから大銅貨四枚と銅貨四枚ね。他には何かない？」

「後はムーン草です。多分今回のはいい品質だと思います」

「そう、じゃあ早速ここに入れてみて」

私は再びマジックバッグからムーン草を取り出す。下手に触れて傷がつかないように気を付けないと。

「ムーン草は全部で三十本です」

「じゃあちょっと待ってね。これは鑑定していかないといけないから」

ホルンさんが一本一本並べて鑑定してくれる。

「こ……れは。ライラ！」

ホルンさんが奥にいた誰かを呼ぶ。

「どうしました先輩？」

「実はこの子にこの前の解体の結果を教えたいんだけど、詳細を言ってると列になっちゃうから奥に引っ込むわ」

「そうなんですか？　分かりました。後は任せてください！」

「アスカちゃん。前の解体の結果、まだ伝えてなかったわよね。二階に来てもらえる？」

「あっ、いいですけど。ジャネットさんたちもですか？」

「そうしてもらっていいわよ。いえ、その方がいいわね」

私たちはホルンさんに連れられて二階へと向かう。ホルンさん、私、ジャネットさん、フィアルさんの順なので何だか保護されてる感じだ。

「マスター。ちょっと場所借りますよ」

「またか、今度はジャネットともう一人連れてきたのか？」

「今日はパーティーを組んだみたいで。ほら三人とも座って座って」

「で、ホルンさんわざわざ何でこっちに？　どうせあそこじゃ混まないだろ？」

「ジャネット、失礼なことを言わないで。そこそこ……割と来ています！」

「それよりもわざわざ解体の報酬の説明なんて嘘でしょう。本題をどうぞ」

二人の会話にフィアルさんが割って入る。さすが店長さんだ。

「そ、そうね。さっき見せてもらったムーン草だけど、二つだけちょっと他より大きいのがあったでしょう？」

「あ、はい。何となくですけど……」

「私の鑑定結果ではこの二本はSランクよ。他にもAランクが十一本でBランクが十七本。Cランク以下がないこともそうだけど、これをあの場所で伝えたら薬師がこぞって向かって奪い合うわ」

「んん！　Sランクが出たのか？」

ホルンさんの言葉を聞いてジュールさんも手を止め、会話に参加してきた。

「ジュールさんどうかしたんですか？」

「アスカ。Sランクは各ギルドで月に一、二本あればいい方なんだぞ。特にムーン草のSランクはベル草と並んで高価だ。品質のいい万能薬の材料にもなるから、薬師だけじゃなく貴族にも人気があるんだよ」

ジュールさんがSランクの薬草について説明してくれた。どうやら、本当に貴重らしい。

「貴族に人気って……」

ムーン草の効能は麻痺や毒の治療だから、薬を盛られるとかそっち系の対策かぁ。この世界でもそういうのがあるんだね。

「でも貴族なら毒とか麻痺って魔法で治せないんですか？」

「もちろん、魔法でも治せる。ただし、どんな毒かを理解していないまま下手に治療を施すと、症状の進行を早める場合もある。だからこそ万能薬の方が主流なんだ。もちろん、状態異常を仕掛けてくる魔物対策として冒険者にも人気だがな」

ジュールさんの説明に身震いする。魔法って便利だと思ってたけど、そんなリスクもあるんだ……。治すつもりが進行させたなんて大惨事だよ。

「そういうわけで、商人ギルドからも入手したらすぐに売ってほしいって言われてるの。ただ、アスカちゃんは採取専門の冒険者じゃないし、冒険者ランクも低いからあそこで話をしちゃうと目立っちゃうでしょ？　だからこっちに連れてきたのよ」

「ホルンさん助かるよ。三十本あってCランクなしなんて、あたしらのパーティーじゃ一度もなかったからね」

「そうですね。採り方も工夫しているとは思いましたが、半分近くがAランクだなんて手伝わなくて良かったですよ」

「フィアルの言う通りだね。あたしたちの採ったやつだけCランクってのも情けないしね」

「それじゃあ、鑑定に戻るけどSランク二本とAランク十一本、Bランク十七本で金貨三枚、銀貨二枚、大銅貨七枚ね」

「うえっ!?」

　提示された金額に思わず変な声が出てしまった。

「えげつないね。これじゃあ、討伐依頼の報酬なんてかすんじまうね」

「採り方もだけど、その群生地も良かったのでしょうね。誰にも言っちゃだめよ、アスカちゃん！」

「は、はひ……」

「それじゃあ、すぐにこれを商人ギルドに持っていきたいところだけど……マスター！」

「ああ、明日の朝一で俺が責任持って届けに行く。出所を聞かれると面倒だからな」

「面倒ですか？」

「囲い込みもそうだし、定期的に持ってこいなんて命令された最悪の例もあってな。商人ギルドの奴ならともかく、冒険者ギルドでそういうのは個人の自由だからな。あっちは儲ける、こっちは自由が売りなんだよ」

「助かります。あんまり戦いとか得意じゃないので採取地に一人では行きたくなくて……」

「そうよ。アスカちゃんみたいな人もいるからなおさらあまり表に出せないの。それじゃあ今回の依頼だけど、討伐報酬が二つで銀貨二枚と大銅貨三枚。キノコが大銅貨四枚と銅貨四枚。ムーン草が金貨三枚と銀貨二枚と大銅貨七枚で合計は……金貨三枚、銀貨五枚、大銅貨四枚に銅貨四枚ね」

「ほぼ、ムーン草だな……」

「そうですね」

「それじゃあ、報酬はどうすればいいかしら。パーティー用の口座を作る？」

「次がいつか分かりませんし、各自でいいですか？」

まだ私はEランクだから、ジャネットさんたちと一緒に活動することもそうそうないと思うし。

「そうだねぇ。今回はパーティーがどんなもんかの体験みたいな感じだしね。

「あっ、でもそうしたら報酬どうしましょう？　三分割？」

「そんなわけないだろ。報酬はほとんどがアスカの薬草なんだから。大体、あたしらはボランティアみたいなもんで今日の分を貰う気もないよ」

「でも……」

「アスカちゃん。あなたがあと一、二年冒険者として活動して、新人の初依頼に同行する時『報酬は半々で』なんて言わないでしょ？　ちゃんと相手の立場になって考えなきゃだめよ」

……確かに。自分がジャネットさんの立場だったら言いたくないなぁ。

「それにアスカ。あんまり仲間に美味しい思いをさせちゃダメなんだよ。こいつといると儲かる、一緒にいると俺も強い、なんて思う奴ほど身の程知らずになって突撃しちまう。そんな奴でも会えなくなるとかわいそうだろ？」

「じゃあ、討伐依頼分だけは分けましょう。そこはちゃんと分けたいです」

ジャネットさんの言いたいことは分かった。だからこそ、私が全部貰っちゃだめだよね。

「アスカさんがそれで納得できるなら分けましょう。パーティーで割った時の報酬がどうなるかも、実際に体験した方がいいですから」

「……フィアルがそう言うなら」

まだちょっとジャネットさんは不満げだったけど、納得してくれたみたいだ。

「じゃあ分け方だけど、今回の場合だとアスカちゃんが大銅貨八枚。誘い主のジャネットさんも八枚。ついてきたっていうフィアルさんが七枚かしらね。後で解体場に持っていくオークの肉に関しては、マジックバッグのないアスカちゃんが二割。他の二人が四割ずつかしらね」

受付らしくパーティーの報酬配分にも詳しいのか、ホルンさんが提案してくれた。

「ホルンさんので問題ないね。フィアルも解体はしたけど一体だけだし、これも結構するからねぇ」

マジックバッグを軽く叩くジャネットさん。

「私も早く欲しいです」

「一番安いものでもあるとずいぶん違いますよ。アスカさんの弓矢も不要な時は入れておけます」

それはとても魅力的だ。杖を手に持ちながら弓を背負って歩いていても注目されることはなくなるだろう。

「だけど、その金を貯めるのも大変だよ。オークの肉も一体当たり銀貨一枚程度だし、六体いても銀貨六枚。そうなるとアスカに割りふられるのは討伐報酬が大銅貨六枚前後、素材の取り分が二割で銀貨一枚とちょっと。足しても銀貨二枚いかないね。一日で見ると結構いい感じだけど、一日の生活費が大銅貨五枚ぐらいかかるだろ？　それだと四日分になるかどうかなんだよ？」

「つまり週に最低でも二回は今回ぐらいの依頼を受けないといけないんですね」

「後はジャネットの言ったことに付け加えると、アイテムを借りた場合は各パーティーが共有している共同費から差し引きます。E、Dランクで四人パーティーの場合、頑張って一日に一人銀貨一枚いくかどうかですね」

「そう考えると冒険者稼業ってやっぱり難しいんですね」

私はEランクだから一日銀貨一枚ぐらいかぁ。それだと二日に一度は依頼を受けないとだめだ。冒険者生活って思っていたより大変かも？

「今の話だけどオークの肉があってこれだからね。ゴブリンだと素材がないからもっと大変だよ。今日のゴブリン討伐も九匹倒して報酬は銀貨一枚に満たないくらいさ。基本的に討伐依頼は依頼報酬が安くて、そこから取れる素材がメインの報酬になるからね」

さらにジャネットさんから追い打ちのような情報がもたらされた。これから大丈夫かな……。

「素材で思い出したけれど、この前の解体費の名目で呼んだのよね。アスカちゃん、報酬は差し引き銀貨一枚と大銅貨五枚よ。ウルフ種の肉は安いけれど、毛皮はなかなか良かったって言っていたわ」

「あっ、ホルンさんその話は……」

「道理で今日も肝が据わってると思ったよ。ウルフをねぇ」

「あの時は不意打ちを受けたので、今日みたいに待ち伏せするやり方が分かって良かったです」

「そうですね。相手の出方が分かればそういう危険も少なくなるでしょう」

これで何とかごまかせたかな？　あの時の状況説明をしたくないから隠してたのに。

「そろそろ個人のカードに報酬を入れていきましょうか」

このホルンさんの言葉をもって初パーティー報酬は各自のカードに入れられた。

ちなみにオーク肉の収入は後日また集まった時とのこと。

代わりにといっては変だけど、私はフィアルさんが解体した肉をいくらか貰った。宿のみんなにお土産ができて嬉しいな。

「そんじゃあ、またなアスカ！」

「アスカさん、また店に来てくださいい」

「はい！　ジャネットさんもフィアルさんもまた会いましょう！」

番外編　ジャネットとフィアル

あたしが冒険者になってからもうずいぶん経つ。

初めの頃はゴブリンやオークなんて低級の魔物と戦うだけで怪我をしていた。その度にみんなにポーションだってただじゃないと怒られていたっけ。リーダー——アッシュだって人のこと言えないじゃないかってケンカもよくしたもんだ。

「もう、結構経つけどあれ以来ろくにパーティーも組んじゃいないねぇ」

もう忘れるべきなんだ。あの時、デルンとアッシュの判断は間違ってたし、それを止めきれなかったのが運のツキだった。他のパーティーからもちょこちょこ誘いは来る。腰を落ち着けないことにはランクも上がらないし、それじゃあアッシュにも申し訳が立たない。

『俺たちはきっとAランクになれる』。それがあいつの口癖だった。そして、あの頃のあたしたちは馬鹿だなぁと思いながらも、届かない夢ではないと思っていた。

「今から考えりゃ、難しい目標だね」

今日、アスカと一緒にパーティーを組んだ。フィアルの奴とは久しぶりだったが、すぐに呼吸は合わせられる。なんせ、ずっと一緒に依頼を受けてたんだから。久し振りだからって連携が取れないのは冒険者の恥だからね。

だけど、アスカと一緒に戦って自分たちの見識の狭さを思い知った。

「臨時とはいえ結構色々なパーティーと組んでたんだけどな……」

次の固定パーティーを見つけたかったたし、あたしぐらい速くて剣に長けたCランクの冒険者があまりいないから誘いが多かったというのも大きい。

そうやって組んだ魔法使いたちもそこそこ強かった。戦況を見て後方からの援護や防護魔法を展開するなど本当に頭を使う仕事だと、見ていてそう思った。

それでも風魔法であんな使い方をする奴はいなかった。死骸を埋めるのに風魔法で掘るなんて聞いたこともない。

「あれが魔力操作っていうレアスキルか。あんなのがEランクなんて詐欺だよ全く……」

「おや、こんなところでどうしました？」

「フィアル!?　お前こそ店はどうしたんだよ。こんなしけた酒場に……」

「今日のことが気になってしまって。そういう時はいつも酒場で話し合っていましたからね」

「なあ、あいつをどう思った？」

「ランクの話ですか？」

「両方だ」

「ギルドからすれば前途有望でしょうね。下手に商売っ気もなく、他の新人をいびることもなさそうです」

「戦いの方は？」

「……正直分かりませんね。あれだけ偏ったステータスの人間も周りにはいないですし、アスカさんは経験はありませんが発想力はある。まあ、一つ気になるのはあなたの剣にかけた魔法ですね」

「あれな、まだ刀身の色が戻らないんだよ。自分の武器なのに勝手が分からなくてちょっと困ってるんだ」

「変ですね。一時的な付与でしたらすぐに元に戻るはずです。明日また調べた方がいいですよ」

「やれやれ、変なのを拾っちまったよ」

そう言ってあたしはグラスの中身を飲み干す。

「でも、今日は少し懐かしかったです。見つからないように緊張感を持って敵の隙を突く。以前はもっと当たり前だったのですが」

「あたしはずっとだからね。よく分からない感覚だよ。だけど、手の内を見せて戦うって感覚は確かに久し振りだ。何て言うのかね、パーティーとして戦ったって実感したね」

「あれからも組んでいるのでは？」

「所詮は臨時だよ。『使えるのは？』『剣！』。大抵はそんなもんだ。その剣がどういうものかなんて詮索はなし。ただ依頼の内容を確認して終われば金を分けて解散。あれがパーティーというならまあそうなんだろうね」

いつの間にか酒場のマスターが注いでくれた酒を飲みながら、あたしはつぶやく。

「ジャネットはまだ冒険者を続けるのですか？」

「逆にあんたは戻らないのかい？　今日はずいぶんやる気だったじゃないか？」

「それは勘弁してくださいよ。店を空けるのも大変ですし、今日も肉を持ち帰ったら店の者が『休みの度に仕入れられます？』ですよ。とてもじゃないですが片手間では無理ですね。本当に今回は気になっただけですよ」

「そうかい。あたしはね、未だに心のどっかで信じてるんだ。アッシュの口癖をね。たとえもう、決まったパーティーを組まないとしても、あたし一人のランクだけでもきっとAランクに到達できるって。そうしたらあいつの墓に行って言ってやるんだ。あんたはほら吹きじゃないってね」

「でも、あのパーティーの解散以来、そんなに伸びていないんでしょう？」

「痛いところを突くね。まあ、でも何とか行ける気がするよ。アスカみたいに普通とは違う奴がいて、そいつですら毎日頑張ってるんだ。あたしなんかが止まってる暇はないってね。だからといって適当なパーティーに入る気もないから当分は一人だけどね」

　そう言ってフィアルに笑顔で返してやる。

「誰か組もうと思っている相手がいるのですか？」

「それはそん時の楽しみに取っておいてくれ。そっちの方が元冒険者としては楽しいだろう？」

「引退したから教えてもらうっていうのはダメですかね？」

「そりゃ卑怯ってもんさ。あんただって商売のうまいところだけを教えないだろう？」

「そう言われると返す言葉がありませんね。では、その時を楽しみにしておきましょう」

「あっ、でも期待すんなよ。断られることだってあるんだからな！」

そう言ってあたしは店を後にする。

アスカは誘ってパーティーに入るような奴じゃない。アスカが必要としている時に誘われるようにしないとな。

「それにはもっと強くならなきゃな。よ～し、気合入れるぞ！」


「やれやれ、この町で落ち着くかと思えば逆に元気になるとは……マスター、会計をお願いします」

残されたフィアルはマスターから金額を提示される。

「マスター、私は酒が一杯ですよ。これは高すぎでは？」

マスターは静かに横の席を指さす。そこには適度に飲み食いされた空の皿が置かれていた。ジャネットの注文したものだろう。確かに彼女は料金の支払いをしていなかった。

「あんただって飲食店の店長だろう。辛さは分かるよな？」

「ぐっ。ジャネット、相変わらず汚いですね」

こうしてある夜は更けていった。

12　充実した暮らしのために

大きく手を振ってギルドの前で二人と別れた私は、このオーク肉の塊を早く宿に持って帰るべく気持ち駆け足で帰路に就く。

宿に着くと何やら張り紙がしてあった。

「なになに……明日は臨時の休業日です。泊まり・食事の方は別の宿へ」

そこには違う宿の場所が描かれている。食堂もあるみたいだ。

「そっか、明日がフィアルさんのお店に行く日だっけ。結局休みにしたんだねライギルさん」

張り紙をもう一度見て私は宿に入った。

「ただいま〜」

「おかえりアスカちゃん。どうだった？」

「ミーシャさんこれお土産です」

私が得意顔でミーシャさんにお土産のオーク肉を渡していると、奥からライギルさんもやってきた。

「アスカ大丈夫だったか？　おっ、いい肉だな」

「中身はオークの肉ね。血抜きもきれいにしてあるわ。誰か知らないけど手際が良いのね」

「フィアルさんっていう、明日みんなが行く店の店長さんがしてくれたんです。お土産にって」

そうだ。フィアルさんと言えば、ライギルさんに今日の話をしなくちゃ！

「ライギルさん、明日行く店のパンの話ですけど、作り方を教えるの前向きに考えますって！　私、勝ち取ってきましたよ！」

「本当か!?　でかしたぞアスカ！」

「明日お店へ行ったらお土産の件と一緒にお礼を言っといてもらえますか？」

「分かった。必ず言っておく。それなら明日はちょっと遅めに行くか。料理屋だから混雑してる時に行っても悪いしな」

さすがはライギルさんだ。そういうところはしっかりしてる。

「あっ、おねえちゃんおかえり～。心配してたんだよ！」

「ただいまエレンちゃん。後でライギルさんにお肉焼いてもらおうね」

「お肉！　どこどこ」

「これよ。エレンったら恥ずかしい」

「うわ～、脂も乗ってるいいとこだね。久しぶりだ～」

エレンちゃんも大喜びだし、今回の討伐依頼は大成功だろう。でも、あんまり戦いたくないし、討伐依頼はしばらくいいかな。

それから自分の部屋に戻って荷物を整理する。減ったものは矢が少しか。魔法矢のことも聞けたし、おじさんの店で風の魔石を買って、矢作りもいいかも。

「おねえちゃ～ん、ごはんだよ」

荷物を整理しているとエレンちゃんが夕食を知らせてくれた。今日はオーク肉のステーキだから呼びに来てくれたんだね。片付けを止めて食堂に下りる。

席に座って周りを見ると、他の人のお皿にも少しずつ載っているようだ。宿泊初日のオーク肉へのお返しだね！

「おねえちゃん。はいどうぞ」

「ありがとうエレンちゃん」

初めて自分で獲った獲物の味はと……。ん～美味しい～。

「柔らかい……舌でとろけていく」

「そうでしょ？　あの部分は柔らかくてオーク肉でも高いところなんだよ。さあ私も食べよう」

エレンちゃんも自分の分を持ってきて一緒のテーブルで食べる。一口食べただけでとても満足そうだ。

「いや～、こいつを食べられるなんて今日はいい日だ。エレン、こいつは誰の土産だ？」

「アスカおねえちゃんだよ」

「何だって！　アスカちゃん本当に冒険者だったのか……」

「失礼ですよ、おじさん。まあ、今日はジャネットさんたちと三人でパーティー組みましたから」

「そういっても、ジャネットがきちんと分けるぐらいだから、ちゃんと頑張ったんだろう？」

「自分なりにですけどね」

「最初はみんなそうなんだから謙遜するなよ。ありがとな」

そういって常連のおじさんたちにも褒められる。う～ん、こういうのは駆け出しならではの嬉し恥ずかしだ。

そんな食事も終わって部屋に戻る。明日は閉店中のことを打ち合わせするから朝からミーシャさんたちと話し合いだ。他にも色々とこの際話したいこともあるから、いい機会かもしれない。

私は増えてきた服を見ながらそう思うのだった。

「さて、日課のお祈りをして寝よう」

明日もいい日でありますように……。


「ん～、朝だぁ」

昨日は初めての討伐依頼でちょっと疲れたかなと思ったけど、思ったより元気だ。さあ、食堂に下りて打ち合わせしないと。

「おはようございます」

「おはよう。アスカちゃん」

「おはよ～おねえちゃん」

今日もいつも通りエレンちゃんが朝食を持ってきてくれる。もしかしたらこのパンとももうすぐお別れかぁ。そう思うと感慨も……湧かないな。一日も早く替わってほしい。

そして今日のスープはちょっとだけ贅沢だった。昨日のオーク肉の端肉が入っていて、いつもより味わい深い。そんな朝食を終えて今日の本題へ。

「それで私はこれからどうすればいいんですか？」

「それだけど、宿に泊まっている人には昨日話をして、シーツは明日替えることにしたからゆっくりできるの。私たちが出かけたら泊まっている人が出ていく時に受付してもらえると助かるわ。席を外す時は受付にこの魔道具を置いてくれればいいわ」

そう言うとミーシャさんは丸いボタンみたいなのを出す。

「これは対になっていて、受付で押すともう一つを持っている人に教えてくれるの」

便利な魔道具だな～。呼び鈴代わりになりそう。そうそう、相談したいことがあったんだった。

「分かりました。じゃあ、ちょっと離れたりするかもしれませんけど店番しておきます」

「悪いなアスカ」

「いえ、それと前々から相談してたことですけど……」

「風呂のことか？　一応、井戸の周りを囲えるぐらいの木材は買ってるから、まずはそこからだな。ちょっと奥の建物にも手を入れれば浴槽も入れられそうだから、何とかやってみるよ」

「本当ですか！　じゃ、じゃあ、私が今日中に囲っときます。このぐらいとかありますか？」

「ああ、一応こういうイメージっていうのは。木材は奥に置いてあるから」

「分かりました！　必ず今日中にやっときます。それと部屋のことでも相談があるんですけど……」

「部屋のこと？　どこか傷んでいるとか？」

私の発言にすぐにミーシャさんが反応する。さすがはこの宿の女将さんだ。

「いや、そういうのはないんですけど、私みたいに長期滞在してると服とか増えて、干したり置いたりするところに困るんです。それでそういうものを置ける小さい箱や、洗濯物が干せるこう……棒みたいなのを部屋につけられないかなって」

「う～ん、実際に見てみないとイメージしにくいわね。そうだわ！　アスカちゃんの部屋を一度思った通りにしてもらっていいかしら。それで、他の部屋にも使えそうだったら採用するわ」

「いいんですか？　勝手に模様替えしちゃって」

「聞いてる限りだと、物を置くのと棒を足すぐらいだろう。最悪撤去するにしてもそれぐらいなら大丈夫だ。一度思う通りにやってみるといい。必要な木材は今日の帰りにでも持ってくる」

「ライギルさん、ありがとうございます。それじゃあ、今日と明日でパパッとやっちゃいますね！」

「そんなに頑張ってやらなくても大丈夫よ」

「へ～きです。私、細工のスキルもあるからLV上げにもいいですし、採用だったら他の部屋も私に絶対やらせてくださいね」

「ええ、それじゃあできるのを楽しみにしているわね」

「任せてください！　今からやりますね」

私は胸を張って応える。そうと決まれば井戸の方はさっさとやらなくちゃね。

「こらこらアスカ。まだ予定の話が途中だ。それに昼飯の話もしてないだろ？」

「あっそうでした。お昼はどうすればいいですか？」

「そこの器に入れてるから好きな時間に食べてくれ。飲み物も置いてるから大丈夫だ」

「本当だ、嬉し～」

私はライギルさんが作ってくれた料理をのぞき込む。何と肉と野菜のセットだ。

「まあ、まだ俺たちもいるから今のうちに井戸の方やってみるか？」

「はい！　ぜひに」

早速、私は井戸の方にライギルさんと向かうのだった。


「とりあえず、材料はここだ。それで完成イメージなんだが……」

「あっ、ちょっと待っててください。いいこと思いつきました」

私は部屋に戻って急いで銀のワンピースに着替え、細工の魔道具を持ってもう一度井戸へとやってきた。

「わざわざ着替えてきてどうしたんだ？」

「この格好だと作業も効率的に進むと思うので」

「そうか。考えているのは井戸をぐるっと囲うと洗濯とか他の時に使えなくなるから、外から入れるよう間を空けておいて、五メートルぐらいの距離を取って井戸を囲って、向こうの建物に風呂ができる感じだ」

「結構、離れるんですね」

私はライギルさんが見せてくれた図面を見ながら感想を漏らした。

「ああ。奥の方ならわざわざ行かないといけないし、向こう側は塀が高くてこっちまで入ってくるのは難しいからな」

「じゃあ、木材は図面に書いてある通りの高さと形に切っちゃいますね」

私は集中すると木材を魔道具で加工していく。加工した木材は土台部分と床部分、そして壁の部分に分ける。後は用意されていた杭をくさびのようにはめ込んでいけば大丈夫かな？

「……相変わらずすごいな」

「そうですか？　比較する人がいないんでよく分からないです」

「俺もよく知らないが、こんなに簡単にできるものではないと思う」

あれよあれよと切った板を風の魔法でふわふわと浮かせて一気に組み立てていく。勝手口から井戸のところを中継して、奥まで壁が伸びていく。もちろん、水が流れて腐りにくくするために、床板は土台の上に敷き地面から少し浮かせている。切った板も火と風の魔法で十分に乾燥させているので木材としても問題ない。

「こりゃすごいな。このまま大工として就職できそうだぞ」

「それだと世界を回れなくなっちゃいますよ。そうだ！　図面にはなかったので上の屋根と壁の間は開けてるんですけどどうします？」

「ガラスは高いからな。とりあえずはそのままで」

「了解です！」

私は敬礼を決めて、いったん作業は終了ということで食堂に戻ってくる。

「おねえちゃん早いね。どう、できそう？」

「終わったよ」

「へ？」

「見てきて。ちゃんと壁できてるから」

エレンちゃんが走って外に出ていく。そして、同じように戻ってくる。

「まさか、今のちょっとの時間でやっちゃったの？　誰にも見られてないよね？」

「多分大丈夫だよ。こんな時間から休みの宿には誰も来ないでしょ」

「気を付けてよ〜。またこんな説明しづらいことして」

「どうしたのエレン？」

「お母さんも見てくれれば分かるよ」

そう言うとエレンちゃんはミーシャさんの手を引っ張って外に連れ出し、すぐに戻ってきた。

「アスカちゃん。仕事が早いのはいいことだけど、早すぎると不審がられるからほどほどにね」

「すみません……」

「でも、そんなにお風呂に入りたいのおねえちゃん」

「入りたい……入りたいの……。だけど、町にあるのは大人数で入るでしょ？　さすがにちょっと恥ずかしいの」

前世で小夜子ちゃんが家に来た時に一緒に入ったことはあるけど、知らない人とはやっぱり恥ずかしい。

「お風呂に飢えてるんだね。もうちょっと我慢したらきっとお父さんから次の作業の許可が出るよ」

「本当？　エレンちゃん嘘つかない？」

「だ、大丈夫……だよね？」

「ああ、近いうちにな」

それからしばらく話をしていると、時間になったので私はお留守番だ。エレンちゃんたち一家はみんなでお昼を食べに出かけた。

「はぁ～エレンちゃんたちも行っちゃったし暇だな～」

やろうと思っていた井戸周りの作業も終わっちゃったし。

「そういえば、昨日冒険者カードでＭＰの残りも見れるって教えてもらったんだっけ」

ちらっと裏側を見てみる。

MP：80／260

あ～やっぱり結構使っちゃってるなぁ。バルドーさんから絵は預かったから細工でもと思ったけど、これじゃあ中途半端なものになりそう。

「でも、何かしたいし……小さいのなら何か作れないかなぁ」

私は申し訳ないなと思いながらも戸棚を開ける。ふと食器類が目に入った。この世界の食器は主に木製だ。落としても割れないし丈夫で洗いやすいということなんだろう。

それでも毎日使うせいか、ところどころ欠けているものが目に付いた。その横には割る前のちょっと大きな薪がある。

「これぐらいなら怒られないよね」

思い至った私はさっき使った細工用の魔道具をテーブルに置いたまま部屋に戻る。ここからの魔力消費も考えて、今回は銀のワンピースを使わないからだ。受付に戻ると早速細工開始だ。

「まずは何を作ろうかな～」

とりあえずスープの器かな？　今後持ち手みたいな細かい部分を作る時の練習にもなるし。

「そうと決まれば、まずは分割して次にくり抜き」

薪を三等分して中をきれいにくり抜く。そして見本の器を見ながら大体の形に削る。

ここまでできたら魔道具の出番はおしまい。細工のスキル上げにもちょうどいいので、後は普通の道具で地道に削っていく。こうすれば時間も潰せるしスキルも上がるしで一石二鳥だ。

「ふんふ～ん」

「おお、アスカちゃん。何してるんだ？」

「あっ、引き払いですね。スープの器を作ってるんです。ちょっと傷んでるのを見つけて……」

「へぇ～、手伝いの店員かと思ったらそんなことまでしてるんだな」

「今日は店番だけで暇ですから。いつもはシーツの洗濯とか忙しいんで、暇な時ならではですね」

「働き者だな。俺が冒険で一山当てたらきっと雇いに来るよ」

「期待してますよ」

「それじゃ、カードで！」

冒険中に滞在予定期間を超過したとのことで、冒険者の男の人がカードで残りの滞在費を支払っていく。王都とアルバを往復しているみたいで、二週間に一度ぐらい来るらしい。

「今度会った時は名前ぐらい聞いとこう」

それ以降は仕事らしい仕事もなく、私は一心不乱に器を作っていた。スープの器は作り終えてしまったので、次はジュース用の器を作ることにした。ここの食堂では一つしかサイズはないので、同じサイズのコップを五個切り出す。

「ん〜、何か柄《がら》が欲しいかな。ちょっと、その辺の花でも見よう」

近くにある窓から外を見る。野草だと思うけどかわいい花が咲いていた。ああいうのをちりばめたら同じ木の器でも楽しみが増えるよね。

「一輪しか咲いてないけど、ちょっと水増しして四つぐらい重なってるのがいいかな？」

同じものを作っていて飽きてきた私は早速柄を彫り始めた。こうやって自分で物を作っていると、量産品ってすごいんだなぁと思う。私なら同じものばかりだと絶対途中で飽きちゃうよ。

私はその後も器づくりにのめり込んでいった。

「これで四つ目だ～。残り一つ頑張ろう！」

「ただいま～」

おや？　何か玄関で声がしたみたいだ。気付けば外は日が傾いている。

「おねえちゃ～ん、帰ったよ～」

「ただいま」

「あっ、エレンちゃん。ミーシャさんもお帰りなさい」

「うわっ！　テーブルが木くずだらけだ。おねえちゃんどうしたの？」

「ごめんなさい。何もすることなかったから器を作ってたの。もうすぐ全部終わるから待っててね」

「う、うん？」

最後の一つも慣れてきたせいか数分で終わった。コップは取っ手もないから楽でいい。

「できた～！」

「お疲れおねえちゃん」

「へぇ～、見ていたけど手も早いし、柄もついているのね」

「はい、同じのを作ってると飽きちゃって。外に咲いてた花をモチーフにしたんです。あっ！　すぐ片付けますね」

「ゆっくりでいいわよ。それで、どこかに売る当てでもあるの？」

「いいえ？　ちょっと店の食器が傷んでるのが気になって、暇だったから作っちゃいました。あと、ごめんなさい。作るのにそこの薪を使っちゃいました」

「それは構わないけど……本当だわ。滅多に割れたりしないと思って油断していたわね」

ミーシャさんが一つ一つ器を確かめている。いくつかの食器はテーブルに置いているからそれらは交換するのだろう。

私はとりあえず出た木くずを集めてごみ箱に捨てる。削りカスは風の魔法でくるんで飛び散らないように注意する。こういうところは本当に魔法が便利だ。

「ミーシャさん。私の作った器使えます？」

「いいの？」

「はい。暇つぶしですし、宿の木を使っちゃいましたから」

「じゃあ、ありがたくいただくわね。あら、スープのカップは持ち手も付いているのね。こういうのはちょっと高いからありがたいわ」

そういうとミーシャさんは傷んだ器の代わりに、私の作った食器を棚にしまっていく。

「ライギルさんはどうしたんですか？　一人だけいないですけど」

「主人は今、必死にお勉強中よ。あの調子だと明日から少し抜ける時間ができるかもしれないわね」

「それって……」

「ちゃんと話し合って美味しいパンが作れるようにしてもらったわ。もちろん条件付きだけど」

「それじゃあ、次からはあのパンが食べられるんですね！」

私は小躍りしたい気分を抑えながらミーシャさんに確認する。

「そうよと言いたいけれど、材料費の関係もあるし、今のパンとあそこのお店の中間ぐらいかしら。そこは主人次第だけど」

「それでも嬉しいです。こっちのパンは硬くてどうしても馴染めないんですよね」

「アスカちゃんはグルメよね。旅に出たら美味しいものの話を一杯聞かせてね。うちのメニューにするから」

「はい！　きっといっぱい食べて帰ってきます。まだまだ先ですけど」

「おねえちゃ～ん。この細工って他の器もできる？」

「できるけど内側はダメだよ。食べる時にスプーンとかが引っかかっちゃうと思うから」

「じゃあ、お花買ってくるからまた彫ってよ。きっと、女の人も来やすくなると思うんだ～」

「言われてみたら、かわいい器がいっぱいあったら来たくなるかも。時間のある時にやってみるから花とか買ってきたら教えてね。スケッチをして取っておくから」

「すぐに作らないの？」

「忙しいかもしれないし、そうしておけばいつでも作れるようになるでしょ」

「そっか～、にしてもこんな短時間で作っちゃうなんてさすが！」

「褒めてても今日はこれ以上作れないよ。そういえばミーシャさん。頼んでいた木材の方は？」

「明日の昼に持ってきてもらえるわ。業者に話をしたら宿屋が何をするんだと首をかしげていたけど」

「ありがとうございます。明日の昼過ぎにでもやりますね」

「うちは嬉しいけどアスカちゃんは冒険者でしょう。そっちはいいの？」

「そうですね。十日に二回は行こうと思ってるので次はちょっと先になります」

本当はもっと行った方がいいんだろうけど、今のところは薬草採取で何とかなってるからね。

「何だかおねえちゃんを見てるとのんびりしてるんだなって思うよ。他の冒険者の人はもっと出入り激しいし」

「私はあんまり討伐依頼とか受けたいと思わないし、採取でもそこそこ収入になるから。でも、マジックバッグは欲しいから、そのうち一気に受けるかも」

「あれって使ったことないけど便利なんだってね。うらやましいなぁ～」

「でも、いらないものを入れないようにしないと。私は解体とかできないから、魔物を倒しても埋めるか無理にでも持って帰るしかないんだよね」

「確かに。おねえちゃんがオークを抱えるなんて想像しただけでもおかしいよ」

「そんなことないよ。いつかそれぐらい持てるようになるからね！」

「じゃあ、いつかその姿を見せてよ？」

「も、もちろん！」

勢いに任せてエレンちゃんと変な約束をしてしまったけど、一体どのくらいの腕力があると持ち上げられるかな？　１００ぐらいならジャネットさんの半分ちょっとだし、何とかいけるかも……。

「ほらエレン。いつまでもアスカちゃんを立たせていちゃダメでしょう。今日は私が見ておくからアスカちゃんはもう休んでいいわ」

「本当ですか？　じゃあ、後はお願いします。あっ、今日の夕飯どうしよう……」

「言ってなかったかしら？　ちゃんと夕飯も用意しているわ。ただ、温めるだけのスープと簡単に味付けした肉だけど」

「それだけあれば十分です。じゃあ、また時間になったら来ます」

私はエレンちゃんたちと別れて部屋に戻る。

今まで宿の仕事中はずっと誰かと一緒にいたからか、今日の店番の時とかはちょっと寂しかったな。一人旅は楽しそうだけど、誰かと一緒もいいかも。そんなことを考えながら休む。

その日の夕食も簡単なものといっていたけど、しっかり味がついていて美味しかった。

でも、ごはん時になってもパン作りに夢中なのか、ライギルさんは帰ってきていなかった。これは明日の昼の仕込みが大変そうだ。

「さて、今日もお祈りとステータスの確認をしないと。意識しないとすぐに忘れちゃうからね。そうだ！　ミニキャラのアラシェルちゃんをしまいっぱなしだった。リアル等身と横に並べて装備は……巫女セットかな？　後は最後にガラスをかぶせて埃よけだ」

このためにドルドでも高級品になるガラスのコップを買ってきたのだ。

（アラシェル様、今日も無事過ごせました。明日もいい一日でありますように）

「後はステータスだね」

名前：アスカ
年齢：13歳
職業：Eランク冒険者／なし
HP：70／70
MP：129／265（1129／1265）
腕力：17
体力：27
速さ：30
器用さ：74
魔力：93（303）
運：50
スキル：魔力操作、火魔法LV2、風魔法LV3、薬学LV2、細工LV1、魔道具使用LV1、（隠蔽）

器用さも魔力と一緒で順調に伸びてる。でも、やっぱりもうちょっとそれ以外のステータスの伸びが欲しいよね。

「地道にシーツ洗いとかもしてるんだけどなぁ。もうちょっと頑張ろうかな？　せっかく弓も教えてもらったし、ちゃんと撃てるようにならなきゃだしね」

こうして今日も一日が終わりました。転生者アスカ、新世界生活まだまだ頑張ります。そして、もっと経験を積んだらきっと世界中を旅するんだ。

「小夜子ちゃんと一緒に行く約束はもう守れないけど、旅をすることはできるもんね。転生だってあるんだから、いつか会えたらこの世界のことを話してあげたいなぁ」

そう心に誓うと、新しい朝を迎えるため目を閉じた。

番外編　ホルンのため息

私はホルン。アルバの町で冒険者ギルド職員をしている。受付で五年目のベテランといってもいい部類だ。今日も私のカウンターは空いている。私のスキル『物品鑑定』のおかげだ。

ギルドの受付は鑑定役も兼ねている。スキルがある人はスキルで、ない人は魔道具を使って調べる。しかし、魔道具を使う人は元々魔力が低い人も多く、少量の素材の時には魔道具ではなく自分の目利きでする人も多い。結果、鑑定が甘くなりがちだ。

一方、私のところに並ぶと問答無用で粗悪品を弾く。そのため私のカウンターは人気がないのだ。仕方がないことだけど、楽でいいとは内心思っている。

今日は昼近くに少女が一人入ってきた。顔を見たこともなければ、格好もちぐはぐだ。初めてギルドに来たことが分かる不安げな動きに似合わず、ややぶかぶかなローブや杖はしっかりしている。

普段はしないけれど気になったので少し装備に鑑定をかけてみる。何か訳ありだったら大変だもの。

白のローブ……普通のローブ。魔除け・魔法耐性小
杖……ただの杖。魔法使用補助の効果あり

「へ？」

何だろう。ローブといい杖といい、この最初の一文と全く合わない後半部分は。

私は毎日鑑定スキルを使うため、その精度はかなり高い。ひょっとして鑑定スキルの低い者は最初の一文しか見えないのでは？　後で後輩のライラにも確認させよう。

ともあれ少女が他の受付の列に並ぶ前に声をかけないと。

声をかけると空いていた私のカウンターにそのまま来てくれた。名前はアスカね。スキルは……火と風の二属性か。一般的な属性だけどこの二つは相性もいいし有望そうね。

「それじゃあ、この水晶に触れてみて」

ステータスを確認するため少女――アスカに触れるよう伝える。出てきたステータスは自己申告の通り、魔法使い型ね。腕力と体力は低いものの、肝心の魔力はと……70！　結構、いい数字ね。

正直、ギルドで右往左往していなければ、Eランクからでもいいくらいね。属性魔法も両方LV2だし、知識と特別試験次第ではDランクもあり得たかも。

ん、その前にも一つ……魔力操作。

私はアスカに話をして、魔力操作は冒険者登録用紙に記載しない旨を伝える。

これは魔法使いが最も欲しいスキルの一つ。威力の強弱から範囲の指定までありとあらゆる操作をしやすくする。だからこのスキル持ちの人間は取り合いになるのよね。少しでも情報が漏れるリスクは消さないと。

そういえば、ＭＰが残り少ないと話すと、ギルドに登録できるか不安で練習してきたとのこと。町の外でここまで消耗するのは危ないと言っておいたけど、多分この魔力操作のせいでもあるわね。手足のように魔法が使えるため、夢中になって使う人が多いと聞いたことがある。

その後、依頼はどうするかと聞くと、まだ宿も決まっていないから今日は受けないとのこと。結構、落ち着いた子ね。私はその他にも基本的なことを説明し、その隙を見てライラに頼み事をする。

「ライラちょっと」

「先輩どうしました？」

「今私が受け持っている子の杖とローブを鑑定してみて」

「いいんですか？」

「お願い。後で何かおごってあげるから」

「は～い。承りました」

それからアスカは私と少し話をして出ていった。

「ライラどうだった？」

「ただの杖とローブですよ。新人冒険者だから当たり前ですよ。先輩、約束は守ってくださいね」

「ええいいいわ」

やっぱり、スキルといい装備といい、何だか訳ありのようね。しっかり見てあげないと。

そう思い気合を入れてカウンターに戻る。

なお、本日はその後四時間で二名が私のもとを訪れた。ああ、暇なのも困りものね。

翌日、アスカちゃんが再び受付に来た。どうやら採取の依頼を受けるみたいだ。話をすると薬草の知識があるようで改めてステータスチェックをかける。

「あなた、薬学LV２がついているわね」

そんな簡単に身に付くはずはないんだけど。話によれば母親が薬師なので手伝っていたらしい。冊子を見て判別ができるようになったのね。今後が期待できる新人だわ。

そう思って見送ったものの、やっぱり気になってしまう。

「どうしたホルンさんよ。そんなに心ここにあらずと言った顔をして」

「ガルさん。いえ、昨日入った新人がちょっと気になって。まだまだ小さい子だし」

「そりゃ心配だな。だが、ただの手伝いだろ？」

「一人で採取よ。町の外に行くのはやっぱり心配だわ」

「採取程度なら大丈夫だろ。そんなに心配すんなって！」

「そうだといいのだけど……」

それから昼を過ぎてもアスカちゃんは帰ってこなかった。まあ、マジックバッグを借りて早々に帰ってきても困るけれど、この調子じゃ明日かしら？

そう思っていたら十六時頃に帰ってきたので何かあったのかと気になり、手招きしてこっちに来るように促す。

よく見ると背中に弓と矢筒を背負っている。ただでさえ腕力がないのにどこで買ったのかしら？

「早かったわね」

簡単に挨拶を済ませて買取に入る。とりあえず鑑定を始めた方が事情も分かるでしょうし。色々採ってきたらしいけど、まずはリラ草から出してもらう。マジックバッグの取り出し方を聞いてきたのには笑みが浮かんだ。本当にかわいいわね。

でも、ここからは仕事。出されたリラ草を鑑定していく。初めてだから期待はせずに見ていくとやっぱりCランクが多い。けれど、中にはAランクのものもあり将来性を感じる。それに、雑草が交ざっていないのもいいわ。似ている花や草が多いせいで、無駄になるのを嫌う冒険者もいるし。

次に彼女はルーン草、続いてムーン草を出していく。特にムーン草を出した時は驚いた。これは初心者には見分けがつきにくく、主に夜間に採取される。しかし、夜間だと光って目立つため魔物に襲われることも多い。だから、低ランクの冒険者からほとんど買取したことはない。

さらに、この二つの薬草についてはリラ草より状態がいいものが多い。それにランク分けしている途中から冊子を出して何か書いているのも気になるので、ちょっと聞いてみましょう。

「何を書いているの？」

アスカちゃんに尋ねるとどうやら、リラ草の採取は勢い良く採った方がいいらしい。結構な音量でしゃべっているため、周りの冒険者にも聞こえてしまっている。

私はアスカちゃんに気づかれないようにガルさんに目配せして、今いる冒険者を帰らせないようにお願いする。こういう情報は本来無償で手に入るものではないからだ。

その後も鑑定を続け、彼女に結果を伝える。思わぬ高値に驚いているようだが薬草は数本あればポーションができる。特に上位の素材は鮮度にかかわらず常に引き渡し待ちなのだ。アスカちゃんのおかげで数日は苦情も減りそうだわ。

話もまとまり私はついに話題を弓矢へと変えた。しかし、アスカちゃんが言葉を濁すせいでよく聞き取れなかった。そんなに言いづらいことなのかしら？

「弓が引けないんです！」

再度聞き返すと、大きな声で答えが返ってきた。ユミガヒケナインデス……弓が引けない。

何という失態だ。受付の役割は二つだ。買取に鑑定、依頼の受付などの業務。そして冒険者の情報を適切に扱い守ることだ。

それなのに私がステータスをばらすような問いかけをしてしまうなんて……。大型の弓ではないから、みんなはすぐに彼女の腕力が一桁だと分かっただろう。確かに身なりから魔法使いだということは分かるけれど、そこまでばらしてしまうなんて。

落ち込んでいるとガルさんが私に話しかけてくる。受付として失格な行為だから怒ってくれてもいいのに……。

「ワハハ」

そうしているとギルドマスターが下りてきた。騒動に気づいたようですぐに私は説明する。アスカちゃんもマスターもいいとは言ってくれているけれど、私は同じ失敗をしないよう決意を新たにする。

ギルドマスターも新人のアスカちゃんに何か思うところがあったみたいで、説明をしてくれるみたい。もちろん私も行くけれど野暮用を済ませないと。

「さあ、皆さん。彼女から得たリラ草の採取の情報について買取を希望の方は？　もちろんいらないという方はこの場で必ず忘れていってくださいね」

都合良くたまたま聞きましたとは言わせない。あの情報はランクの低い冒険者ほど有用だ。後はパーティー内に薬師のいるところもね。その辺のリラ草にもひょっとするとAランクの価値を見出だせるかもしれない貴重な情報だからだ。さっきの失敗の分まで、アスカちゃんのために頑張らないと。

最終的にその場にいた冒険者たちから合計金貨三枚を貰い、彼女には気づかれないように報酬に少しずつ上乗せしていくことで合意した。

冒険者たちには今のパーティーメンバーに限り話すことを許し、時期が来たらアスカちゃんにも話をして情報料としてギルドが買い取るか、商人ギルドに登録して報酬を貰うか聞いておきましょう。その前に商人ギルドのマスターには情報を登録しないように釘を刺しておかないと。

私は商人ギルドのマスター宛に手紙を書くことを思いつくと、アスカちゃんが待っている二階へと上がっていった。

書き下ろし番外編　アスカと二人の冒険者

「ん～、どの依頼にしようかなぁ？」

私は今、冒険者ギルドで採取依頼ではなく討伐依頼を探している。先日、ジャネットさんやフィアルさんと一緒にパーティーを組んで、ちょっと興味が出てきたのだ。

そのため今日は一人でゴブリンやウルフを一、二匹討伐する簡単な依頼を探している。

「でも、都合良くそんな依頼はないよね……。あっ、これって面白そうかも！」

私が目に付いた依頼票をつかむと、なんとその依頼票の上部分を別の人がつかんだ。

「あれ？　あんたもこの依頼を受けるのか？」

「あっ、ちょっと内容に興味があって」

依頼を一緒に取ったのは若い冒険者の男性だった。向こうも受けると決めたわけではなさそうだ。

「ヒューイ、どうしたの？」

「ああ、ベレッタ。いや、このお嬢さんと一緒の依頼を取っちまってな」

私は内容によっては取った場所に戻すことも考えているけどね。

「なら、あっちで一緒に見ない？　私たちは二人組のパーティーなの。力になれるかも」

私はベレッタと呼ばれた女性に手を引かれ、ギルド内のテーブルに着いた。

「自己紹介するわね。私はベレッタ、Eランク冒険者よ。アルバの西の港町バーバルから来たの」

「私はEランク冒険者のアスカといいます。よろしくお願いします」

「俺の名前はヒューイ、Eランク冒険者だ。ベレッタと同じバーバルの北にある村出身だ」

あっ、みんなEランクの冒険者だ。

ベレッタさんはやや赤みがかったショートボブの髪にすらりとした長身。ヒューイさんはベレッタさんよりやや身長が高いやせ型。二人とも同じ村の出身っていうことは何か事情があるのかな？

「それで、依頼は何だったの？」

「えっと、これだな。〝キノコウモリの生態調査〟だ」

「キノコウモリ……知らないわね？」

私も聞いたことのない名前だ。多分魔物だろうけど、キノコなのかコウモリなのか変な名前。だからこそ気になったんだけど。

「この依頼票によると、アルバ北西にワインツ村っていうところがあって、そこからの依頼だな。村の近くに住んでいるキノコを育てるコウモリらしいんだが、最近あまり見かけないらしい」

「村が依頼するようなこと？　別に怖い魔物じゃないんでしょ？」

私の思ったことをベレッタさんが質問してくれた。

「この村は農業と狩りが中心なんだが、その他にキノコウモリから採れるバットマッシュってキノコも売って生活しているんだ。それが、キノコウモリを見かける機会が減ってるから依頼を出したんだと」

「ふ〜ん、それでも相手は魔物なんでしょ？　そんなに儲かるのかしら？」

「どうだろうな？　依頼を受けて村で聞いたら分かるかもしれないが、そこまでしか書いてないな」

「それじゃあ、受けましょうか。アスカちゃんはどうするの？」

「依頼は一つですし……」

興味はあるけどこっちは一人。魔物も出る可能性があるなら積極的に受けたい依頼でもない。

「なら一緒に受けない？　アスカちゃんって杖を持ってるし、魔法使い系なんでしょ？」

「そうですけど、ヒューイさんもいますよね？」

ヒューイさんの席の横にも杖がある。魔法使い二人に前衛一人は難しくないかな？

「ヒューイは攻撃魔法が苦手だからいてくれると助かるわ」

「それじゃあ、一緒に行ってもいいですか？　一人じゃ不安だったんです！」

依頼票を改めてみると、洞窟の近くはゴブリンとかウルフが少数ながら出るみたいだから、パーティーで行けるなら安心できる。

「一緒に行くならそっちのパーティーに入れてもらっていいですか？」

「私たちは構わないけど、アスカちゃんはパーティーに入っていないの？」

「一応、入ってるんですけど、今日は一人なんです。ひょっとして解散しないといけないとか？」

「いいえ。臨時メンバー扱いでどのパーティーにも入れるわ。ただ、依頼を成功した時に入る成果ポイントは、受けたパーティーにしか入らないから、そういう意味ではちょっと損ね」

「だったら、なおさら私がそっちに入りますね。こっちは活動して間もないし、全然大丈夫です」

前の依頼もジャネットさんたちと一緒に受けただけだし、向こうの方が人数も多いしね。

「分かったわ。それじゃあ、臨時のメンバー追加もするから一緒に受付に行きましょう」

ベレッタさんの言葉を受け、私はいつも通りホルンさんのところへ並ぶ。

「あら？　アスカちゃん。今日はまた別の人と組むの？」

「はい。こちらがベレッタさんでこっちはヒューイさんです」

「そうなの。あなたたちは確か最近来た人たちね。ランクも同じEランクだったかしら？」

「はい。この依頼を一緒に受けようと思って」

「えっと、キノコウモリの生態調査。ああ、この依頼ね。ワインツ村の周辺はそこまで強い魔物はいないはずだけど気を付けてね。魔物自体がいないわけじゃないから」

「分かりました。それじゃあ、臨時のメンバーとしてアスカちゃんの追加をお願いします」

「分かったわ。リーダーはヒューイさんだったかしら？　パーティーカードをお願いします」

パーティーカードを機械に読ませた後に私のカードを読んでもらって登録を済ませる。

「はい、これで臨時のメンバーとして追加できたわ。依頼の注意点としては必ず、始める時と完了した時はワインツ村に一度行くこと。いいわね？」

「分かりました」

「じゃあ、行ってらっしゃい」

「行ってきます！」

ホルンさんに見送られて私たちは一路、ワインツ村に向かう。まずは西門を出てすぐのところにあるアルバ湖を眺めながら進んでいく。


「それにしてもアスカちゃんってホルンさんと親しいのね」

「俺たちは来たばっかりってこともあるけど、あんまり彼女のカウンターには行かないな」

「それはもったいないですよ。冒険者登録もしてもらいましたけど、ホルンさんって鑑定スキルが使えるから、薬草採取でも自分の採り方が良いとか悪いとかすごく分かりやすいんですよ」

「そういう見方もできるのね。今度、採取依頼を受けたら行ってみるわ」

「結果をまた聞かせてくださいね！」

その後も二人の普段の生活ぶりを聞いてみた。同じEランクでも向こうは先輩冒険者だし、参考にできる部分も多いからね。

「じゃあ、一緒のお部屋なんですね。大人～」

「そ、そんなんじゃないのよ！　ほら！　稼ぎもあまり良くないし……元々同じ村の出身だし」

「え～！　そうですか？」

ベレッタさんのお顔が真っ赤だ。う～む、これは脈ありだな？

こうしてアルバ湖を抜けて分かれ道にやってきた。

「えっと、これを右に行くんですね」

「そうね。地図通りだとこっちね。だけど、馬車一台がギリギリぐらいね。道もあまり良くないから足元には気を付けて。それとここからは魔物が出る可能性もあるから武器を持ちましょう」

ベレッタさんの言葉を受け、私とヒューイさんが杖を、ベレッタさんは細身で短めの剣を構える。

「わっ!? ベレッタさんの剣って短いですね」

「そうでしょ？　力があまりないからどうしても思い通りに振り回せるのはこのぐらいなのよ。それに重たい鎧を着たら動きが鈍くなるから、自分の動きの邪魔にならないものしか使えないの」

「そうそう。だから、ベレッタって投擲もうまいんだ。俺たちの攻撃はベレッタ頼りだしな」

「ヒューイの援護も助かるけど」

「お互いよく分かってるんですね！」

「ま、まあ、付き合い長いしね」

周囲に注意しながらも楽しく会話してワインツ村を目指す。ほどなくして木の囲いが見えてきた。囲いのところには二人の門番さんが立っていた。ただ、アルバの門番さんと違って鎧はほぼ革で金属部分はわずかだ。槍も穂先が小さく町との装備の差が見て取れた。

「ん？　冒険者か？」

「はい。依頼を受けてやってきました。村長さんの家はどちらですか？」

「三人組で女と子どももいるのか……入っていいぞ。村長の家は入って少し行ったところを右だ」

囲いの中に入るとベレッタさんが口を開く。

「さっきの門番、失礼ね」

「まあそう怒るなよベレッタ。実際、そうなんだしさ」

村に入ると、さっきの門番さんの態度にベレッタさんがお怒りだった。私はこの中では年齢もそうだけど、背も頭一つ低いので何とも言えない。

「それよりあれが多分村長の家だぞ」

ヒューイさんが指差した先には周りより大きくて立派な家があった。

「わぁ、他とは造りが違いますね！」

「避難先とかも兼ねてるからね。さ、入りましょう。村長さんおられますか？」

ベレッタさんがドアをノックして返事を待つ。

「どなたですか？」

少しして初老の女性が出てきた。

「私たちはアルバのギルドで依頼を受けてこちらにやってきました」

「まぁ！　もしかしてキノコウモリの依頼の？」

「はい、そうです」

ベレッタさんに続いて私が答える。

「あらあら、かわいらしいお嬢さんまで。すぐに夫を呼んでくるから少し中で待っていて」

中に案内してもらうと立派な四人掛けのテーブルがあった。造りも良くて、木もつやがすごい。

「依頼を受けてきてくださったんですよ、あなた」

「本当か!?　もうしばらくかかると思ったんじゃが……あんた方が受けてくれたのかの？」

「はい。私たち〝リライア〟が受けてきました」

　今さらながらベレッタさんたちのパーティー名を初めて知った。意味は分からないけどいい名前だなぁ。

「では、依頼内容を話そう。大まかには書いてある通りじゃ。ここから北西にある洞窟にはキノコウモリが昔から住んでおるんじゃが、ここ二週間ほどあまり姿を見せてくれん」

「以前からそこで飼っていたんですか？」

　私たちの疑問をベレッタさんが代表して尋ねてくれる。

「飼うとは違うのう。キノコウモリたちは魔力が好きでな。村でもそれなりに魔力が高い者をそこにやって、代わりにキノコを貰っておったんじゃ」

　つまり、キノコウモリとこのワインツ村の人たちは共生関係なんだ。でも、それだと急に姿を見せなくなったのはどうしてだろう？

「それが理由もなく見かけんようになってしまってのぅ。それで調査を頼みたいんじゃよ」

「分かりました。私たちが調査してきます」

「では門番に案内させよう。あまり外の者には場所を知られたくないんじゃ」

　これで依頼前の説明も完了だ。外に出て再び門のところまで戻る。

　門まで戻ると村長さんが門番さんに説明してくれ、キノコウモリがいる洞窟への道まで案内してくれることになった。

「ではよろしく頼むぞ。最近は西の森の方でも獲物があまり獲れなくなってのぅ。ここに来てキノコウモリまでいなくなると困るんじゃ」

「任せてください！」

私は元気に返事をすると目的地まで案内してもらう。

「ここだ」

「ここ？　背の高い草しか生えてないわよ？」

「村の者以外に知られたくないんだ。こうやって入り口の草は刈らないようにしている」

門番さんの言う通り、草は一メートルぐらいの高さがあり、入る気にはならない。周辺は少し木が生えているものの、林や森というほどでもないぐらいまばらだ。

「あまり踏んでいかないようにな」

「踏むなって言われてもな」

難しい注文に二人は渋い顔をする。私はというと……。

普段から移動に使っている風の魔法を使って体を浮かし、草を踏まずに越えていく。

「おっ、アスカ。その魔法俺たちにもかけられるか？」

「多分。やったことはないですけど」

今までほぼソロ活動だった私はまだ人に魔法をかけたことがない。不安になりながらも、自分に使っているようにかけてみる。

「う、わっ！　本当に浮いた!!　ベレッタ、これ面白いぞ！」

「はしゃがないの、ヒューイ。アスカちゃん、私にもお願い」

ベレッタさんにも魔法をかける。

「わっ!?　本当に浮くのね。私にもできたらいいのに……」

「できるようになりますって。後はコントロールですけど、お二人ともできそうですか？」

ヒューイさんは自分でコントロールできなかったので私が、ベレッタさんは自分でコントロールして草を越える。

「この先はまっすぐ進んで突き当たりを右だ」

門番さんに見送られ、私たちは奥へと向かう。

「このまま進むのね。じゃあ、行きましょう」

三分ほど歩くとすぐに突き当たりにぶつかった。後はここを右に行くだけだ。


「……アスカちゃん。ちょっと、止まって」

「はい」

急にベレッタさんが立ち止まる。

「何かいるわね。慎重に進みましょう」

ベレッタさんが先頭、ヒューイさんを後方にして進んでいく。

「そうだ！　私も不測の事態に備えておこう。ちょっと待っててくださいね。ウィンドカッター」

私は空に向けて三つの刃を放つと上空に滞留させる。

「そんなことができるの？」

「ちょっと使う機会がありまして」

この状態で少し歩くと、後ろの方でわずかだけど音がした。

「来たわね。ヒューイ、すぐに前後入れ替えられるようにして」

「今やらないんですか？」

「今だと向こうにも気づかれるから。ごめんねアスカちゃん、ちょっと怖い思いをさせるかも」

「いいえ、頑張りましょう！」

岩肌を左に私たちは歩くふりをする。そして……。

「今よ、ヒューイ！」

「おうっ！」

ベレッタさんが前後を入れ替わると、一気に魔物の方へと突き進んでいく。

「私も援護を」

とはいえ、まだ魔物の姿は見えない。でも、何だかいそうだという雰囲気がある。

「あそこを狙ってみよう、行けっ！」

何となく気になった場所へ上空から風の刃を一気に振り下ろす。

《ギャッ》

木を切り倒し、一本の刃が奥に隠れていた魔物を倒したみたいだ。

「あの声はゴブリンですね」

「よしっ、続いて援護だ」

ヒューイさんと一緒に少しだけ前に出て敵を視認する。ベレッタさんは既に戦闘態勢に入っていて、ゴブリン二匹と切り結んでいるようだ。

「ここからなら！」

「アスカ、反対側だ！」

しかし、援護をしようとした逆方向から新たな音がした。慌ててそちらを見ると、ウルフが二匹こちらに狙いを付けているところだった。

「こっちにも！　エアカッター！」

咄嗟に左手で風の刃を放ち、けん制する。

「アスカちゃん、大丈夫なの？」

「はいっ！　ベレッタさんはまずそっちを」

「分かったわ」

ゴブリンの相手はベレッタさんに任せて、私とヒューイさんはウルフに向き直る。

「ヒューイさん、できるだけウルフの足元を狙ってください」

「わ、分かった。アクアボール」

二匹のウルフに向かって水球が放たれる。しかし、ウルフはその動体視力ですべて避けていく。

「くっ！　俺じゃやっぱり……」

「ナイスですよ、ヒューイさん」

「は？」

何で褒められたのか分からないヒューイさんを横目に、私は魔法を使ってウルフを攻撃する。

「ウィンドカッター！」

二匹のウルフに対して、三本の風の刃が執拗に攻撃を仕掛ける。最初こそ余裕で避けていたが、不規則に動く風の刃に相手も対応に苦慮し始めた。

その時、一匹のウルフの足がぬかるみにはまった。

「行ける！」

すかさず私はその一匹に狙いを定めて攻撃し仕留めた。

「残り一匹、このまま押し切る！」

こうして私たちはゴブリンとウルフの群れを何とか倒し切った。

「ふぅ～、どうにかなったわね。ありがとうアスカちゃん」

「いいえ、ヒューイさんのおかげです」

「俺なんて、適当に打ってただけだぞ」

「それでいいんですよ。考えがばれちゃったらウルフも足を取られなかったでしょうし」

「そ、そうか？」

嬉しそうにするヒューイさん。謙遜しなくても本当のことだしね。

「全く、あんまり調子に乗らないの、ヒューイ。でも怪我がなくて良かったわ」

「お前こそ。ゴブリン二匹だと手間だっただろう？」

「今回は弓使いもいなかったから楽だったわ。さあ、素材を取ったら探索の再開ね」

ゴブリンの持っていた武器はあまりにも品質が悪かったので一緒に埋めて、ウルフを借りていたマジックバッグに放り込もうとすると、目の前に何かが現れた。

《チチィ》

「わっ!?　これってひょっとしてキノコウモリ？」

すぐ先の左手にある洞窟から出てきたのはキノコウモリと見られる魔物だった。形はほぼコウモリで、身体は黒く、羽根は茶色っぽい。そして、名前の由来となるキノコは頭の上に生えていた。

「変わった見た目だね～。大人しいって言われてたけど、大丈夫かな？」

私がちょっと手を出すと腕につかまってくるキノコウモリ。

「かわいい～、飼えたら飼いたいぐらいだよ」

「確かにかわいいわね。でも、どうして出てきたのかしら？　最近は見ないって話だったのに」

私たちが不思議がっていると、さらに三羽のキノコウモリが出てきて、ゴブリンたちを見る。そして、死んでいるのを確認するとすぐ側まで近づき羽根で叩き始めた。

「ひょっとしてこいつら、ゴブリンやウルフにおびえて出てこなくなったのか？」

「どうかしら？　私たちじゃこれ以上の調査も難しいし、一応今回の件は解決じゃない？」

確かにこの周辺の魔物を倒せばこの子たちや村の人たちも安心ではある。

「でも、ちょっと心配だな。そういえば、この子たちって魔力をごはんにしてるんでしたっけ？」

「えっと……そうだな。紙にもそう書いてある」

「じゃあ、ちょっとだけ分けてあげる」

私は腕につかまったままの子に魔力を分ける。すると、見る間に体が成長するとともに頭のキノコも一層大きくなった。

「わっ!? こうやって収穫サイズにしてるんだ。くれるの？」

成長したキノコウモリは頭を私の顔の前に持ってくる。私がキノコを収穫すると、再び頭には小さいキノコが。しかし、新しいキノコを生やすのに力を使うのか、キノコウモリ自身は少し縮んだ。

「おもしろ～い！ って言っていいのか分からないけど、ありがとう」

「アスカになついたみたいね。キノコウモリの相手はお願いするわね」

「ベレッタさんたちは？」

「ウルフやゴブリンを片付けるわ」

ちょっと悪いと思ったけど、片付けをベレッタさんたちに任せる。その間にもキノコウモリたちは少しずつ姿を見せてくれるようになった。

「う～ん、でもこのサイズだとウルフたちに敵わないよね。君たちも大変だね」

《チチィ》

「前は強い人がいたんだ。でも、寿命で亡くなったんだね」

何となくだけどそう言っている気がした。それで余計に洞窟の奥から出てこれないんだ。

「きれい好きだから寄生虫もいないだろうし、何とかしてあげたいけど……誰も見てないよね？」

ベレッタさんたちは絶賛ゴブリンを埋める穴掘り中だし、今なら大丈夫だよね？

「……リベレーション」

私は魔力を解放して、腕につかまっていた子に魔力をあげる。ただ、どれぐらい魔力吸収に耐えられるか分からないので、少しずつ分け与えていく。

「お、おおっ！」

どんどん大きくなっていくキノコウモリ。そのうち三十センチぐらいになったら、いきなり体もキノコも縮んだ。

「あれ？　君小さくなっちゃったよ」

とはいえ、まだ魔力は消費し続けているので、限界ではなさそうだ。苦しむ様子もないのでしばらく魔力を流すと、再び体もキノコも大きくなった。さらに縮んだ時から体色も変化している。

「何か真っ白だけど大丈夫？」

《チチィイ》

私の周囲を飛びながら元気アピールをする白いキノコウモリ。特に異常がないみたいで良かった。

キノコウモリはもう一度肩に乗ると、私に頭のキノコを出してくる。

「えっと、もう一度採っていいの？」

頷くキノコウモリに感謝しながら私はキノコを採る。

《チチィイ》

「えっ？　大きい枯れ木にでも植えるといいって？」

そんなもの宿にあったかなぁ？　そう思いつつもありがたくキノコを袋に入れる。

「アスカ、こっちは終わったぞ」

「あっ、ヒューイさん。すみません、任せっきりで」

「ううん、アスカちゃんがキノコウモリの相手をしてくれて助かったわ。あら？　その子だけ真っ白だけど大丈夫なの？」

「はい。元気に飛び回るぐらいには」

《チチィィ》

心配されたからか白いキノコウモリは風の魔法を使って見せる。

「木が真っ二つに……」

「これぐらい魔法が使えるなら今後は心配なさそうだね！」

《チチィィ！》

喜ぶキノコウモリの頭を撫でてやる。そして、生息調査にも協力してもらい洞窟の中も少し見せてもらった。

「今日は調査に協力してくれてありがとう。これ、ちょっとだけどお礼だよ」

最後に私は他のキノコウモリたちにも魔力を分け与える。すると、他のコウモリたちのキノコも成長していき、いくらかはお土産に貰えた。

そして、キノコウモリたちとも別れワインツ村へと報告に帰った。

「何だか今日は珍しいものを見たわね」

「そうだな。あんな生き物もだが、アスカはキノコウモリたちの言っていたことが分かったのか？」

「まあ、何となくです」

「何となくでもすごいわね。そういえば、このキノコどうする？　依頼は調査だけで別に持って帰る必要はないけど……」

「依頼の報酬ってことでそのまま貰えないかな」

「いいんでしょうか？」

「その辺は村との交渉次第ね。うちとしては食費も浮くし、何とか持ち帰りたいところだわ」

ヒューイさんは言葉通り、村長さんにはキノコウモリたちが姿を見せないのは魔物が出たからで、その魔物も退治しましたという報告をするに留めた。


「そういえば魔物も倒して依頼もすぐに片づけたからか、向こうから素材もキノコも持ち帰っていいって言ってくれて良かったですね」

「ああ。キノコは報告用に二つ渡しただけで、残りを貰えて本当に良かったよ。じゃなきゃ、アルバ湖で魚でも釣って飯にするところだった」

「今月は部屋代の支払いで生活がギリギリだったものね」

「後は素材の買取を済ませるだけだな」

二人とも村を出てから上機嫌だ。今回は思いの外、持ち帰るものがあったからだろう。

「素材も村での引き取りにならなくて良かったわね」

「ギルドの買取とどこか違うんですか？」

別に買い取ってもらえるなら一緒じゃないかな？

「アスカちゃんはまだ経験がないのね。村の買取って基本ギルドより安いのよ。それにギルドを通さないから、買取の実績にもならないの。だから、生活を安定させるためにもできるだけ避けたいのよ」

「まあ、遠出してたら別だけどな。持ち歩ける量にも限りがあるし」

なるほど、リライアはEランクの二人組。受けられる依頼も少ないから、お金の工面には苦労してるんだ。

そんな低ランクゆえの苦労も垣間見えた私たちの合同依頼は無事に終了し、アルバへと戻った。


「あら、おかえりなさい。依頼はどうだったの？」

「ホルンさん！　無事に終わりましたよ」

報告はリーダーのヒューイさんがやってくれた。前回と違って楽でいい。

「アスカちゃん、今日は本当にありがとう」

「いいえ、こちらこそ」

「俺も助かったよ。また、機会があったら一緒に受けような！」

「はいっ！」

ウルフやバットマッシュの分も清算し、ギルドの前でリライアの二人と別れて宿へと帰る。

「何だか別れるのって寂しいな」

依頼も終わり、夕日を背に自分の影を追いながら歩いていると宿の前にエレンちゃんが見えた。

「エレンちゃん！」

「あれ、おねえちゃん？　依頼はどうしたの？」

「ちゃ～んと終わったよ。これ見て！」

私はお土産にと思っていたバットマッシュを見せる。

「ええ～!!　これってひょっとしてバットマッシュ？」

「どう？　すごいでしょ。今日の夜の部が終わる頃にライギルさんに出してもらおう？」

「いいの!?」

「もちろん！」

その日はバットマッシュを使った料理をライギルさんに作ってもらった。香りもそうだけど味も絶品で、思わずキノコごはんにしてと言いたくなるほどだった。

そうそう、あの白いキノコウモリから貰ったキノコだけど、ライギルさんに言って丸太を用意してもらえたから植えてみたんだ。そしたら……。

「おねえちゃん、また今日もバットマッシュ生えてきてるの？」

「そうみたい。今日でもう五日目だよ。すごい繁殖力だね～」

なんとそれから二週間も生え続け、私の食卓を彩ってくれた。
ありがとね、白いキノコウモリさん♡
《チチィィ！》

あとがき

　初めまして、弓立歩と申します。この度は『転生後はのんびりと　能力は人並みのふりしてまったり冒険者しようと思います』を手に取っていただきましてありがとうございます。

　こちらの作品はアルファポリス様にて連載を開始し、小説家になろう様にて合同企画として行われた『第5回アース・スターノベル大賞』で、アース・スタールナ部門の佳作を頂き刊行となりました。このような日を迎えられたのも、飽き性な私が一年以上も毎日更新できたのも、ひとえに更新を楽しみにしてくださった読者の方々のお陰です。

　連載中は読んでもらえるだけで嬉しかったのですが、感想はもちろんのこと、誤字脱字や疑問など多くの意見も貰うことができ、本当に幸せな時間でした。今回それが一冊の本になり感慨無量です。願わくは皆様と再びお会いできることを祈りつつ、挨拶とさせていただきます。

　最後になりましたが、アスカをはじめ、『とても素敵』を通り越し私のイメージ以上のキャラクターを描いてくださった仁藤あかね様、ご協力いただいた編集様、校正様、ｅｔｃ……。刊行に関わった全ての方にお礼申し上げます。

　　二〇二四年　十月某日　県内某所にて　　　上記文章を一度書いてみたかった　弓立　歩

ありがとう
ございました！
仁藤あかね

転生したら最愛の家族に
もう一度出会えました
I make delicious meal for my beloved family
前世のチートで
美味しいごはんを
つくります
あやさくら
Illustration CONACO
EARTH STAR LUNA

転生しました、
サラナ・キンジェです。
ごきげんよう。
～婚約破棄されたので
田舎で気ままに
暮らしたいと思います～
辺境の貧乏伯爵に
嫁ぐことになったので
領地改革に励みます
～ドラゴンと公爵令嬢～
ライブラリアン
本が読めるだけの
スキルは無能ですか!?
婚約者様には
運命のヒロインが現れますが、
暫定婚約ライフを満喫します!
～あなたの呪い、
嫌われ悪女の私が解いちゃダメですか?～
「聖女様のオマケ」と
呼ばれたけど、
わたしはオマケでは
ないようです。

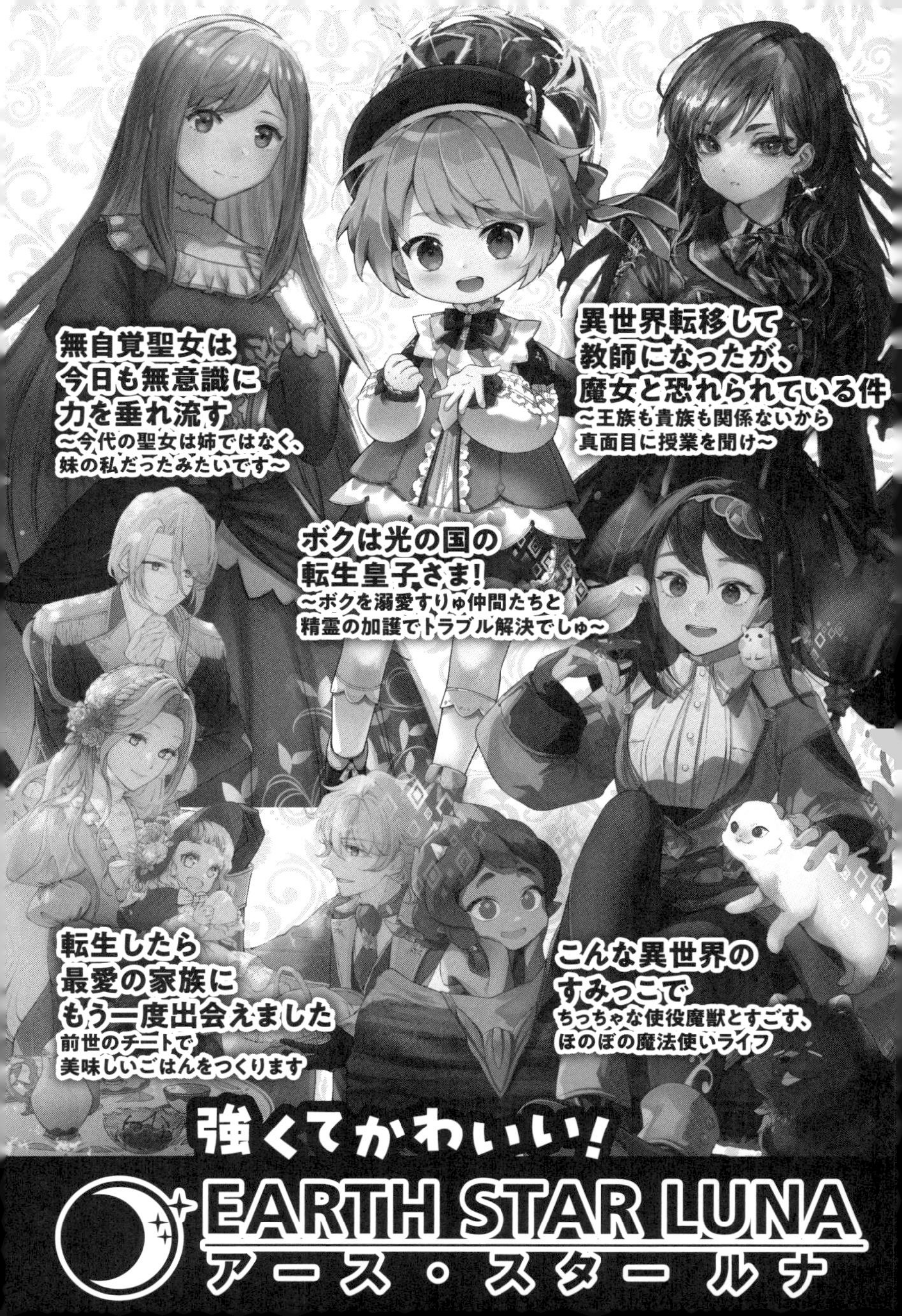
無自覚聖女は
今日も無意識に
力を垂れ流す
～今代の聖女は姉ではなく、
妹の私だったみたいです～
異世界転移して
教師になったが、
魔女と恐れられている件
～王族も貴族も関係ないから
真面目に授業を聞け～
ボクは光の国の
転生皇子さま!
～ボクを溺愛すりゅ仲間たちと
精霊の加護でトラブル解決でしゅ～
転生したら
最愛の家族に
もう一度出会えました
前世のチートで
美味しいごはんをつくります
こんな異世界の
すみっこで
ちっちゃな使役魔獣とすごす、
ほのぼの魔法使いライフ
強くてかわいい!
EARTH STAR LUNA
アース・スタールナ

EARTH STAR
LUNA

転生後はのんびりと
能力は人並みのふりしてまったり冒険者しようと思います

発行 ―――――――――― 2024年11月1日　初版第1刷発行

著者 ―――――――――― 弓立 歩

イラストレーター ―――― 仁藤あかね

装丁デザイン ―――――― 山上陽一

発行者―――――――――― 幕内和博

編集 ―――――――――― 蝦名寛子

発行所 ――――――――― 株式会社アース・スター エンターテイメント
〒141-0021　東京都品川区上大崎3-1-1
目黒セントラルスクエア　7F
TEL：03-5561-7630
FAX：03-5561-7632

印刷・製本 ―――――――― 中央精版印刷株式会社

ISBN 978-4-8030-2024-3